Der Mann, der den Mond in einem Eimer verkaufte

von

Karl-Heinz Knepper

TWENTYSIX – Der Self-Publishing-Verlag
Eine Kooperation zwischen der Verlagsgruppe Random House und BoD – Books on Demand

© 2017 Knepper, Karl-Heinz

Herstellung und Verlag:
BoD – Books on Demand, Norderstedt.

ISBN: 9783740743512

Erstes Kapitel

Es war nur ein Bild und er war auch nicht gläubig, aber es störte ihn, dass es nicht mehr da war.
Das Bild zeigte die Gottesmutter und das Jesuskind und als er die Augen aufschlug, sah er, dass sie es abgenommen hatten.
Es machte ihn traurig, aber dafür hatte er keine Schmerzen beim Wasserlassen mehr. Er betrachtete das verwaiste Viereck an der Wand und dachte,
indessen ich den Stimmen lausche, die flüsternd mich zum Narren halten, harrt draußen meiner schon die ganze Welt, mich Einzigartigen zu preisen. Doch damit nicht genug, jagte ihm doch sogleich ein anderer wirrer Gedanke durch den Kopf:
Sein oder nicht Sein, das alles juckt die Blase kaum, doch kann, wer Druck verspürt und glaubt, dem selben heute noch zu frönen, indem er ihm Erleichterung-.".
„Herr Stiller, hören Sie mich? Ich bin Doktor Meinhardt. Herr Stiller, Sie sind in einen Souffleurkasten gestürzt. Können Sie mich verstehen? Herr Stiller?"
Er, ans Bett gebunden, den Kopf vermummt:
„Gerülpst, gefurzt, auf Euer Wort geschissen, Graf Kernheim, kann er mich doch am Arsche lecken. Doch lenkt er ein, er lecke nicht und sträube sich aus wohl durchdachten Gründen, ich kann´s, ich will´s ihm nicht verdenken."

„Ganz ruhig, Herr Stiller. Ganz ruhig. Wir kümmern uns um Sie. Bleiben Sie ganz ruhig. Können Sie mir sagen, in welchem Jahr Kennedy ermordet wurde?"
„Im Jahr des Herrn, auch Mütter, heißt es, waren reich an Zahl und Tränen, wer weiß an welchem Ort vertreten. Doch soll Verschwiegenheit die Zunge lähmen und nichts verlauten, was im Rausch erdacht. Der Rede Fluss, der Winde Brausen, verweht, verstummt, wie alles Irdische einmal auf Erden. Hat er gehört? Stopf er mir nicht die Ohren voll mit seinem Froschgequake. Kurzum, stell er das Grunzen ein."

„Schön, gut, sehr schön. Sehr gut. Wie heißt die englische Königin, Herr Stiller. Überlegen Sie. Die Königin, verstehen Sie?"
„Sieh an, der Rossbeschäler selbst, in ganzer Pracht kommt er herbei geschlichen. Prost Mahlzeit. Ein Strolch mehr auf Erden. Sitzt ab, gehörnter Klumpfuß mit dem Mondgesicht und lasst den Gaul abschirren, dass er zu saufen kriegt, der Hungerlappen. Er hat´s verdient, der dürre Klepper, trug er doch schwer an dem, was Ihr Euch mit Behagen an den feisten Leib gefressen."
„Kommen Sie, Schwester, kommen Sie. Lassen wir ihn, er muss schlafen. Tun Sie mir einen Gefallen, Schwester und schauen Sie jede halbe Stunde-."
Schon an der Tür, hörte der Arzt:
„Und Ihr da, Bettler, hey, lasst Euch vom Diener dreizehn Taler geben. Mir bricht das Herz beim Anblick Eurer Lumpen. Krumm, wie er ist, stammt er dem Anschein nach von einer Gurke. Versauft Ihr aber, was Euren Beutel füllte, womöglich noch mit Hilfe loser Weiber und lasst den Würfelbecher knallen in der Nacht, soll Euch der Teufel holen. Noch seid Ihr jung, treibt´s nicht zu wild, doch wartet nur, es ist des Alters List und Tücke, aus der Vergreisung Not sich einen Jux zu machen."
„Wer ist dieser Mensch?"
„Der? Der große Jasper-Balderich Stiller, Schwester."
„Oh gottogott."

Zweites Kapitel

Eiligen Schrittes – warum und wohin das Ganze noch führen sollte, stand nicht in seinem Gesicht geschrieben – kam ihm Herr Schlottke im Pflegeheim entgegen, ein seltsames Männchen von kleiner buckliger Gestalt, welches eine Leidensmiene aufsetzte und bitter Klage führte, verschnupft zu sein, aber hoffe, zu überleben.

Nun war dieser Schlottke einer, der für alles eine Erklärung parat hatte und man nicht anders konnte, als sich deswegen an die Stirn zu tippen.
„Man sagt ja nicht umsonst, ist das Leiden noch so schwer, so kämpft der Mensch dagegen sehr."
Sieh an, dachte unser Held, noch ein Verrückter mehr auf Erden, Ist die Welt denn noch zu retten? Dabei packte er Herrn Schlottke bei den Schultern, zog ihn näher heran, um ihn genauer zu beäugen:
„Die Bleichheit Eurer Käsebacken verrät den Hang zum Träumen, Kamerad, auch glotzt er wie belämmert in die Wolken, vermutlich wohl in alle Ewigkeit."
„Amen", entgegnete Herr Schlottke, die spirituelle Aura des ihm vom Sehen Bekannten witternd, „aber wenn ich Euch so reden höre, bin ich mit meinem Schnupfen, wie es scheint, noch glimpflich davongekommen."
Na, dachte er, so einer ist mir mein Lebtag noch nicht unter die Augen gekommen, weswegen er sprach:
„Zerschmettern wird der Herr im Himmel, Gebein, Gesäß und Satteltaschen dem, der nie vor seinem Vaterhaus gefegt der Gosse Schmutz und Plage, indessen ich, ein Knabe noch, wenngleich schon mittags auf den Beinen, das brave Mütterlein des Vaters Lieblingssüppchen kochen sah, das wahrlich nicht mit Salz und Linsen geizte."
Herr Schlottke zog den Hut, grüßte freundlich, dachte aber, wo hat dich denn die Kokosnuss getroffen? Man sagt ja nicht umsonst: Spricht der Esel auch Latein, wird´s trotzdem kein Lateiner sein.
Nur Herr Schlottke wusste, dass er einmal der „große Stiller ", der berühmte Schauspieler war, bis er vor Jahren im dritten Akt von Schillers „Kabale und Liebe" in den Souffleurkasten des Hamburger Schauspielhauses gestürzt war.
Nun ist die Zeit ja bekanntlich ein flotter Feger, der niemals stillzustehen weiß, eben noch hat die Jugend in unsrer Brust getobt, waren der Liebe Glut und Sehnsucht nach den Sternen unsere Begleiter, da sitzen wir auch schon krumm wie eine Gurke, mit

Brille, Tatterich, Gicht und Bauch und womöglich all unserer prächtigen Locken beraubt, verkalkt, verdummt und verstummt vor dem Fernseher in einem Pflegeheims, um uns ein Fußballländerspiel anzuschauen, was unser Held so lange schweigend ertrug, bis er Mitleid mit dem Ball hatte, der niemandem etwas getan hatte, nach dem aber trotzdem alle traten, weswegen ihm der Kragen platzte:
„Wie ungestüm die kurzbehosten Krieger dem ahnungslosen Lederball doch mittels heftig ausgeführter Tritte in stetem, sichtbar hocherhitztem Trachten, aufs Widerlichste den Garaus zu machen ruhen, wie doch das malträtierte Spielgerät in hemmungsloser Angst von einem Fleckchen grüner Wiese sogleich zum nächsten hüpft und kaum, dass zum Verschnaufen jene vielgepriesene Kugel-."
„Tooor! Tooor!" schrie einer und alle, außer unserem Helden, stimmten fröhlich ein.
Da platzte es aus ihm heraus:
„Kaum, dass zum Verschnaufen jene kugelrunde Kugel für flüchtige Sekunden Muße findet, eilt sie erneut herbei, die nimmermüde Kriegerschar. Ein Bild, in dessen grauer Tiefe ein Schimmer edler Größe waltet. In Schweiß gehüllt, Recke um Recke, nicht einer, der, des Ringens müde, des Streitens übersatt zu werden scheint in dieser Schlacht der buntbestrumpften Leiber."
Herr Schlottke stieß ihn an: „Ich warne Sie, Herr Möllenkotten, das nebenbei, den Namen habe ich mir nicht ausgedacht, um Euch zu ärgern, Herr Möllenkotten mag es nicht, wenn man ihm beim Torjubel ins jubelnde Wort fällt, Herr-."
„Stiller, Jasper-Balderich Stiller, geboren einst am schönen Neckarstrand, stand günstig mal der Wind in jenen Tagen, so wusste ich gekonnt ins jenseitige Zwirbelheim zu speien, wo steilen Hangs der „Zwirbelheimer Goldbach" wuchs, ein Tropfen erster Güte, der erste Rausch kam, wie so mancher später, war doch der Rausch schon Brauch und selten einer ohne."

Herr Schlottke fand das eine nicht wenig interessante Erklärung.

„Mit Verlaub, Herr, aber wenn Ihr die Herrschaften weiterhin mit Eurem Fachwissen über die buntbestrumpften Leiber erfreuen wollt, macht´s draußen auf dem Flur. Man sagt ja nicht umsonst, treibt´s einen Ochsen zur Universität, man besser ihm zum Stellungswechsel rät."

„Ein wahres Wort, doch zügle er die Reimerei, kein Maulesel beherrscht die Geige und zeigt er mir ein Pferd, das Harfe spielt, so lock ich ihm ´ne Kuh mit einer Bratsche aus dem Stall."

Na warte, dachte Herr Schlottke bei sich, was Du gut kannst, kann ich noch besser, weswegen er sprach:

„Und ist ein Schwein im Herbst allein, so wird´s das auch im Winter sein."

„Ein Hahn, dem nicht will schwillen recht der Kamm, der lässt das Krähen irgendwann, selbst wenn die Henne legt ihr Ei, dem Hahn, dem ist das einerlei."

So trieben die zwei es noch ein schönes Weilchen, wobei jeder den anderen mit seinen Sprüchen übertrumpfen wollte.

Eintönig gingen sie dahin, die Tage im Pflegeheim St.- Vitus, bis er eine Anzeige las, in welcher die evangelische Frauenhilfe im nordfriesischen Engringsen auf die Not hinwies, nach dem Tod des Pastors Krömstetten niemanden mehr zu haben, der den Seelen der Verstorbenen mit den Worten des Trostes, dem Segen des Allmächtigen und dem Versprechen auf das ewige Leben ein würdiges Geleit geben könne, zumal die Landeskirche sich außerstande sähe, für den ehrenwerten Pastor Krömstetten, Gott habe ihn selig und reiche Ernte seinem Kartoffelacker, einen Nachfolger nach Engringsen zu berufen.

Er schrieb zurück, der Herr habe es entschieden, das Schicksal es bestimmt, die Sterne es erlaubt, das Wetter es begünstigt, so fühle er sich auserwählt und überdies imstande, dem heidnischen Volk die Leviten des Herrn zu lesen. Er sei schon so gut wie auf dem Weg.

Da er nicht ohne Beistand reisen mochte, knöpfte er sich den armen Schlottke vor.

„Kein Mensch auf Erden ist allein, Schlottke, hat er noch Schwester oder Brüderlein, gleich morgen heißt es, auf, auf, Marsch, Marsch, per Zug hinauf nach Norden."

„Nach Norden?" sagte Herr Schlottke, „warum denn jetzt auf einmal nach Norden? Wir essen doch immer im Speisesaal und der geht nach Süden, nicht nach Norden."

„Es muss, wer ewig strebt nach Edlerem auf Erden, Schlottke, im Diesseits wägen zwischen Heut´ und Morgen, das Heidenpack nimmt mir zu freche Züge da oben, mir schwant, das Pack frisst mehr und öfter als es betet."

„Ach so, ja dann."

Nun, dachte Herr Schlottke, mit einem wie dem zu reisen, ist allemal besser, als sich alleine am Fenster die Beine in den Bauch zu bohren und im Leben nicht weiterzukommen als vom Speisesaal zum Klo und mit dem Fahrstuhl ins Erdgeschoss.

„Die Kerle saufen ums Verrecken, Schlottke, dass weit in Land und Flur es schallt, der Zecher sittenlose Lieder, den Frevel auszurotten, gilt mein Streben."

„Man sagt ja nicht umsonst, Herr: Wenn erst der Kerle Kehlen bersten, haben die Weiber nichts zu scherzen."

Eigentlich wollte er Herrn Schlottke vor ein Auto schubsen, der Schlagzeilen wegen, die das brächte und die er vermisste, ließ es aber vorerst ungeschehen, da ihm keine rechte Grabrede einfallen wollte, die seiner und Schlottkes würdig gewesen wäre.

Drittes Kapitel

Kaum hatten sie nach langer Reise den Bahnhof von Engringsen erreicht, schaute er sich dreimal nach

allen Seiten um, ob man wenigstens eine Blaskapelle in Marsch gesetzt hatte, um ihm zu Ehren aufzuspielen, da fiel sein Blick auf den Bahnschalter, wo eine junge Frau dabei war, den Schalter zu schließen.
Herrn Schlottke in die Rippen stoßend: „So seht nur, Schlottke, seht, dort drüben an des Schalters glasigem Gehäuse, scheint mir ein junges Weibsbild nach des Feierabends süßem Lohn zu trachten. Nur unter uns, ich schau der Jugend gerne zu beim frohen Spiel der Kräfte, müsst Ihr wissen, auch-."
„Ach? Müsste ich das?" seufzte Herr Schlottke, bückte sich und band sich einen Schnürsenkel zu, schielte aber auf seinen Gefährten, ob dieser, wenn auch nur langsam, endlich Vernunft annehmen würde. Der aber ließ nichts erkennen, was auf Genesung deutete, vielmehr trat er an den Schalter und sprach zu der jungen Frau:
„Ein dreifach Vivat, Jungfer Rosenschön, so wohlgewachsen wie Ihr seid, von schlankem Wuchs und kurvenreicher Blüte, bemächtigt sich Verlangen meines Blutes, auch schlägt mein Herz so laut in meiner Brust, als wolle es den Königsmarsch des Kaisers Amor trommeln."
Die so Begrüßte schaute sich um, musste aber zu ihrem Schrecken erkennen, dass sich außer diesem Verrückten nur noch ein ähnlich gerupftes Vögelchen in der Schalterhalle aufhielt.
Die Hand vor dem Mund, da sie gähnte: „Moin. Und?"
Er zwinkerte ihr zu.
„Und wenn es nur zwei kleine Wörter sind, das zarte Moin und das bekannte und, die Ihr mir gönnt, so wohnt den beiden doch der Klang der Geigen inne. Den Rest schweigt aus, dass es in Frieden dann zur Stille reife."
„Wohin soll´s denn gehen, guter Mann? Husum? Heide? Fedderbaddensiel?"
„Sprecht´s offen aus, denn was ein Frauenherz bewegt, soll niemand anders als das züchtge Weib in Worte kleiden. Wie lebt es sich in diesem Land, wo Fuchs und Wolf dem armen Lamm nicht gnädiger

gewogen, als im sibirischen Pofkorninggrad, wo ich dereinst, des Zaren kaiserlicher Biberfänger, des Morgens schon auf Bärenjagd, ab Mittag dann gesättigt in mich ging."

„Tut mir leid für Sie, mein Herr, aber ich habe Feierabend."

Aha, dachte er, sie durch das Schalterglas betrachtend, wie sie sich die Lippen schminkte, schon hebt in ihrer Brust der Liebe Sturm zu wüten an. Das scheint ein schönes Feuerchen zu sein, das ich mit meinem Witz und Charme entfacht in ihrem Herzen.

Da fiel sein Blick auf ein mit Schlitz versehenes Kästchen, vor dem ein bedruckter Zettel lag:

„Wir sammeln für den todkranken Billy Joe Hinnarksen. Dank Ihrer Spende und mit Gottes Segen kann der arme Junge vielleicht gerettet werden."

Auf das Kästchen deutend:

„Und ist die Wahrheit noch so schwer, sie zu erfahren, kam ich her. Was ist es, was des Knaben Herz beschwert und jene quält, die seine Äuglein lieben? Sollte es Fieber sein, ein Fingernagel von vereitertem Wesen, so gilt es neue Wege zu beschreiten, in dem Fall rate ich, den Wevelsbacher Kräutersud zu trinken, man rührt mit einem Löffelchen drin rum und gießt ihn sich von oben in die Gurgel. Spuckt er es wieder aus, das bittere Gesöff, dann heißt es, Augen auf und alles Weitere bedenkend, doch rotzt er Blut und keucht, indessen ihn der Husten quält-."

„Ach", kam die Antwort, „wenn es ja nicht so traurig wär, würde ich es Ihnen ja erzählen, aber immer, wenn ich daran denken muss, dass eine Mutter ihr Kind, das Kind seine Mutter und die lieben Geschwisterchen ihr Brüderchen verlieren sollen, komme ich vor lauter Kummer gar nicht mehr dazu, die richtigen Worte zu finden."

Herrn Schlottke, der das hörte, gingen ihre Worte so nahe, dass es ihm das Herz zerriss, bekümmert trat er ein paar Schritte beiseite, ballte die Fäuste und murmelte vor sich hin, „halte durch, Schlottke, halte durch, durchhalten, Schlottke."

Viertes Kapitel

Da sie nicht wussten, wohin, kam ihnen eine Scheune am Dorfrand ganz gelegen, wo sie sich der Länge nach auf dem dort gelagerten Heu ausstreckten, zumal Herrn Schlottke nicht nur alle Glieder schmerzen, auch drohten ihm die Augen nach dem langen Tag schon im Stehen zuzufallen.
Da ihm Schlottkes Schweigen lieber war als dessen Schnarchen, stieß er ihn an.
Er beabsichtige übrigens zu einem so späten Zeitpunkt von dieser Welt zu scheiden, dass er zu alt sei, um diesen kummervollen Tag noch zu erleben.
Herr Schlottke, den das Heu am ganzen Körper zwickte, riss Mund und Augen auf und dachte bei sich, ist der Kerl jetzt vollends verrückt geworden oder will er sich einen Scherz mit mir erlauben? Man sagt ja nicht umsonst, macht einer Scherze von plumper Art, gefriert einem der Backenbart.
„Wie, Herr? Ihr gedenkt also allen Ernstes, mit dem Tod solange zu warten, bis Ihr, praktisch und auch sozusagen-."
„Gewiss, Schlottke, weißgott nicht alles, was er sinnt und sagt, muss Zeugnis eines Esels sein. Sagt nicht die Bibel schon, in jedem Ochsen steckt vom Löwen mindestens ein Viertel und war's nicht David selbst, der einst dem Goliath mit einer Sense hieb das linke Ohr von der ihm zugeneigten Seite?"
„Das sagt die Bibel bestimmt nicht, Herr, aber dafür kenn ich den Psalm, wer einem Narr die Tür aufhält, hat gleich den Deibel mitbestellt."
„Fürwahr, der Passus ist mir neu, wär er mir alt, ich wüsste seinen Reim zu schätzen. Im Übrigen, Schlottke, da Ihr zuweilen schnarcht und offnen Maules nach den Mücken schnappt, mich sticht das Heu, wenn's Euch doch nur erschlagen würde, so hätt ich meine Ruh und fänd mit Freude des Schlummers Kraft und Segen wieder."
„Das habt Ihr aber schön gesagt, Herr, vorne so rosig, in der Mitte so blumig und am Ende ging's nochmal richtig zur Sache, gute Nacht."

Er musterte ihn. Dann dachte er, ach was, um mich zu foppen, ist mein Schlottke am falschen Tag geboren.

„Mein Plan ist der, hör er mir zu, gewartet wird mit Tod und Scheiden, bis ich zu alt, um dem Spektakel beizuwohnen. Ist's erst geschehen, Schlottke, gut, dann soll man allen Mut zusammennehmen und es getrost mir sagen."

„Ich bin kein Philosoph , Herr, und beinahe hätte ich es sogar bis zur Mittleren Reife oder halbfertigem Summa Kummer Laura gebracht, aber soviel weiß ich auch, Ihr seid doch dabei, wenn Euer Stündlein schlägt, man Euch beide Äuglein schließt, die Händchen faltet auf dem Bauch und manche Träne weinet auch."

Er stöhnte, da Schlottkes Satzbau sein Missfallen erregte:

„Es schlägt die Stunde, wenn Gott die Zeiger stellt, Schlottke, na und? Das zu bestreiten, fehlt mir die Courage. Doch kann man jenem Stündlein auch ein Schnippchen schlagen, man stellt die Uhr ganz einfach vor und lässt zur abgemachten Zeit des Nachbarn Weib, des Försters Dackel sterben."

Bei Onkel Willi mit dem alten Benz, dachte Herr Schlottke und starrte ihn mit offenem Mund an, wir Schlottkes hatten ja so manchen Halunken in unseren Reihen und selbst an Verrückten war kein Mangel, aber so einen hervorzubringen, war nicht einmal Tante Friedchen, der alten Tucke, vergönnt.

Mittlerweile hatten sie sich auf ihrem unbequemen Lager ausgestreckt, aber während Herrn Schlottke vor Müdigkeit die Augen schon zufielen, war unser Held hellwach, weswegen er den Gefährten weckte.

Ob er auch hier wohne? Er wohne selten hier, aber wenn, dann nicht allein zur Nacht, auch schätze er der Landluft edle Würze, ihres Aromas belebende Kraft.

„Der Mensch, Schlottke, dazu bestimmt, sein Heim zu fegen und überdies sein Eheweib zu pflegen, bedarf der Ferne nicht in seinem trauten Kämmerlein, es, es brennt, die Flammen züngeln, schon brüllen Vieh,

Knecht, Magd und Kinder, dann aber raus, Schlottke, auf allen Beinen und nichts wie rein in die Pantoffeln."
„Gestattet Herr, aber findet Ihr die Reihenfolge, ich meine, erst raus aus dem Haus und dann schleunigst rein in die warmen Pantoffeln nicht ein wenig unlogisch?"
Nanu, dachte er, den Schlottke von der Seite beäugend, was nimmt der freche Kerl sich raus, mich vor den Mäusen zu belehren?

Herr Schlottke schlief.
Als der Mond durch das Gebälk schien, durch Teerpappe, Mauersteine und Dachziegel und die morschen Sparren silbern glänzten, riss er sich die Mütze vom Kopf, verneigte sich, begrüßte den Mond mit winkenden Händen und sprach:
„Oh goldnes Licht der sternenklaren Ferne, der Du der Finsternis entrungen des Silberschatzes Perlenspiel, wende mir, Du wohlbeleibtes Goldgesicht, die Schönheit Deiner Vorderseite zu, gewähre mir, dass ich mich einer Kelle Eures Mondgebräus bediene, auf dass die Dunkelheit aus allen Hirnen weiche und Heil und Segen fahre in die mürben Schädel." Er griff nach einem Eimer, kletterte damit auf einen Stuhl, hielt den Eimer mit der Öffnung nach oben und streckte sich dem Licht entgegen, in der Absicht, das goldene Licht der Weisheit im Eimer zu sammeln für alle, die der Gnade des Himmels bedurften. So wie er damit fertig war und mit einem Blick in den Eimer feststellte, dass das goldene Licht, das er dem Mond stibitzt hatte, schon bis an den Rand schwappte, stieg er vom Stuhl herab und begab sich mit einer Taschenlampe auf die Suche nach einem Stück Stoff, um damit den Eimer abzudichten, damit kein einziger Strahl seines kostbaren Schatzes entweichen konnte. Schon stieß er in der Ecke neben alten Lumpen auf eine Wolldecke, auf welcher ein fetter Dackel ruhte.
„Verzeihet, Herr Dackel mit dem Ginsterblick über der frostvernarbten Kläfferschnauze, dessen Lug und Laster ich keineswegs bewerten mag, noch mich erkühnen will, die Pfoten Eures Mütterleins der

Hässlichkeit zu zeihen, gebt frei an Decke, was Eurem Hinterteil Raum zur Entfaltung bot."

Als der Hund ihn so reden hörte, trollte er sich, denn es war ihm lieber, sich draußen einen steifen Schwanz zu holen, als von diesem Verrückten angesteckt zu werden.

Herr Schlottke war kaum erwacht, da zeigte er auf den Eimer:
„Was haben Sie denn da, Herr? Etwa ein zweites tragbares Klosett für Stunden, in denen das erste schon besetzt ist oder aus Mangel an Vorhandensein zu fehlen scheint?"
„Ach Schlottke, Schlottke", seufzte er, „wo weit ins Land hinein die Dummheit waltet und Narren schalten nach Belieben, damit der Menschen Geist auch weiterhin am Hungertuche nage, seid Ihr der Tölpel erstes Stumpfgesicht."
„Mit Verlaub, Herr, aber meine Frage zielte eigentlich mehr auf den Eimer da, als auf eine Probe Eurer philosofonorischen Kenntnisse", worauf er Folgendes zu hören bekam:
„Des Mondes goldenem Vermächtnis, Schlottke, gebührt doch wohl ein edlerer Ort,, als jener, den zu bekleckern und bekäckeln der Mensch seit jeher zur Erleichterung des Leibes nutzt. Nein, nein, das ist es nicht, zum Klo berufen war noch nie zu meiner Zeit ein Mond auf Erden, wenngleich, nun ja, ich meine so-"
„Sondern?" Herr Schlottke rieb sich die verschlafenen Augen und dachte, Himmel, Herrgott und Sakramento, wenn der Kerl noch halbwegs bei Verstand ist, soll mich der Kuckuck im ersten Morgengrauen holen.
„Ihr müsst der Dummheit auch mal Grenzen setzen, Schlottke, sonst reist sie heute noch mit Euch ins Narrenhaus, wo Ihr beim Däumchendrehen das Strichemalen und das Töpfern lernt, hört zu."
„Jawohl, Herr, auch wenn ich Mitleid mit meinen Ohren habe und sie eigentlich für Besseres-."

„Mit einer Kelle weisen Lichtes, Schlottke, des Mondes goldnem Schein, entnommen, gesammelt in geweihten Stunden, geruhe ich ab nun, will sagen, eine Weile später, dem Bauernvolk der Bildung Geist und Klugheit ins leergefegte Hirn zu gießen, mein Plan-."

„Man sagt ja nicht umsonst, Herr: Ist einer nicht mehr ganz bei Sinnen, so gibt´s vor diesem kein Entrinnen."

Hier setzte es einen Schlag in den Nacken, worauf der gute Schlottke verstummte.

„Mein Plan, er kam mir potzblitz in den Kopf geschossen, ist der, zu Geld zu machen, was hier noch traulich ruht in dieses Eimers hohler Mitte, ich denk mir´s so, Schlottke, pro Mann-."

„Um Himmels Willen", sagte Herr Schlottke und beugte sich über den Eimer, „eine stinkende Decke und ein nicht besser duftender Putzlappen soll Euch dabei helfen, den Bildungsnotstand der Krabbenzähler, der Grätenstecher und Deichplatttreter und-."

„Pro Mann, Schlottke, pro Mann gewähr ich jedem Trampelbein auf Frieslands Scholle, nun, sagen wir, eine halbe Kelle dieses Mondgesöffs, doch muss am Ende ein Gewinn in meinen Büchern stehn."

„Man sagt ja nicht umsonst, Herr: Steht am Ende kein Gewinn, so ist das schöne Geld dahin."

Statt bei seinem Gefährten Begeisterung zu sehen, oder wenigstens ein kleines Fünkchen Anerkennung, war alles, was der arme Schlottke mitbekam, ein verärgertes Kopfschütteln.

„Ist es ein Weib, Schlotte, dem diesen Trunk zu schlürfen ich gestatte, mag sein, ein holdes Mägdelein gar, von edler Unschuld noch und junfernhaft durchglüht in allen Gliedern, so kann es auch ´ne volle Kelle geben. Was Buben angeht, eineinhalb."

„Eineinhalb was?" sagte Herr Schlottke und dachte bei sich: herrjeh, man sagt ja nicht umsonst, hat der Mensch erst einen Fimmel, so hilft kein Beten und kein Himmel.

„Eineinhalb Kellen von des Mondes Silbertropfen, Schlottke, geschlürft, geschnuppert, geschmatzt oder in einem Zug die Kehle abwärts in das brodelnde Gedärm gestürzt, ganz wie Ihr wollt und wie's die Englein mögen, egal, und jedem Trottel wird zuteil, was aller Götter bester Tropfen ist."
Da dem armen Schlottke die Sache nicht geheuer war und er befürchtete, der Funken könne auch zu ihm herüberspringen, verkroch er sich in der Ecke unter seiner Wolldecke, riskierte ab und zu einen scheuen Blick auf seinen Herrn, vermochte aber keine Anzeichen der Besserung zu erspähen.
Im Gegenteil, denn schon hörte er ihn sagen:
„Doch trinkt die Maid vom Quell des Lichtes, Schlottke, will ich vom Schlürfen nicht einmal ein ferne Echo hören, kein Rülpsen und kein Grunzen soll in das Schlucken platzen, vom edlen Trunk gibt's allenthalben einen Schluck für jeden, ja, besser noch, ein Schlückchen."
Herrn Schlottke wurde unheimlich zumute, die Kälte kroch ihm überall dahin, wo sie nach Schlottkes Meinung nichts zu suchen hatte.
„Ein Schlückchen Mondwein, na dann auf Euer Wohl, Herr, mögen die Narren auf dieser Welt sich an Euch ein Vorbild nehmen und aufhören, am leichtesten Kreuzworträtsel zu scheitern, Amen."
„Amen, Schlottke und wenn's beliebt, drei Aves unter Kerzenschein dazu, hat jeder erst im Dorf der stumpfsinnigen Pfeifen vom Licht der Weisheit seinen Teil gehabt und gründlich sich die Klugheit in den Kopf gesoffen, so wird, mein treuer Knecht, ich schwör's, das Land wie neu geschaffen aus den Ruinen steigen, kein Heide mehr, kein Humpeln und kein Hinken, kein Straucheln mehr, kein Streiten, wo heute noch das Raufen und das Saufen wüten, kehrt morgen schon der Friede frommen Denkens ein. Was treibt Ihr da, mein Schlottke? Er treibt doch was. Ich hörte Schläge, die harten Tones Dinge trafen, die mir noch schleierhaft, doch haben sie sich doch auf rasche Art Gehör und somit auch Respekt verschafft. Schlagt Ihr Euch Eure Flausen aus dem Schädel,

Schlottke, dann weiter frisch ans Werk und frohes Wirken, haut drauf, langt zu, noch, scheint mir, nistet Unrat Euch im Schädel."

„Na Ihr seid gut, Herr, und was Ihr von meinen Flausen haltet, will ich dieselben schnell wieder unter der Bettdecke verstecken, ich beliebte nur, nach einer Fliege zu klatschen, ich klatschte infolgedessen einmal, ich klatschte zweimal, ich klatschte-."

„Ja ja, Schlottke, ist gut, ist gut, er klatscht ja noch, wenn andre schon zur Schule gehen. Von mir aus legt die Beine hoch, es muss ihm wieder Blut in Hirn gelangen, sonst fängt er mir noch an, des Fliegenklatschens wegen einen Stich zu kriegen."

„Am Ende war es so, ich schlug das arme Tierchen tot, infolgedessen plumpste es zu Boden."

„So ist es wohlgetan, mein werter Schlottke, ich seh´s wie Ihr, man muss den Fliegen ihren Spaß beim Sterben lassen, nicht ewig währt des Lebens Zauber auf einer Fensterbank, und geht der Teller erst zum Brunnen-."

„Krug, Herr, lassen wir dem Krug den Vortritt vor dem Teller und lassen wir den Krug solange mit dem Henkel in der Hand um den ollen Brunnen herumspazieren, bis er sich selbst einen Vogel zeigt, sich einen Narren schimpft und hungrig heimwärts strebt zu seinen Liebsten."

„Und dass Ihr´s wisst, Schlottke, geschlachtet wird im Dorf, wenn Frieden zwischen Mensch und Tieren herrscht, nur dann, wenn ich es sage, egal, ob Schaf, Kuh, Ente, Pute oder Gans nur dienstags zwischen eins und drei, doch muss von edler Milde zeugen des Schlachters Tun und Trachten, auch soll-."

„Und Schweine, Herr?"

„Auch die, Schlottke, gewiss, gewiss, auch Schweine gilt es mitzurechnen, auch deren Dasein ist vom Tod bedroht und endet für gewöhnlich im Verrecken, nicht ewig währt der Säue keckes Grunzen, der Kringelschwänze froher Ringelreigen, egal, geschlachtet wird mit sanfter Hand und beethovenschen Tönen, kann sein, dass auch die

Orgel spielt und zart die Harfe jauchzt, wenn schon des Metzgers blutverschmierten Hände-."

„Das mit der Harfe, Herr, ist eine gute Idee, denn würdet Ihr sie vergessen, die Harfe, meine ich, wo bliebe dann das zart gerupfte Harfenspiel? Und wenn Sie mich das fragen, aber tun Sie es besser nicht, ich wüsste keine Antwort darauf zu geben, glaubt es mir."

Jetzt war er es, der den Schlottke mit großen Augen anvisierte:

„Ich will, die Schlachterei betreffend, Schlottke, wie auch das Quieken braverLämmer und ihrer armen Eltern Kummer, vom Blut nicht einen Tropfen sehen und von den Viechern kein Gejammer und Geflenne hören, doch muss die Tat des Schlachtens allein durch ihre Anmut glänzen, es hilft doch keinem, Schlottke, wenn das Leiden einer Sau den heilgen Sonntagsfrieden stört, stell er sich vor, wir beten, Gott wir loben Dich und machen Kreuze, wie beim Turnen, die Sau indessen, womöglich in den besten Jahren, will ums Verrecken nicht von Freunden, Vettern, Brüdern, Schwestern, Tanten scheiden, dabei ist derlei auch uns Menschen auferlegt, und, Schlottke, jammern wir? Sagt an."

„Ich für mein Teil", entgegnete Herr Schlottke, „würde lieber leben als geschlachtet beim Tiefgefrornen enden, Herr, man sagt ja nicht umsonst: Bist du erst tot und stumm, beginnt die Chose andersrum."

„Er denkt sie sich wohl aus, der Sprüche ungelenke Scherze, der krummen Silben scheppernden Radau, wie, was? Und preist und rühmt sich noch in seinem Wahn, der Dichtkunst bester Federkiel zu sein, womöglich noch ein echter Goethekus, ein Schillerus, mit welchen ich, der Epilog ist schnell berichtet, Schlottke, noch jüngst in Stieselbach, ein Dörfchen hinter Weimar war's, umgeben von der Wälder krummen Buchen, im Roten Hirschen einst auf Faustus, Räuber und Gedeihen so manches gute Glas geleert, doch setzten wir die selben wieder ab, sowie sie gründlich leergesoffen. Doch eilt die Zeit, Schlottke, jetzt fahr er meine Kutsche vor und spann die Rösser ein, dass er mir frohen Werkes summt der

Alten schöne Lieder. Es ruft die Tat, es schreit die Welt nach wackrem Handeln, so stimm er frischen Herzens ein mit mir, na los."

Er könne nicht singen, klagte Herr Schlottke und hielt sich den Bauch, er sei krank. Er fühle oben ein Reißen, links ein Beißen, unten ein Zwicken und was den Rest anbelange, so zweifele er keine Stunde länger daran, dass es besser sei, sein Lager vorerst nicht zu räumen, dabei stöhnte und jammerte er, als habe sein letztes Stündlein geschlagen.

„Dann nimmt er einen Trunk und schlürfe sich gesund an Bein und Leber, kein Zipperlein auf Erden, das meinem Mondlicht trotzen könnte, wohl ist es wahr, dass ich den Mond in Eimern an das Pack verkaufe, nicht, dass der Sinn mir gar nach Ramsch und Reichtum stünde, den ich mit losen Weibern dann genüsslich wüsste zu verhuren, Schlottke, das ist es nicht."

„Aha, und was ist es dann, Herr? Sagt´s mir, dann kann ich es auch gleich wieder in aller Ruhe vergessen."

„Es muss im Edlen immer auch ein Anfang liegen, Schlottke, denn täte es das nicht, wo bliebe das Beginnen?"

„Schön und gut, Herr, aber wenn es ein Narr ist, der sein Tagwerk mit dem Anfang anfängt, dann möchte ich nicht das Ende seiner Kunst erleben, darum nochmal, wenn Ihr gestattet-."

„Es soll die Menschheit sich an jenen Dingen laben, Schlottke, die bis ins Grab ihr Trost und Beistand spenden, so danket Gott dem Herrn, dass er mich rief und keinen morschen Galgenstrick wie Euch erkor, das heilge Mondlicht in die Welt hinaus zu tragen."

„Dann tragt Ihr mal schön, Herr", sagte Herr Schlottke in der Ecke unter seiner Decke, „und wenn Ihr fertig seid, kocht mir bitte ein heißes Hühnersüppchen."

„Dieses zu schlürfen, rat ich Euch nicht, Schlottke, sonst staut sich noch womöglich mancher Furz vor Eurer Hintertür, bevor derselbe braust ganz frohgemut ins Tageslicht hinaus. Nun hoch das Kinn und auf das Maul, dann sauf er sich von allen Qualen los, na los."

Dabei führte er dem armen Schlottke den Eimer an den Mund, packte ihn am Schlafittchen und hielt den Eimer so, dass Herr Schlottke sich leicht hätte ein ordentliches Schlückchen genehmigen können, wenn ihm der Putzlappen nicht ins Gesicht gerutscht wäre und aller Durst im Nu verflogen. Daraufhin hieß er den Schlottke, drei weitere Eimer zu holen, und wenn ihn die Mühsal am Ende auch das Leben koste, derlei müsse der Mensch ertragen. Da er ihm in Aussicht stellte, ihn windelweich zu prügeln, falls ihm das misslänge und ihm versprach, ihn noch windelweicher kleinzuhacken, falls es irgendeinen Einspruch gäbe, tat der gute Schlottke, wie ihm aufgetragen.

Schon sah man die zwei die Dorfstraße entlang marschieren. Während Herr Schlottke vier randvoll mit Mondlicht gefüllt Eimer schleppte, stöhnte, fluchte und wimmerte, hatte der, der ihm das alles eingebrockt hatte, seine Hände in den Taschen vergraben und pfiff ein Liedchen nach dem anderen vor sich hin.

Kurz drauf kam ihnen die schielende Rosamunda entgegen, eine junge, in der Blüte ihrer Pracht stehende Maid, welche von der Liebe nur wusste, dass diese einen Bogen um sie machte und selbst beim Schützenfest tanzte kein Bursche mir ihr, weil sie schielte. Kaum, dass die Silberblickige vor ihnen stand, fuhr ihm der Liebeswahn ins Hirn, er riss dem Schlottke die Mütze vom Schopf, deutete auf einen der Eimer und sprach zu Rosamunda:

„Des Himmels sei, wie auch des Glückes reichem Segen, wer diesen edlen Tropfen schlürft, so möge es Euch wohlbekommen, kippt, schluckt, sauft, soviel Ihr wollt, dann solln die Englein Euch das Näslein pudern und salben Euch die Hühneraugen."

„Sie müssen schon entschuldigen", sagte Herr Schlottke und stellte einen der vier Eimer der Jungfer vor die Füße, „aber mein Herr und Pfuscher aus Kurpfalz geruhen bei seinen Späßen keinen Spaß zu verstehen, gebt ihm um Gottes Willen einen Taler und sauft das Zeug, dass Euch die Kehle platzt, bevor´s des Wüterichs Kragen tut. Man sagt ja nicht umsonst:

Wer einmal kostet von des Mondes süßem Wein, der ewig soll gebildet sein."

Als Rosamunda die beiden so wirres Zeugs reden hörte, aus dem sie vorn nicht schlau und hinten nicht klüger wurde, spuckte sie in einen der Eimer, raffte den Rock und rannte so schnell davon, wie die Beine konnten.

Darauf er:

„Es ist das bittre Los der Dummen, Schlottke, dass sie im Augenblick verstummen, da ihnen widerfährt der Wunder Gunst und Gottesgabe, doch soll Vergebung mit dem Prachtweib sein, es riet die Keuschheit ihm, vor mir zu fliehen, bevor es schmachtend meiner Schönheit ihre Unschuld zollte."

Heidewitzka, dachte Herr Schlottke und biss sich auf die Lippen, um nicht laut los zu prusten.

„Ich will Sie ja nicht unterbrechen, Herr, aber was muss, das muss, und was Eure Schönheit angeht, so bin ich der Meinung, dass man die Dinge ruhig beim Namen nennen sollte, womit ich sagen will, dass Euer Gesicht, vor allem bei Tage, wenn die Sonne Eure Vorderseite als das enttarnt, was sie ist, nämlich-."

Hierauf bekam er einen solchen Stoß vor die Brust versetzte, dass er sich erstmal um seine Rippen kümmern musste, statt die Schönheit seines Herrn in Zweifel zu ziehen.

Nun war unser Schlottke aber mit seinen Händen flinker, als sein Kopf hell, weswegen es auch keine zwei Tage dauerte und schon hatte er seinem Herrn ein schmuckes Holzkästchen mit abnehmbarem Deckel geschreinert, auf dessen Boden ein kleines, batteriebetriebenes Lämpchen mit einem Draht befestigt und es ihm augenzwinkernd mit den Worten überreicht, jetzt könne er Licht des Mondes, gefangen, gekeltert und nach guter alter deutscher Braukunst gebraut, getrost von Haus zu Haus tragen, um es gegen ein hübsches Sümmchen oder eine Spende für den armen todkranken Jungen im Dorf einzutauschen.

Vor Freude schlug er die Hände vor dem Gesicht zusammen und rief: „Gerülpst, gefurzt und zwei Meter neben Euer Werk geschissen, Schlottke, er kann mich doch am Arsche lecken, doch lenkt er ein, er lecke nicht und das aus wohldurchdachten Gründen, ich will´s, ich kann´s Euch nicht verdenken, Auch soll er grunzen, wie es ihm behagt, mein Wort, das habt Ihr wohlgetan. Ein wahres Kunstwerk, das Ihr schufet und das mit Händen, die im Besitz der Krätze sind."

Fünftes Kapitel

Fünf Uhr nachmittags war es wohl, als unsere Freunde vom Weg abkamen und sich auf einer Weide wiederfanden, welche an das Dörfchen Engringsen grenzte, über das nichts Erstaunlicheres zu berichten wäre, als dass es mehr Rindviecher als Bewohner zählte, sich ansonsten aber weder siegreicher Schlachten rühmen noch mit berühmten Halunken schmücken konnte. Auf der Weide standen sich zwei Bullen mit gesenkten Hörnern gegenüber, übrigens in Feindschaft über eine Kuh geraten, hatte die Natur diese doch mit allen Vorzügen ausgestattet. Da es neblig und seine Augen nicht mehr die besten waren, glaubte er, anstelle der Bullen zwei Riesen vor sich zu haben und statt des blondgelockten Knaben, der bei den Rindviechern Wache hielt, der schönen Fürstin Kassawana gegenüberzustehen, über die er, während er auf den Knaben zutrat, Herrn Schlottke wie folgt in Kenntnis setzte, dass diese Fürstin Kassawana sich zu ihrem Vergnügen zwei tollpatschige Riesen gehalten habe, die immer dann, wenn der Fürstin nach einer saftigen Keilerei zumute war, sich gegenseitig auf die Pelle rücken mussten, die Lanzen zu kreuzen und sich ein ums andere Mal in Stücke zu hieben hatten, auch galt ihr Befehl an die zwei Hornochsen, immer wieder aufzupringen, und waren die Riesen auch noch so verdroschen und zermalmt, das half alles nichts, schon mussten sie

aufs Neue Anlauf nehmen und dem anderen die Pelle gerben. Biss einer der Riesen ins Gras, verschlang der andere sein mitgebrachtes Bütterchen, griff zum Handy und rief den Notarzt herbei, welcher auf einer Blechbüchse angeprescht kam und erklärte-."
„Mit Verlaub, Herr," schrie Herr Schlottke, der sich hütete, einzuschreiten, da ihm zehn heile Knochen im Leib lieber waren als neun zerquetschte, „aber wenn Ihr soviel über diese Fürstin Kawaziona wisst, so gestattet mir die eilends herbei geflatterte Frage-."
„Aber kurz, Herr Schlottke, kurz," kam es atemlos zurückgedonnert, „Ihr seht, schon trachten meine Hände bereits in zuckender Erregung danach, dem Riesen Togaros, dem Dürren, gleich an sein schiefes Horn zu langen."
Darauf Schlottke, aus sicherer Entfernung:
„Woher rühren Eure Studien, jenes verlockende Weibsbild betreffend, Herr? Doch antwortet zackig und zügig, ehe Ihr Euch aufgespießt über zu viele Löcher im Leib beklagt."
„Ich spielte", drang es an Schlottkes Ohren, „noch arm an Jahren, gleichwohl als Mime längst in vollster Maienblüte stehend, im Drama ‚Kassawana von Estragona, so müsst ihr wissen-."
„Mit Verlaub und in größter Eile", brüllte der gute Schlottke, „noch weiß ich nichts über das Dramulettchen, welches Ihr so geschwind und gestriegelt beim Namen nennt."
„Wie dem auch sei", kam neues Gebrüll von der Weide, „den Lehrmeister der Rittersleut gab ich mit Schwung und mimisch großer Geste, doch lasst mir Zeit, Schlottke, denn zur Schilderung des Ganzen bedarf es wohl der Jahre grenzenlosen Raumes, nun aber gedenke ich zu jener Tat zu schreiten, die Kassawana selbst mir einst am Fürstenhof von Estragona bei Lautenspiel und Kerzenschein ans Herz gelegt."
Im Glauben, endlich der schönen Fürstin Kassawana zu begegnen, beugte er vor dem blondgelockten Knaben das Knie und sprach:

„O Schönste Blume der momentanen Gegenwart, o Sehnsucht meines Herzens und stetes Ziel der mitgeführten Füße, mag auch die Nacht mit ihren Sternen prahlen, so ist´s der Sonne Glanz, der Euch mit sanftem Gold begießt, da stolz mit Anmut Ihr durchmisst der Kühne und der Ochsen samtne Fladen."
Als der Junge das hörte, lachte er laut auf, so dass die Bullen, die unserem Helden bisher ihr Hinterteil dargeboten hatten, ihm ihr Maul zuwandten, worauf er sicher war, es mit den Riesen Togaros, dem Dürren und Terzidas, dem Dicken, zu tun zu haben, weswegen er sich auf den Ersten stürzte, dessen Ohr packte, es nach Kräften schüttelte und schrie:
„Was trug ich Dir, du Fleischbergkanten, denn einstmals auf am Hofe Estragona? Im Kampfe Mut zu zeigen, Du Fleckgesicht, die linke Flanke schützt, indessen Ihr die rechte kurz zum Saufen schickt, und dass er mir den Degen aus der Nase nimmt, kratzt, wenn Euch unentwegt der Zinken juckt, von mir aus mit dem Daumen da, wo-."
Obwohl die Rindviecher von Haus aus an eine derartige Gesellschaft gewöhnt waren, jagte er ihnen einen solchen Schrecken ein, dass sie zusahen, den Weideplatz zu wechseln.
Ermattet von der hitzigen Fechtstunde mit den Bullen sank er ins Gras und sprach: „Beim Lazarus und allen Brüdern dieses Bleichen, Schlottke, kein Weg von christlichem Behufe, der keine Nächstenliebe schufe. Ihr habt es selbst gehört, ein Bürschlein ist´s, das ringend sich mit Tod und Tränen quält. Und erst sein armes Mütterlein, wie schrecklich muss es leiden.
Doch soll das Elend nicht von Dauer sein. Noch heute soll der Bube von meinem Mondtrunk kosten und so geschwind genesen wie einst die Römer und Chinesen. Habt Ihr das Kästchen auch dabei, dann ist es einerlei, dass Ihr es tragt, ich stehe fürs Gelingen."
„Oh ja, das Kästchen, das ist hier, Herr, ist es auch klein und schlecht funiert, egal, jetzt heißt es, ausprobiert."

Schon machten sie sich auf den Weg durchs Dorf. Lauschten hier, verweilten da und wo kein Lauschen und kein Verweilen half, spitzten sie umso mehr die Ohren.

Und tatsächlich, am Ende der Dorfstraße hörten sie Heulen und Wehklagen aus einem offenen Fenster dringen. Indem er gegen die Tür pochte, rief er mit lauter Stimme: „Wer da? Wir hier, zwei Abgesandte aus dem Abendland, gekommen zu den Faulen und den Frommen, gesandt und auf das Modischste gewandet, doch ungeachtet aller Laster Eurer Ahnen-."

„Ich will Euch ja nicht zu nahe treten", flüsterte Herr Schlottke, „aber meinen Sie nicht, dass so viele Wörter und dazu noch völlig ohne Sinn und Verstand, die Not dieser armen Menschen vielleicht am Ende noch-."

Da brüllte er noch lauter: „Wie viele Häupter geruhen denn, auf solch bittre Weise der Missstimmung anheim zu fallen und aller Lebenslust ein munteres Adieu zu pfeifen? Hallo? Geht einer unter Eurem Dach infolge fehlender Heiterkeit zugrunde, so nehmt es gottgegeben hin, wie eine kluge Henne weiß des Hahnes Launen zu ertragen, so dürft auch Ihr nicht zagen. Kocht meinetwegen, was Ihr wollt, doch lasst dem Schlottke und auch mir vom Braten mehr als eine Scheibe."

„Findet Ihr nicht, Herr, dass Eure Epistel ein wenig zu weit in die Welt hinausschweift und ganz vergessen hat, den Verstand mitzunehmen?"

Dafür kassierte Herr Schlottke eine Kopfnuss, war aber so tapfer, es bei einem Schmerzensschrei bewenden zu lassen, da ging es auch schon weiter:
„Ist es der Darm, der Euch des Daseins Munterkeit beraubt und quälend Euch zum Sklaven von Klosett und nicht geringem Ärger macht, so schnürt ihn unterhalb des Gürtels mit zwanzig Pferdeschwänzen ab. Ich führe einen Wundertrunk mit mir. Wer je ihn schluckte, vermochte bisher nie zu sterben."

Da wurde das Jammern und Klagen drinnen so laut, dass Herr Schlottke das Elend gar nicht mehr mit anhören mochte und sich die Ohren zuhielt. Indem er ihm die Griffel von den Lauschern riss, schrie unser Held:
„Doch streift, auch derlei hört man dieser Tage, ein Mörder mit erhobnem Beil, den Dolch gezückt, die Seele schwarz wie eine Raucherlunge, durch Eure Räume, so sprecht es frei heraus, ich schick den Schlottke vor mit seiner Gurkennase, es wird, wer immer Übles führet wider Euch im Schilde, bei Schlottkes Anblick gern das Weite suchen, doch-."
Quietschend öffnete sich die Tür. Der Schein von vier Kerzen huschte über fleckige Wände, von denen der Putz abgeblättert war, schon fiel ihr Blick auf acht nackte Kinderbeinchen, die allesamt in ärmlichen Nachthemdchen steckten, aus denen oben spindeldürre Arme, Schultern und ganz oben traurige, verängstigte Gesichter hervorlugten.
„Ich bin Katharina vom Medizinschränkchen", sagte eines von zwei Mädchen und machte einen Knicks, achtete aber auf ihre Kerze, deren Flamme sie mit einer Hand vor dem Wind schützte, der durch die offene Tür blies.
„Und ich bin Kai-Uwe, der Pillenbringer", sagte der erste Junge, dessen Kerze schon erloschen war.
„Ich bin Frauke, die Kotzschüssel-Verwalterin", sagte das andere Mädchen und schützte mit ihrer Hand die Flamme, wie es ihre Schwester machte.
„Jetzt bin ich aber dran", sagte der andere Junge, „ich bin Karl-Walter, der Waschlappen-Bevollmächtigte."
Die Vier hatten ihren Text gerade aufgesagt, da hingen sie auch schon an der Schütze ihrer Mutter, der im ganzen Dorf bemitleideten Jolande Hinnarksen. Verweint, wie diese war, vor Kummer ganz schmal und grau im Gesicht, als könne man durch beide Backen schauen packte Herrn Schlottke das Mitleid:
„Entschuldigen Sie bitte, Frau Soundso mit dem Irgendwas auf dem schwer beladenen Herzen, dass wir so ungefragt und tiefverstört zu pochen ruhten an

dem wurmzersägten Türverhau", worauf die Schluchzende erwiderte:
„Gott hat uns geprüft, getreten und geschlagen, bitte ersparen Sie uns weitere-."
Wie, dachte unser Held, die Frau scheint mir wenig bibelfest, kann sein, dass sie nicht einmal die Psalmen kennt.
„Mit allem Verlaub, aber von einem Tritt des Allmächtigen, ob ins Gesäß, an den Kopf oder ins werte Hinterteil gezirkelt, verrät die Bibel nicht ein Wort, so zügelt Eure Pferde und achtet-."
„Zunge, Herr," sagte Herr Schlottke und zupfte ihn am Ärmel, „zügelt Eure Zunge, man sagt ja nicht umsonst, lässt einer seiner Zunge freien Lauf, so droht ihm Schmach und Schande mehr als zuhauf."
Indem die Frau die beiden anstarrte, kam es wieder über ihre Lippen:
„Gott hat uns geprüft, getreten und geschlagen, bitte ersparen Sie uns weitere Prüfungen und gehen Sie dahin, wo man auf solche wie Sie wartet."
Um seinem Gruß die gebotene Herzlichkeit zu verleihen, riss er dem Schlottke die Mütze vom Kopf.
„Es zeugt der Inhalt Eurer Worte von einem lyrisch hochbegabten Geist, so sprechet offen aus, was Ihr an Kümmernissen auf dem Herzen habt, ob Seelenpein, ob Kummerlast, da ist das eine fehl am Platze wie das Andere, liegt doch das Innere des Menschen zumeist verborgen unter seiner spröden Haut, weswegen manche gern zum Mantel greifen und selbst an heißen Sommertagen zuweilen gern im Schatten wandeln."
Eines der Mädchen, Katharina vom Medizinschränkchen, flüchtete ins Haus, sich hinter einem Schrank versteckend, schrie sie nach einer Weile:
„Ist der Irre weg?"
„Denkste", schrie Kai-Uwe, der Pillenbringer, „ich glaube, jetzt geht´s erst richtig los."
„Kinder", sagte die Mutter Jolande, und strich den dreien über den Schopf, „nun ist es aber gut, wir haben doch am eigenen Leib zu spüren gekriegt, was

eine Krankheit aus einem Menschen machen kann, denkt nur an Euren armen Bruder."
Da ließen sie den Kopf sinken und schauten traurig drein, worauf er dem Schlottke das Kästchen entriss, das Lämpchen darin kurz aufflackern ließ und sprach:
„Der Herrgott machte Sturm und Wind, doch nichts kam zu mir so geschwind, wie dieser goldene Himmelstropfen. Und wenn er auch beim Flug durchs All zu Eis gefroren, wird, wer ihn trinkt, wie neugeboren."
Dabei tupfte er mit dem Finger auf das flackernde Lämpchen in dem Kasten, tat so, als würde er sich den Finger ablecken und schmatzte dabei so genüsslich, dass die Kinder ganz neidisch wurden und auch mal von dem seltsamen Getränk kosten wollten.
Aber kaum, dass sie die Hände danach ausstreckten, klappte er das Kästchen zu.
Der Zauber wirke nur bei dem, dem ihm die Englein ans Herz gelegt und dessen Namen sie auf die am Tag von der Sonne, bei Nacht vom Mond angestrahlte himmlische Heldentafel geschrieben hätten.
Na, dachte Mutter Jolande, wenn uns der Herrgott so einen schickt, muss er wohl keinen Anderen auf die Schnelle gefunden haben, dabei rieb sie sich die von Marmeladeeinmachen beschmierten Hände an der Schürze ab.
„Guten Tag, ich bin Jolande Hinnark, das sind meine Kinder, Sie sind also der neue Pastor?"
„Hilfspastor", verbesserte sie Herr Schlottke und fügte zum Erstaunen aller noch hinzu, dass sein Herr es auf der Pastorenleiter nur bis zum Hilfspastor gebracht habe, was aber auch sein Gutes habe, da seinem Herrn nach der fünften Sprosse für gewöhnlich schwindlig werden würde und einmal sei er doch tatsächlich schon auf der dritten Sprosse dermaßen in Wanken gekommen, dass der Notarzt-.
Weiter kam er nicht.
„Es rief das laute Christenherz in mir, zu lindern, wo das Leiden und das Schluchzen wütet, auch nährte mich der Tugend fester Glaube, die Wunder unsres

Herrn in jedes noch so schiefe Haus zu tragen. Was auch geschah und ich mit eignen Augen sah, der Herr vollbringt an jenem seine Gnade, aus dessen Aug´ die Träne wahren Kummers rinnt, in Ewigkeit."
„Amen", sagte Herr Schlottke.
„Na, dann kommen Sie mal,", sagte die Mutter Jolande, „auch wenn ich nicht an Wunder glaube, sehen können Sie den Jungen ja mal."
Billy Joe hatte die Augen zu, tat aber nur so, als würde er schlafen. Er hatte Stimmen auf der Treppe gehört, aber die der Männer waren ihm fremd.
Kaum im Zimmer, trat er an das Bett des bleichen Knaben und sprach:
„Da wo die Riesen Schlösser auf den Schultern tragen und Erbsen, groß wie Berge, bei drei schon auf dem Kirchturm sind. Wo Meerschaumpfeifen mit den Nordseewellen gurgeln und jedes brave Kind per Handstand mit den Sternen Renn-oder-ich-krieg-dich spielen kann, holt sich der Teufel eine ramponierte Nase. Ob Panther, Mädchen, Bube oder Murmeltier, glaubt ihr an Wunder hier, ist dieser da gesund um vier, in Ewigkeit."
„Amen", sagte Herr Schlottke und dachte, ach du grüne Neune, geht das schon wieder los?
Billy Joe musterte die Männer, dann blickte er fragend seine Geschwister an.
„Ist der verrückt?"
„Ich glaube, beide haben einen Sprung in der Schüssel, Billy Joe", flüsterte ihm Katharina vom Medizinschränkchen ins Ohr, „aber keine Angst, wir sind ja bei Dir."
Schlottke betrachtend, kam ihm eine Idee.
Zack, pflückte er ihm das wollene Mützchen vom Schopf, zog es dem kranken Jungen vorsichtig über die Ohren und beugte ein Knie vor ihm.
„Erhabener König der spinatgetränkten Täler Trirallalas, Ihr weitsichtiger Adler der Berge Begoniens, gewaltiger Befehlshaber der Gemsböcke vom Lappados und kühner Besteiger der Allgäuer Bergkuhglocken, als amtierender Mohnkuchenbäcker von Oberbayern, überreiche ich Euren silbernen

Goldfingern zum Zeichen meiner Strickkünste, dies wollene Diadem, dass sich ein jeder schäm und gräm´, der nie es schaute, bloß, weil er sich nicht vor den Mädchen traute."
Nein, dachten die Kinder, das gibt´s doch nicht. Doch, das gab es, Billy Joe musste tatsächlich laut lachen.
Schön und gut, dachte unser Held, viel kann ich für den Jungen nicht tun, aber wenn er mit mir als Hofnarr vorlieb nehmen will, so will ich ihm in dieser Rolle gerne zur Verfügung stehen, weswegen er Billy Joes Hand nahm und sprach:
„Oh holde Hoheit mit der Zuckerwattenase, mit Ohren, die sowohl nach vorn als auch als nach hinten sprießen, gesalbt sei, was Ihr an Füßen zur Freude Eures großen Onkels mit Euch führt, mich schickt der Kaiser Tintenfuß der Karge, ein ferner Oheim meiner Sippe, dem alle Radiergummis nördlich der Elbchaussee gehören und auch das Gasthaus zum frohen Pflauenmus im Schillertal, der Kaiser stellt Euch frei, zu wünschen, was Ihr wollt, ich zähl bis vier, dann sagt Ihrs mir."
Billy Joe überlegte. Man sah, wie es in seinem kleinen Köpfchen arbeitete, da schoss auch schon ein Finger in die Höhe und passend dazu:
„Dass Du morgen wiederkommst, Du Onkel mit der Bockwurstnase."
Da lachten alle. Nur Herr Schlottke machte ein bekümmertes Gesicht. Herr Schlottke fand, dass er nicht ausreichend zu Wort gekommen war, weswegen er auch kurze Zeit später, als sie unten an der Haustür angelangt waren, der Mutter Jolande an der Schürze zupfte und sprach:
„Auf ein Wort oder, wenn Eurem bedrückten Gemüt danach zumute sein sollte, von mir aus auch auf einen ganzen Roman voller gesprochener Lotusblumen, veredeltste Putzsauberhalterin der hinter uns liegenden Räumlichkeiten, steht es wirklich so schlimm um diesen kleinen großgewachsenen Helden, den unter dem Künstlernamen Billy Joe die Welt wohl nimmermehr vergessen wird?"

„Schlimm?" sagte die gute Frau und schneuzte sich ins Taschentuch, „viel schlimmer, er stirbt."
Das wollte unser Held nicht unerwidert lassen: „Gerülpst, gefurzt und ins Gesicht gespien, verehrte Freifrau mit den runden Grübchen in den Wangen, da soll der Teufel uns doch nassrasiert am Arsche lecken, doch lenkt Ihr ein, dem Krummgehörnten soll dergleichen nicht geboten werden, ich könnt' es Eurem Herzen nicht verdenken.
Noch sind wir da, will sagen, ich, dem guten Schlottke ist das Schlottkesein genug an Leid auf Erden. Herrscht große Not, Ihr habt mein Wort, ich hau sie klein und mach aus allen Nöten Sägespäne."
Da schaute sie ihn mit großen Augen an, ehe es stockend kam: „Wissen Sie, was mein Junge braucht? Eine Herzoperation in den Staaten braucht der Junge und wissen Sie, was sowas kostet?"
„Nun gut", er wiegte den Kopf, da ihm Besseres nicht einfallen wollte, „das nenn ich mal ein offenes Wort, auch scheint sie der Betonung eines Satzes Wert und Gewicht zu kennen, ich gebe zu, der Eingriff kostet mehr, als ich an Bargeld mit mir führe, doch ginge ich, nur mal gesetzt den Fall, gleich morgen früh zur Bank, den Wollstrumpf über das Gesicht gezogen, mit Beil und Bombe in der Hand, indessen Schlottke Schmiere steht, und riefe mit vor Zorn ergrimmter Stimme, die Mäuse her, lasst Möpse und Moneten in meinen Rucksack fliegen, was meint Ihr wohl, wie prallgefüllt mein Säcklein wäre, damit des Knaben Frohnatur bald wieder kerngesund zur Geltung käme."
Als Mutter Jolande ihn so reden hörte, kam ihr das Zittern, sie ergriff Schlottkes Hand und fragte leise, ob dieser Mensch noch ganz bei Trost sei, was der gute Schlottke, eine ehrliche Haut seit Anbeginn seiner Tage, verneinte.
Darauf flüsterte sie ihm ins Ohr, was eine Herzoperation in den Staaten ungefähr kosten würde, worauf dem braven Schlottke die Kräfte schwanden, er auf den Boden niedersank und erst wieder auf die Beine kam, nachdem Mutter Jolande ihm einen

Schnaps eingeflößt und versichert hatte, er sei ein anständiger Mensch, nur müsse er besser auf seinen verrückten Freund aufpassen, ansonsten nähme es noch ein böses Ende mit ihnen.
Billy Joe dachte, als es dunkel und er alleine war, an so vieles, dass er nicht schlafen konnte. Er hatte gehört, was der Arzt zur Mutter gesagt hatte, und er dachte, was man ist und was man hat, kann man nicht ändern. Versuch es nicht, dann vergeudest du auch nicht deine Kräfte. Er nahm sich vor, keine Angst vor dem Sterben zu haben. Er sagte sich, wenn man stirbt, stirbst du nur für die anderen. Du musst glauben, dass du unsterblich bist und solange und so fest daran glauben, dass du es bis zum Schluss glaubst, und wenn es dann aus ist, bist du mit dem Gedanken gestorben, dass du nicht sterben kannst, wenn du es nicht willst und sonst passiert nichts mit dir, und alles, was dann passiert, passiert nur mit den anderen.

Sechstes Kapitel

Kaum, dass Herr Schlottke am nächsten Morgen aufgewacht, stieß er ihn an.
„Wir zwei, Schlottke, ein heller Geist und eine pflaumenweiche Birne, wer Letzteres sein mag, das überlass ich Eurem schlichten Glauben, wir suchen uns ein Trüppchen hochbegabter Mimen und ziehen glorreich durch das Land mit Pauken und Trompeten, und kein Geringerer als ich verfasse, was die Welt erfreut und jedes Herz erfüllt mit Dankbarkeit, dass ich es war, und nicht ein Gimpel namens Schlottke, der wohl das beste aller Stücke schrieb."
„Ach, Herr, wenn Ihr wüsstet, wie ich Euch um Eurer Bescheidenheit, Eurer Klugheit und nie zum Vorschein kommender Größe halber bewundere."
Nun, dachte er und nickte zustimmend, soll noch einer sagen, mein Schlottke wisse nicht zwischen groß und klein zu unterscheiden.

„Und ist es unser Beutel, Schlottke, aus dem das Klimpern der Moneten steigt, ehrlich verdient, des Künstlers Lohn, der Mühe blanker Orden, so will es Gott, so soll das Mütterlein Jolande den ganzen Zaster kriegen und mit dem bleichen Knaben ins Land der Cowboys und der edlen Rothaut düsen. Die Yankees haben gute Ärzte, Schlottke, sie schneiden einen vorne nüchtern auf und nehmen hinten einen Drink beim Nähen."

Herr Schlottke musste schlucken. Wenn er auch vom Wahnsinn auf Schritt und Tritt begleitet wird, dachte er, so zählt am Ende nicht, dass einer einen Fimmel hat, sondern sein gutes Herz, weswegen er mit vor Rührung brechender Stimme sprach:

„Die Welt ist groß, Herr, aber wie ich sehe, ist Euer Herz noch größer, kommt an meine Brust, Herr, damit die Tränen, die meine Backen gießen, auch Eure Wangen streicheln."

Aber bevor er ihn packen und umarmen konnte, floh unser Held ans Fenster, öffnete es, lehnte sich hinaus, lehnte sich zurück, schloss es wieder und sprach mit dem Rücken zu Herrn Schlottke:

„Bald schwimmen wir in Ruhm und Geld, mein Bester. Man wird uns auf den Händen tragen, die Weiber stöhnen landauf, landab allein schon unsres Namens wegen. Man wird zu unsren Ehren, Schlottke, das ganze deutsche Vieh, Ochs, Esel, Ziege, Hühner, Lämmer, Schaf und Schweine, nach mir und Euch benennen und gilt es, nur mal angenommen, schon morgen einen neuen Fluss zu taufen, ein Felsgebirge, einen Hühnerstall, ein Erdloch oder einen Sattelschlepper, schon werden Ruhm und Ehre an unsren Namen kleben, in Ewigkeit."

„Amen", sagte Herr Schlottke, „aber tut mir einen Gefallen und vergesst bei Eurer stolzen Tierparade die Wildsau nicht, das ist die wildeste von allen, man sagt ja nicht umsonst: Triffst du die Wildsau dort im Tal, geh dorthin nie ein zweites Mal."

Lass ihn reden, dachte er bei sich, solange er redet, beißt er nicht und wer nicht beißt, ein Christ und Gottesdiener heißt.

Nun verspürte Herr Schlottke aber plötzlich den Drang, ein gewisses Örtchen aufzusuchen. Hier angekommen, ließ er, wie in derlei Fällen ratsam, die Hose herunter, ließ sich aber mehr Zeit, als es seinem Herrn gefiel, weswegen der lospolterte:
„Genug gedruckst, gedrückt, gesessen Schlottke, im Grunde sind wir alle Sünder und alle Sünden ziemlich gleich, nun gut, beim Stuhlgang weiß die Natur mit Unterschied von Mensch zu Mensch zu walten, macht einer groß, tagaus, tagein, schon denkt der Darm, es muss so sein. Doch weit gefehlt, denn staut und stopft es sich im Wirrwarr der Gedärme, so hofft man, dass es flüssig werde."
Herr Schlottke, dem immer noch quer vor dem Ausgang saß, was er eigentlich unter sich zu lassen hoffte, ließ ein lautes Stöhnen vernehmen:
„Da sagt Ihr wahrlich Wahres, Herr, man sagt ja nicht umsonst: Fehlt dir der Stuhlgang in der Früh', dann gib dir morgen noch mehr Müh'."
Sogleich schallte es zurück:
„Schon dünkt sich mancher Gernegroß an jenem Örtchen riesengroß, wenn er vollbracht, was im Gelingen Freude macht, sein Scheitern aber, welche Schande, beschert ihm Spott im ganzen Lande."
Zufrieden mit Umfang und Zeitpunkt seiner Geschäfte, trat ihm der Schlottke erleichtert unter die Augen, bekam aber Folgendes zu hören.
„Die Hände wascht und lasst die Seife durch die Fingerritzen quillen, Schlottke, nur wenn es quillt und Leidenschaft den Ton im Tun angibt, gedeiht des Menschen Werk auf Erden, gar mancher hat sich schon die Cholera geholt, indem er Euer Tun auf eben solche Art verrichtet und schmählich ließ die Pfoten ganz ungewaschen an den Käse gehen. Indessen Ihr Euch schrubbt und wienert, gedenke ich, Euch kritisch zuzusehen."
„Gebt mir zwei Minuten, Herr und rührt Euch nicht von der Stelle, man sagt ja nicht umsonst, rührt sich einer vor dem Frühstück von der Stelle, ist im Kopf er nicht ganz helle."

Die Sonne glühte, die Hitze stach, da beschlossen sie nach einem Spaziergang auf Bauer Erdmanns Wiese ein Nickerchen zu halten. Während Herr Schlottke schon schlief, kam ein Hase übers Feld gehoppelt, erblickte die zwei Mürben, wie der eine schlief, der andere in die Wolken starrte. Flugs warf der Hase die Beine schneller und schneller und bezog vor unserem Helden Stellung. Als dieser mit den Augen blinzelte und den vor ihm im Stillgestanden Verharrenden bemerkte, das Feuer seiner roten Augen glimmen sah, war es ihm, als würde eine gefährliche Raubkatze zum Sprung ansetzen und ihn mitsamt Schuhwerk und Scheitel verschlingen, weswegen er vor Schrecken in die Höhe fuhr, mit dem Schädel gegen den Stamm eines Apfelbaumes stieß, worauf er infolge der Erschütterung glaubte, auf der Bühne im Hamburger Schauspielhaus zu stehen, und den Riesen Oglomow zu geben, dessen Monolog aus dem Drama „Die wundersame Reise des jungen Oglomow", dritter Akt, zweite Szene, stammte, worauf er sogleich den Schlottke weckte. Er müsse Folgendes wissen-.

Erst einmal müsse er gar nichts, sagte Herr Schlottke und gähnte, dann müsse er erstens gähnen und sich zweitens beschweren, dass er ihn geweckt habe, das müsse er.

Er müsse trotzdem wissen, gab er keine Ruhe, der finstre Räuber Esmargon, ein Lump wie seinesgleichen und Schrecken der La Mancha, erkühne sich, herbei gepreschst zu sein, um ihm aufs Fell zu rücken, aber da stieße er bei ihm auf den Richtigen, schließlich sei er der kühnste Riese aus dem Geschlecht der niemals unkühnen Oglomows, welche-.

„Eine Frage, Herr", seufzte Herr Schlottke, „aber wenn Ihr das putzige Häslein meint, das so wendig mit den Pfoten zu wackeln weiß, wie eine Fahnenstange mit dem Fähnchen, was, um Himmels Willen, ist daran bedrohlich?"

Als habe er den Schlottke gar nicht gehört, begann er, die Geschichte der tapferen Oglomows zu erzählen, die sich zwecks Aufrechterhaltung ihrer Tapferkeit seit neun Generationen in frommer Enthaltsamkeit des Leibes, Ertüchtigung des Geistes und Stärkung des Glaubens geübt hätten, auch wenn sein Fresssack von Ururgroßvater eine unrühmliche Ausnahme bilde und er ihn nur erwähne, da ihm gerade nichts Besseres einfallen würde.

Während er die Familiengeschichte der tapferen Oglomows in aller Breite, Tiefe und Länge erzählte, die er dem berühmten spanischen Bühnenautor Renato Julios Casselares verdankte, der sich vor Liebeskummer in drei Fässer katalanischen Weines gestürzt und sich darin ertränkt hatte, traute Herr Schlottke seinen Augen nicht, denn gerade, als sich der Hase nach einer kurzen Rast im Gras, wo er sich schnaufend ausgestreckt hatte, wieder aufrichtete, schnürte es ihm die Luft ab, da er noch nie einen so riesenhaften Hasen gesehen hatte.

Da richtete sich der Hase vor ihm auf und sprach mit tiefer Männerstimme: „Beim Pfeifer des Moses, hab ich's doch gleich gewusst, aber jetzt erst aus der Nähe erspäht, er ist es, der große Stiller."

Nanu, dachte Herr Schlottke und riss Mund und Augen auf, aber sein Staunen galt weniger der Tatsache, dass der Hase sprechen konnte, sondern dem Umstand, dass sich sein Herr sogar in der Tierwelt einen Namen gemacht hatte.

Tief gerührt, dass selbst die Tiere ihn, den einzig wahren Schauspieler auf Erden, kannten, schätzten und verehrten, sprach unser Held:

„Ehrbarer Herr Hase aus dem Hoppelland mit den Moppelbeinen, nicht ist's die Kunde, mich zu kennen, die Ihr bringt, die meiner Seele süßen Zucker reicht und meinen Stolz bestärkt, noch der zu sein, der einst ich war und morgen wieder bin, oh nein, nein, nein, dass Eure langohrigen Kreise alleine mir zuliebe ins Theater strömen und das auf allen Vieren, statt Möhren zu fressen und am Salat zu mümmeln, gereicht mir hier zur Ehre, dass Euer Hasenvolk viel lieber noch als alles das Karten kaufen für das Erleben meiner Künste, das lässt mein Herz vor Freude über Fluss und Kieselsteine hüpfen. Mein Dank ist Euer Lohn, Fürst Meerrettich. Was mein Herz an Wonne fühlt, gedieh auf Euren Gnaden."

Nun spürte unser Held eine solche Dankbarkeit dem Schlappohr gegenüber, dass er seinen Gefühlen freien Lauf ließ, ihm die langen Ohren kraulte und sprach: „Ich will es gerne eingestehen, verehrter Weitsprungmeister, der Tierwelt wusst' ich schon zu gefallen, als Ochs und Esel noch brav das Krippenspielchen lernten. In Hamburg war's, wir gaben Goethes Faust und ließen Gretchen Zeit, ein Dummchen liebster Art zu geben, kaum, dass Mephisto, der Halunke, dem Gretchen fasste an das Knie, das rosig schimmerte im Freien, als ich, obgleich in wildem Zorn ob solchem Treiben, erspähte 20 Hasen im Parkett, mit süßem Stummelsterz vom Feinsten, kaum sahn sie mich, schon winkten sie zum Gruße stürmisch mit den Ohren, indessen ich die Hand sogleich zum Schwur auf unsre Freundschaft hob, wie traulich sie doch auf die Bühne hüpften, die Hasen, die Augen vorne geradeaus, das Schwänzchen wohlbehütet hinten, die Menge tobte, schrie, krakeelte, es hieß, kopf standen Land, Betagte, Bäche und auch Meere, da trat, nein, sprang das Häslein doch mit Anlauf an die Rampe und sprach im Duktus zahnloser Gepflogenheit: ‚Ipf bin der Ppfapfe Pfridolphin—.'"

In dem Moment zog der Hase den Reißverschluss seines Hasenkostüms und dem entstieg ein kleines Männchen mit langen, zerzausten Haaren.

„Gustav Zirbelbach, angenehm", sprach das Männchen, „ich bin Ihnen gefolgt als Folge Ihres Erscheinens. Bei uns im Haus-."

„Pardon, Bei Ihnen?" fragte Herr Schlottke, nachdem er das abgelegte Hasenkostüm sorgfältig zusammengefaltet und in den Schatten einer Birke gelegt hatte.

„Ich muss Ihnen das erklären", sagte Gustav Zirbelbach, „ich bin der Werbehase Fridolin und schlüpf im Kaufhaus Lilienthal stets dienstags für die

Kindlein in dies schmucke Kleidchen. Ansonsten fühl ich mich gesund, bis auf die Hüfte und wohne in dem Mietshaus, das Sie unlängst durch die Tür betraten, indem sie das Fenster zum Einstieg mieden."
Soll einer noch sagen, es gebe keine Verrückten mehr auf dieser Welt, dachte unser Held, aber da es auf einen mehr oder weniger nicht ankommt, soll die Flitzpiepe uns jederzeit willkommen sein. Gibt er den Hasen, schön, ein andrer dünkt sich klug und weise, auch wenn er keinen Handstand kann und Trottel gibt´s, die sich für einen Helden halten.
„Mein werter Zirbelbacher Tropfen", ergriff Herr Schlottke das Wort, „egal, an welchem Weinberg Ihr Eure Reben schält oder mit dem Zipfel Eures Mäntelchens den Wind einfangt, wenn ich eins auf dieser Welt gelernt habe, dann dies: Ist man angelangt beim Thema, hilft kein Jammern und kein Schema, denn die Hand hält immer auf die Gema."
Kurz und gut, sagte Herr Zirbelbach, dem langsam mulmig zumute wurde bei den beiden, man pflege in dem Mietshaus, wo die Herren erst gestern angefragt hätten, ob jemand Theater spielen wolle und könne, einen liberalen Lebensstil auf der Grundlage eines ökologischen Fundamentalismus. Ob er sich vielleicht vorstellen könne, sozusagen als ehemaliger Burgschauspieler und Triffezheim-Ring-Träger-...
Die Worte gingen Herrn Schlottke runter wie sonst was.
„Ach, werter Herr, der Ihr eben noch mit Eurem Possenspiel den ersten Scherz gelandet habt und, wie ich höre, auch einem zweiten nicht abgeneigt scheint, bei aller Ehre, , aber Ihr habt den Murmeldorfer Specht aus Holz vergessen, den einst ich erntete, als ich die Murmeldorfer Spechte das Trommeln lehrte, doch ist, ich geb es gerne zu-."
„Wenngleich?" Herr Zirbelbach hing an seinem Mund.
„Wenngleich mir von allen entfallenen Frauen die eben genannte die mir am entfallenste ist, verehrter Zirbeltaler Zeitgenosse, der Mensch behält des Herbstes Farben, der Mutterschürze weißes Schleifchen wie übrigens auch das Murmelspiel, dem

wir, noch Knaben, rotzig und mit leergebohrter Nase, der Kindheit wunde Knie verdanken."
„Was mein Herr und Taubenfreund damit sagen will", fiel ihm Herr Schlottke ins Wort, sich dem Fremden zuwendend, „dass er es bitter bereut, die Rede angefangen zu haben, ohne sich mit frischem Dazutun den Schluss ausgedacht zu haben. Besser, Herr Zirbelkracher, Ihr sucht im Nebel Euren Mantelknopf, als eine Spur von Sinn in seinen Worten."
Die Stirn immer noch in Falten, da er angestrengt nachdachte, ließ er Herrn Schlottke ausreden, aber dann:
„Hätt´ eine Murmel, die ich fröhlich warf als Kind, auch einmal nur mit Namen gewisse Frau geheißen, guter Mann, und vorne auch noch großgeschrieben, ich schwör´s bei allen Backenzähnen, ich würd´ den Namen selig preisen und mit des Schicksals Mächten hadern, wenn je ich es vergäß, des Namens Melodie zu memorieren."
Durchhalten, Schlottke, dachte Herr Schlottke, halte durch, er ballte die Fäuste und ging, die Hände auf dem Rücken verschränkt, mit sorgenvoller Miene auf und ab.
Den Schlottke beobachtend, wie er seine Kreise drehte, ohne einmal nach rechts oder links abzubiegen und keine andere Erklärung dafür hatte, als die, dass der arme Schlottke den Verstand verloren haben musste, packte er plötzlich den Gustav Zirbelbach am Kragen, betastete ihn von oben bis unten nach einer Geldbörse ab und sprach:
„Habt Ihr im Beutel mehr versteckt, als Ihr zum Fressen braucht, so rat ich Euch; Gebt es mit vollen Händen. Ein armes Mütterlein, von des Geschickes Zorn geknechtet und angstzermalmt ob seines kranken Sohnes, bedarf des Geldes mehr, als Ihr und ich in einer Vollmondnacht beim Würfelspiel versaufen könnten.
Treibt Ihr´s mit Huren, Schnaps und losen Balletteusen und das tagaus, tagein, wie diese unentwegt mit Euch es treiben, so gönnt dem Laster

eine Pause. Man muss beim Fasten auch mal in sich gehen, guter Mann, es reinigt manche Seele sich im Entbehren, wie jeder Darm bedarf der Freuden der Entleerung, ist erst der Beutel leer und was er in sich barg, für Edleres gegeben, so wird´s der Himmel Euch auf seine Art zu danken wissen. Den Beutel aufgeklappt und rausgerückt die Mäuse, los, los, kein Wort zu mir, auch nicht zu Schlottke, habt Ihr gehört? Die Tat, so kühn und edel sie auch sei, zwei Zeugen braucht sie keine."
Als er ihn so reden hörte, packte Herrn Zirbelbach die Angst, da er den Lohn, den er sich als Werbehase für Schokolade verdient hatte, in der Tasche trug und weit und breit keine Menschenseele zu sehen war, die ihm hätte beistehen können. Was bleibt zu sagen? Vielleicht das: Indem er sich freundlich für die Unterhaltung bedankte und sich in aller Eile sein Hasenkostüm schnappte, suchte er schnurstracks das Weite.

Sie kamen überein, ein zweites Nickerchen zu halten, nachdem ihnen der Hase Zirbelbach das erste verleidet hatte, als Herr Schlottke lautes Gebrüll, das Gekläff wütender Hunde und den einen oder anderen Flintenschuss vernahm. Indem er sich aufrichtete, sagte er:
„Ich glaube, wir kriegen Besuch, Herr. Man sagt ja nicht umsonst, kommt eine Meute vor der Zeit, dann sei zum Kampfe stets bereit." Aber sosehr der gute Schlottke seinen Herrn auch von der Seite begutachtete, von Begeisterung war nichts zu sehen.
Da er Schlottkes Sprüchen kein Gewicht beimaß, musste unser Held immerzu an Billy Joe und die arme Mutter Jolande denken und wie sie ihnen bloß helfen könnten, um das Geld für die Operation zusammenzukriegen. Ich muss, dachte er bei sich, die krakeelende Horde, die näher und näher kam, erspähend, des Mondes Wundertrunk für gutes Geld verkaufen, Und ist´s nicht viel, dann ist es gut und allemal noch besser, als hätt´ ich nichts als feuchte Luft in meinen Händen.

Tatsächlich handelte es sich bei der Rotte um Bauern aus der Umgebung, die Schrotflinten in der einen Hand hielten und ihre Hunde mit der anderen an der Leine führten. Sowie die Hunde Witterung aufgenommen hatten, machten sie einen Heidenlärm und kläfften wild durcheinander, wobei es den Anschein hatte, als wolle jeder Hund den anderen überbieten, dabei zerrten sie so heftig an den Leinen, dass die Bauern nur im Laufschritt folgen konnten.
„Tut mir von der Leber weg leid", sagte Herr Schlottke, „aber ich will mein dünnes Fell nicht leichtfertig aufs Spiel setzen, ich verstecke mich besser drüben da in dem Wald, bis Ihr mit den nervösen Herren fertig seid, Herr. Man sagt ja nicht umsonst: Ist erst der Schädel Mus und Brei, so ist ihm Ostern einerlei.".
Mit diesen Worten rannte Schlottke davon und hielt auf das grüne Wäldchen zu, wo er sich im Laub versteckte und beobachtete, was nun geschah. Keine zwei Minuten später und unser Held sah sich umstellt von einem Dutzend Gift und Galle verspritzender Grobiane und nicht besser aufgelegten Hunden. Sie suchten den Viehdieb, der zehn von Fietje Mommsens Schafen gestohlen habe, schrie einer der Bauern, ein großer breitschultriger Bursche,, der einen Bart, ein gerötetes Gesicht, aber nur ein Loch hatte, wo mal ein Auge saß, worauf ein anderer schrie, ja, genau den Dreckskerl suchten sie.
Da er keinen Hut hatte, um diesen zum Gruß zu schwenken, riss er ein Bündel Grashalme aus der Erde, winkte ihnen damit freundlich zu und rief mit lauter Stimme:
„Gepriesen sei der Eifer Eures Tuns, mein kurfürstliches Reiterregiment der blühenden Kurpfalz, wo die Jungfrauen noch Schleifen im Haar, Sittsamkeit im Herzen und die feschen Burschen das Schuhplattlern ihr eigen nennen, bejubeln will ich das prächtige Zaumzeug Eurer Pferde und Eurer frommen Sippschaft Glück und Segen beim morgendlichen Spargelstechen wünschen. Ist einer unter Euch, der noch mit eigner Hand des Kindes Schnuller angewärmt in stiller Stunde?"

Nachdem vereinzelte Rufe („Hä?" „Wat süll dott?", „Hajo fass!") verklungen waren, fuhr er fort: „Und gibt es einen Zweiten, der je die Milch, die weiße, mit ruhiger Hand ins Fläschchen füllte, dass wohlgenährt des Babys Glück gedeihe, ehe die ersten Zähnen sprießen und Ehebruch begeht das eigne Eheweib? Auch soll, wenn ich den Dritten, Vierten oder Fünften von Euch nenne, aus der Reihe treten, so dieser je auf eines Kinderbettchens hartem Holzrand hockte, die Nächte durch in Kummer und in Sorge wachte, da Fieber hatte, was sein Kind und Schnuckiputz gewesen all die Jahre."

„Hey, Du da", schrie einer, dem es zu bunt wurde, „halt mal kurz Deine große Klappe, hast Du wen gesehen, der vielleicht dem Fietje Mommsen seine Schafe-?"

Da rief er mit noch lauterer Stimme:

„Von Mommsens Schafen ward mir weniger als gar nichts kundgetan, doch sucht vergebens Ihr, was zu finden mehr bedarf als blödes Glotzen, dann seid Ihr auserwählt, von meinem Zaubertrunk zu kosten. Nehmt einen Schluck, nur muss von oben er talabwärts wie ein Sturzbach in die Kehle rauschen, begehrt Ihr literweise mein Gesöff, so ist es wohlgetan, bedenkt, was Ihr an Spende gebt für einen kranken Knaben, es wird der Herrgott Euch zum Lohn verschonen Vieh und Weib vor Pest, Erbrechen und den falschen Lottozahlen, in Ewigkeit."

„Amen", schrie unser Schlottke, der sich einen Ruck gegeben und herbei geschlichen war, um seinem Herrn, falls nötig, beizustehen. Sowie er den Schlottke an seiner Seite wusste, kramte er das Kästchen hervor, das sein Freund ihm gebastelt hatte, ließ das batteriebetriebene Lämpchen aufflackern und trug Herrn Schlottke auf, damit reihum zu gehen und den Herren eine Kostprobe des Zaubertrunks anzubieten, worauf der entgegnete:

„Mit allem Verlaub, mit dem der Wind die Bäume entlaubt und die Blätter gesiebt hat, Herr, aber nehmen wir mal an, Ihr habt es mit Leuten zu tun, die von Eurem Wahn weit entfernt sind und das ganze

Theater um Euren süßen Mondwein für ein Hirngespinst halten, in welche Richtung, glaubt Ihr, sollten wir unsere Haxen schmeißen, ehe sie aus unserem Fell einen Bettvorleger machen?" Als der arme Schlottke jedoch den Zorn in den Augen seines Herrn sah, hütete er sich vor weiterem Einspruch und tat, wie befohlen. Brav schob er los, den Kopf zwischen den Schultern, das Kästchen in der Hand, so ging er von einem zu anderen, was ihm schon bei dem Ersten Tritte, beim Zweiten Knüffe und bei dem Rest Hohn und Häme eintrug.

Während sich die einen den Bauch vor Lachen hielten, drohten andere ihm, mit einer Ladung Schrot die Rumba oder den Boogie-Woogie beizubringen, wieder andere versprachen, den Hund von der Leine zu lassen. Einer machte sich sogar einen Scherz daraus, Schlottkes Hinterteil mit einer Mistforke zu kitzeln.

Als er sah, wie das Schandgesindel mit seinem Schlottke umsprang und sich nicht eine Hand rührte, um an den Beutel zu langen, schrie er:

„Ihr hochverlausten Pansenpfoten, Ihr Muschelschlürfer und gehörnten Schollenbeißer, zum Kampf herbei, Ihr Schweinsgesichter, dass ich des Eisens Funken tanzen sehe. Nicht einer kommt davon, der schon als Lump in dieses Leben trat und drauf und dran, als kleingestampfte Laus zu enden. Soll Euch der Geiz die Leber stopfen und Eure ganze Brut die Blattern kriegen und jede Kuh das Gelbstockfieber, das über Nacht zum Rinderwahnsinn führt! Habt Ihr ein Weib, womöglich mit Geschwüren auf den Zähnen und einem Fraß im Topf, den keine Wildsau wagte, anzurühren, so soll Sie Euren Eselschwanz mit einem Bügeleisen plätten, doch wehe-."

„Um Himmel Willen, Herr, haltet ein, ich halt es nämlich nicht länger aus", jammert Herr Schlottke, der sah, dass einige Bauern schon ihre Mistforken kreuzten und andere die Flinte auf sie anlegten.

Einmal in Schwung, war der Rasende nicht mehr zu stoppen: „Es giert Gewürm und leckt das Maul sich

Elch und Hochlandrind danach, zu kosten von dem Eintopf Eures stinkenden Kadavers, wenn ich, der Riese Oglomow, der kühnsten Riesen einer, mit dieses Schwertes scharfer Klinge noch heut´ wühl in Eurem Ohrenschmalz."

Als die Männer ihn so wüten hörten und sahen, mit welcher Leidenschaft der Wahn in ihm wütete, war es um ihren Mut geschehen, zumal ihnen ihr Aberglaube sagte, dass im Gefolge eines solchen Irren für gewöhnlich das größte Unheil lauere, weswegen sie wie die Hasen davonstoben, so schnell sie konnten.

Als Herr Schlottke sah, dass die Luft rein und keine Prügel zu erwarten sah, sprach er: „Man sagt nicht umsonst, Herr: Isst die Magd den herrschaftlichen Braten, muss sie nicht lang auf Prügel warten."

„Oder so, Schlottke oder so: Ein Held, von Waschlappen umstellt, bezahlt man nicht mit allem Geld", dachte aber bei sich, wie klug ein Kerl mit so viel Mottenkugeln im Gehirn wie mein Schlottke doch zu fabulieren weiß.

Vereint machten sie sich auf den Weg zurück ins Dorf, da sie sich aber nicht auskannten, verloren sie die Orientierung und da diese fehlte, irrten sie stundenlang umher, lernten auf ihrer Wanderung so viele Blumen am Wegesrand, Schafe auf der Weide, Kühe auf der Wiese, Pferde auf der Koppel und Kuhdunghaufen kennen, dass dies alles zusammen eine schöne Sammlung ergeben hätte, hätte man alles nur fleißig zusammengetragen, zu Hause mit einem Lappen blankgeputzt und ins Fenster gestellt.

Es dämmerte schon, da sahen sie in der Ferne ein Licht aufblitzen, dem sie freudig entgegeneilten, woraus er sogleich die Hoffnung schöpfte, seinen Vorrat an Mondlicht mithilfe der Laterne aufzufrischen. Kaum angekommen, umklammerte er die Laternenmasten und sprach: „Oh Du geweihte Spenderin geballten Lichtes, Du Quell der Helligkeit, aus dem mal hier ein großer Schein und dort ein kleines Scheinchen nach oben und nach allen Seiten

springt, edelster Kugelblitz, spendier' mir Unentwegtem, wonach mein Herz mit Sehnsucht lechzt, von Eurem hellen Licht vier Pfund, ist es indessen literweise nur zu haben, so pumpt mir in den Tank soviel Ihr wollt und ich bezahlen kann."
Schon zog er sein Kästchen aus der Jacke, hielt es gegen den matten Schein und rüttelte an dem Laternenmasten, damit dieser sein Flehen erhöre und sein Licht mit ihm teile.
„Nicht, dass ich Euch in irgendeiner Weise belehren will, Herr", sagte Herr Schlottke, „aber die Zeiten, in denen man Straßenlaternen nach dem Weg fragen oder um eine milde Gabe bitten kann, sind entweder lange vorbei oder noch nicht gekommen."
Er stutzte. Nun, dachte er, nicht allem, was der Mensch riskiert, ist Freude und Erfolg beschieden.
„Der Mensch muss einen Irrtum auch ertragen können, Schlottke, sonst wär er doch kein Mensch und ginge als wer weiß was durch im Streit mit klugen Herren Professoren."
Nein, dachte Herr Schlottke, darauf sage ich nichts, denn wenn der Hahn sich auch für einen Löwen hält und zehn Hennen zu seinem Vergnügen, so bleibt er doch ein verrückter Krähenhals.
Dass Schlottke schwieg, gefiel ihm nicht, also blähte er die Backen, holte tief Luft und begann so furchterregend zu heulen und zu tuten, dass dem armen Schlottke Hören und Sehen verging. Wieder bei Luft:
„So hört nur, Schlottke, wie es braust und tobt, es droht die Welt zu wanken, kein Schindel bleibt mehr auf dem Dach, zerbersten wird, was eben am Giebel klebte. Es jagt ein Wolkenheer ins Graue, vom Sturm zerpeitscht des Deiches stolzer Rücken. Hoch steht der Schafe Wollgefieder vor Schrecken und vor Grauen. Da, wieder. Hört." Schlottke den Rücken zuwendend, fing er wieder mit dem Blasen an.
Aber Schlottke: „Ich höre nichts, Herr, so weit ich meine Ohren auch voraus in die eisigen Karpaten schicke, während ich noch die Koffer packe."

„So geht das immer fort, das Grauen, wer wen am Ende fängt, wer weiß, Wolke ist Wolke, Schlottke, denn wär's sie's nicht, so müsst ein andrer Name für sie her... Ich bitte Euch, so schnell? Woher denn einen Namen nehmen?"
Er wischte sich durchs Gesicht. „Hatschi", machte Herr Schlottke und nochmal „hatschi."
„Mann, Schlottke, seid Ihr krank? Von Sinnen? Was tut, was treibt Ihr denn? Ist Euch die Nasenwurzel ins Gehirn gekrochen? Ihr niest und das an einem hellen Tag wie diesem, pfuideibi, was seid Ihr denn für einer?"
Er habe Schnupfen, kam es jämmerlich als Antwort, aber nicht nur deswegen betrachte er ihre Lage als aussichtslos.
Da er es nicht ertragen konnte, Schlottke das letzte Wort zu überlassen: „Man muss, um seines Schnupfens Herr zu werden, Schlottke, dem Weg der Viren mit areros vivianus impuktus, wie wir Lateiner sagen, von der Quelle bis zum Mündungsdelta mit einer Taschenlampe folgen."
Himmel, Herrgott und alle Sakramente, dachte Herr Schlottke bei sich, mit so einem durch die Welt zu bummeln, ist ja gerade so, als würde man eine Eintrittskarte kaufen, um aus der ersten Reihe dem eigenen Verderben zuzusehen.

Siebtes Kapitel

Tags drauf starb Bauer Cornelius nach langem Leiden, was insofern erwähnenswert ist, niemand damit rechnen konnte, wie der „Brodstäter Anzeiger" zu berichten wusste.
Kaum, dass sie die Nachricht ereilt, warf der dem Schlottke Hut, Stock, Regenschirm und Mantel zu:
„Dem Trauerhaus gilt mein Besuch, zu trösten, was am Totenbett vor Kummer mit den Zähnen knirscht, Schlottke, kommt Ihr nicht mit, soll Euch das Fleckenfieber holen, doch schreitet ihr, wie ich, dem

edlen Ziele frommen Beistands zu, dann spart Euch Eure Sprüche, kein Esel, dem das Fressen fehlt und kühler Trunk zum Saufen, vermisst im Leiden Euer Dichterwort."

Den Hof des Verblichenen erreichten man in Schweigen, welches Herr Schlottke beim Betreten der abgedunkelten, mit Kerzenschein notdürftig erhellten Stube, in welcher man Alfons Cornelius aufgebahrt hatte, beendete:

„Dem besten Hahn schlägt seine Stunde, auch wenn er gestern noch gekräht und fröhlich drehte seine Runde", worauf unser Held an das Bett des Entschlummerten trat, diesem das weiße Laken vom Leibe zerrte, seine Weich- und Hartteile ausgiebig begutachtete, Ohren, Hände, Füße und Nase betastete und sich an die Witwe wandte:

„Laut kosinus medicus abatos rex, wie wir Lateiner sagen, laut gründlicher Betrachtung des Betrachteten und infolge der Anhörung des Angehörten, ist Euer Gatte rein äußerlich komplett erhalten, drum fehlt ihm weiter nichts bis auf ein paar neue Zähne am linken Kieferrand."

„Fast nichts, Herr", sagte Herr Schlottke, der sich ebenfalls über den Toten beugte, „bis auf das Leben. Man sagt ja nicht umsonst: Fehlt einem erst des Lebens Trott, hilft diesem nur der liebe Gott, Amen."

„Amen" sagte sie brave Witwe Cornelius. Dann blickte sie die beiden fragend an. „Was meinen Sie, muss ich aufs Klo?"

Wie, dachte er, die Alte beäugend, ist die noch recht bei Sinnen? Doch will ich sie nicht schelten, hat mancher doch am Totenbett schon den Verstand verloren.

Was fragt sie mich in Dingen, die doch nicht meine sind?

„Nicht maße ich mir an, Madame, in Eurer Därme Haut zu stecken, denn rate ich Euch, geduldig zu verweilen, indessen Euch der Därme Grimm und Zorn gebieten, mit forschem Schritte jenem Örtchen

zuzueilen, der dem Verlangen Glück und Erlösung weiß zu spenden,
so zürnet meiner nicht, es straft das Mütterchen Natur so manchen, der ihr ins Handwerk pfuscht, kurzum, es muss, wer muss, auch können, denn kann er nicht, so soll er auch das Wollen lassen."
Da er seinen Herrn kannte und wusste, dass er, wenn er einmal ins Schweifen kam, kein Ende finden konnte, ergriff Herr Schlottke das Wort:
„Mein Herr will damit sagen: Scheißt einer pünktlich, wenn er muss, bleibt ihm erspart gar viel Verdruss."
Bevor Schlottke noch weitere philosophische Betrachtungen über die Launen der menschlichen Verdauung anstellen konnte, schob er ihn beiseite und wandte sich an die trauernde Witwe:
„Ob Scheck, goldene Ketten, Sparbuch oder Silberschmuck, verehrte Witwe Confidibus-."
„Cornelius, Herr", flüsterte Herr Schlottke entgeistert, „sagen Sie einfach, Cornelius, ist doch gar nicht so schwer."
„Ich nehme, was da kommt aus Euren Schwielenhänden, Gevatterin Cornelius, die, anders als bei faulen Sündern, von Schweinestall und Gülle zeugen, soll Euer Alfons aber in den Himmel kommen, was er da sucht, bleibt seine Sacher, so gebt Euch christlich, aber gebt."
Darauf die Alte zu Herrn Schlottke:
„Was ist mit ihm? Was will er denn von mir? Die Truhe?"
Aber noch ehe der Gefragte antworten konnte, sprach er:
„Wenn Ihr nicht wollt, das Euch der Satan von beiden Beinen holt und Ihr gebraten werdet wie die Weihnachtsgans mit Preiselbeeren und Holunder, so rückt den Zaster raus und spuckt nicht fürderhin wie eben in mein Gesicht beim Reden. Ein armes Kind, ein Knabe noch, der nie des Kampfes Pulver roch, ihn rafft dahin der Sichelmann, der nur mit Sichel raffen kann, wenn ihn die Yankees nicht operieren. Das kostet Geld, drum muss, wer in den Himmel will gelangen, auf Erden mit dem Jungen bangen."

Ach Gott, dachte die Witwe Cornelius, die schon im Dorf gehört hatte, dass der neue Hilfspastor seit Tagen von Tür zu Tür ging und um eine Gabe für den kleinen Hinnarksen bat, was soll ich meinem Alfons denn sagen, wenn er im Himmel ist und auf mich wartet, wenn mich der Teufel in der Hölle schmort?
Vor Angst schlotternd, trippelte sie zum Schrank, zog ein abgegriffenes Ledermäppchen aus der Schublade, wühlte darin herum, bis sie einen Fuffziger fand und drückte ihm den in die Hand, worauf er ihre Hand nahm, sie küsste, zur Zimmerdecke emporschaute und sprach:

„O Gott, der Du die Weiber schufest mit Bedacht und Segen, damit sie klüger werden als die Kerle und nicht wie diese ohne Ende bis zum Erbrechen saufen, sieh gnädig nieder auf dieses brave Zottelweib und nimm nicht Anstoß an der Vielzahl ihrer Grützbeutel auf ihrem Ochsenschädel, in Ewigkeit."
„Amen!", sagte Herr Schlottke und zu der Alten: „Mein Herr ist nämlich in der Bibel so sattelfest wie ein Spatz auf einer Rakete."
Jetzt war aber die Trauer der Witwe Cornelius so groß und ihr Herz so schwer, dass sie sich der Länge nach schluchzend auf den Verblichenen warf, damit dieser nicht von ihr gehe, sondern bei ihr bleibe. Als sie sich wieder gefangen hatte, zupfte sie Herrn Schlottke am Ärmel.
„Sagen Sie, Herr-?"
„Schlottke, sagen Sie Herr Schlottke und ich verüble es Ihnen auch nicht, wenn Sie nicht Meier, Schulze, Müller oder Rattenbein zu mir sagen."
„Sagen Sie, Herr Schlottke, stimmt mit dem was nicht?"
„Er ist verrückt, gar keine Frage" entgegnete Herr Schlottke in zutraulichem Ton, „weswegen man ihn bei uns zuhause auch mit großer Ehrfurcht den heiligen Verrückten der Karpatianer oder den verrückten Heiligen der Monogabaner nennt."
„Ach, dann sind sie aus Russland?"

„Sowohl als auch, Frau Witwe mit den entzückenden Plusterbäckchen unterhalb der Augen, wir sind die Volksvertreter der unermesslichen Güte, der niemals streikenden Barmherzigkeit und der nicht enden wollenden Christenheit in tausend Ewigkeiten, Amen."
„Was Sie nicht sagen", sagte Agathe Cornelius und schneuzte kräftig ins Taschentuch.
Schlottke, der die Signale seines knurrenden Magens verstanden hatte, fasste sie bei der Taille.
„Doch sind wir das nur, gute Frau, solange uns der Magen nicht knurrt, nur leider kennen wir weder Herz noch Mitleid mit dem, der unseren knurrenden Magen zwar hört, dagegen aber nichts Brauchbares unternimmt. Man sagt ja nicht umsonst bei uns: Ist der Bauch erst einmal leer, prügeln wir in die Kreuz und in die Quer."
Auf dem Ohr konnte die Witwe tadellos hören, weswegen man schon bald schmausend am Tisch saß.
Der Kohl dampfte, die Alte schluchzte, die Tränen kullerten, die Würste brutzelten, die Kartoffeln türmten sich in der Schüssel zu Berge, so dass unsere hungrigen Freunde sich den Wanst nach guter alter Sitte so vollschlugen, dass der eine wie der andere den Gürtel löste und manches Schnäpschen hinunterstürzte.
Auf das Angenehmste gesättigt, die Hände auf dem Bauch verschränkt, sprach er:
„Nun, Schlottke, die Ohren auf, die Worte kommen. Da dieses Mahles Pracht und Üppigkeit uns beiden zum Genuss geworden, an Salz kein Mangel, an Schweinebauch kein Darben, kurzum, ein Vielfaches vom Einfachen vorhanden war, gebietet Einhalt Eurer Rülpserei. Kein Würgen mehr, kein Furzen, Schlottke und schielt nicht immer nach der alten Zausel drüben, habt Ihr gehört?"
„Weder furzen, noch würgen, noch nach der Zausel schielen, Herr, jawohl, Herr. Zu Diensten, Herr."
„Es soll dem Mahle stiller Frieden folgen, Schlottke, auch Dankbarkeit, die auf zum Himmel steigt, nicht allen Menschen hier auf Erden ist eines vollen

Bauches Glück vergönnt wie unsereinem, noch Sodbrennen in solchem Maß beschieden, in Ewigkeit."
„Amen", sagte Herr Schlottke.
„Und ist mein Glas auch leer, Ihr wisst ja Schlottke, wo die Flasche steht. Schenkt ein, schenkt ein. Mir mehr als Euch. Indessen Ihr wie's Vieh mit zu saufen pflegt, genieße ich den edlen Trunk in klugen, wohlbedachten Zügen."
Ach Gott über oder inmitten der Wolken, dachte Herr Schlottke bei sich, lass ihn einmal, nur einmal, wieder kurz zu Verstand kommen und ich gelobe... - doch da verließ ihn die Fantasie.

Achtes Kapitel

Am nächsten Morgen kam er auf den Punkt zu sprechen.

Er wisse doch wohl, dass kein Geringerer als einer der Größten, kein Berühmterer als einer der Berühmtesten und kein Bedeutenderer als einer der Bedeutendsten vor ihm stehe?
„Beim Erbauer meiner Zahnprothese", entgegnete Schlottke, „da beißt keine Maus dem Faden einen Knopf von der Backe ab."
Das gefiel ihm und schon flog ein Lächeln über sein Gesicht.
„Das ist der rechte Geist, Schlottke, ein Hauch brillanten Denkens, der Eurem Hirn entweicht in unsichtbaren Schwaden, bewahrt ihn Euch, liebkost ihm beide Backen, denn andernfalls heißt es von Euch, er kam als Ochse auf die Welt und schied alsbald als Esel."
„Ach, Herr, ob Esel oder Elefant, ob Fregattenkapitän der neunten Flotte oder Frühaufsteher der achten, all das zu sein würde ich gerne ertragen, wenn nur der Hexenschuss bei Euch Quartier nehmen würde, statt bei mir. Man sagt ja nicht umsonst: Trifft Dich das

Hexlein hinten, so hilft kein Jammern und keine Finten."
Nun, dachte er, sich den Schlottke betrachtend, der wimmernd vor Schmerzen im Sofaeck hing, der Kerl wäre mit seinen Versen unter der Erde allemal besser aufgehoben als darüber.
Dann sei er also bereit, für ihn, seinem besten Freund, seinem freudlosen Dasein klaglos ade zu sagen?

„Ich prieste glücklich, Herr-."
„Preiste, Schlottke, ich preiste.
„Ich preise glücklich mich, Herr, zu einem ehrlichen Nein greifen zu können, aber da Ihr mir das Ja so direkt auf die Zunge legt, will ich es tapfer runterschlucken."
Er fürchte also den Tod nicht mehr als bei den Seinen üblich?
„Was die Meinen angeht, Herr, so können mir deren Pläne gestohlen bleiben, man sagt ja nicht umsonst: Muss einer heute sterben, so freun sich bald die Erben."
„Gut, Schlottke, gut, auch könnt' man es hier und da vereinzelt auch vortrefflich nennen. Was haltet Ihr von Bauer Dörnwalds´ Trecker? Wie? Ein strammes Ding und optisch einwandfrei in seiner Wucht und Größe. Macht der Euch platt, das Hemd, Schlottke, es säß am Leibe Euch wie frischgebügelt, wie schnell gewännet Ihr der Schlankheit Preis, der Jugend Schönheit reiche Zierde."
„Was ich davon halte, Herr? Die Sache ist die, mal geht es mit meiner Haltung in die eine, mal in die andere Richtung, aber meistens immer schnurstracks geradeaus."
Er sei ihm doch nicht gram, wenn er ihm einen Stoß versetze? Zu rechten Zeit, am rechten Ort. Des Anstands wegen müsse man´s dem Treckerfahrer vorher sagen.
„Nicht jeder, Schlottke, hört zu, nicht jeder."
„Ich weiß ja nicht, worauf, wodurch und wozu Ihr hinaus wollt, Herr, aber dass Ihr jetzt schon mit einem

Treckerkutscher, der vielleicht noch nicht einmal einen Führerschein hat, über den Anstand diskutieren wollt, also, ich muss schon sagen, mal ganz ehrlich, also-."

„Nicht jeder stirbt im Leben so galant wie Ihr von jetzt auf gleich und im freien Flug, mein lieber Schlottke, auch diesen Kasus gilt es zu bedenken. Doch rate ich, dem Schicksal nicht zu trotzen mit Gebrüll und Klage, und noch eins, Schlottke-."

„Bitte, Herr, macht´s kurz, diese Qualen Eurer Sonntagspredigt zu ertragen, geht jetzt schon über meine zartbesaiteten Leibeskräfte."

„Und sollte Euch, Schlottke, Gott lenke das Geschick in andre Bahnen, das Schreien und das Krächzen kommen aus blutüberströmtem Maul, mein Rat, sofort die Faust zwischen die Zähne, und das Gebiss ins Gras geschmissen, es tritt sich zahnlos leichter vor den Herrn in seiner Güte."

Heiliger Theodorus vom Berg Arthrosius in den Kientaler Spätalpen, dachte Herr Schlottke und konnte es nicht fassen, hat dieser Mensch noch alle?

„Sterbt Ihr allein, Schlottke, zernagt, zermalmt, zerbröselt und zerknöchert dann tut´s in stiller Stunde, Gott Schlottke, wie schnell macht sowas seine Runde?"

„Sie meinen-?" Herr Schlottke schluckte, wobei es ihm die Sprache verschlug.

Er nickte. Das Gute sei, dass er nur zu Beginn und auch nur oberflächlich leide, sei er erst tot, wie´s sich gehöre für Menschen und Tier, für Pflanzen und für Moden, so ginge er im Nu all seiner Sorgen ledig und brauche nimmermehr zu fasten, wenn alle Welt nach Braten dufte und mancher Fettwanst sich zu Tode fresse.

„So gesehen mögt Ihr Recht haben, Herr, aber wenn´s ums Fasten geht, so ist mir diese Prüfung allemal lieber, als meine Zähne nie mehr an einem Schnitzel oder falschem Hasen zu wetzen."

„Nicht kümmern müssten Euch der Knochenreste plattgewälzte Klumpen, Schlottke, auch wär´s, ich will mich dafür gern´ verbürgen, nicht Eure Sache mehr,

all das matschige Zeugs von eigner Hand im Rinnstein aufzulesen. Und sind's auch Eure Knochen, Schlottke, die weit verstreut die Straße zieren würden, verlasst Euch drauf, ich sprech Euch frei vom Vorwurf jeder Ferkelei in öffentlichen Räumen."
Herr Schlottke starrte ihn an. Der Schlund trocken, die Zunge rau, die Augen weit aufgerissen.
„Entschuldigt, Herr, aber wenn Ihr mich, wie in der ersten Strophe so schön besungen, vor den Traktor stoßen wollt, was in drei Pampelmusens Namen, versprecht Ihr Euch davon?"
„Ach Schlottke, Schlottke, versteht Ihr's wieder nicht? Seit Anbeginn ist es der Ruhm, nach dem ich dürste. Indessen ich hier mit Euch rede, harrt draußen vor den Toren meiner eine ganze Welt, es ruft schon Volk auf Volk vor Inbrunst meinen Namen."
„Beim Walten meiner Ohren Ehre, Herr, aber so sehr sie sich auch biegen und im Winde wiegen, sie hören nichts, nicht einen Pieps, kein noch so leises Tönchen, ganz zu schweigen von ganzen Völkern, die, wie Ihr sagt, Euren Namen rufen."
„Dass Ihr ins Gras beißt, Schlottke, schön, das ist der Preis dafür. Na und? Probleme sind von anderem Gewicht. Hat einer Kummer, weil sein Liebchen schnarcht, an Salz zu viel in Suppen streut und Mostricht in den Kaffee schmiert, das Schlottke, nenn ich Katastrophen. Ein wahrer Freund verliert darüber keine Silbe. Der gibt sein Leben gerne hin für einen Größeren als ihn."
„Wenn Ihr mir diesen Größeren zeigt, Herr, will ich gerne bereit sein, ihm das Händchen zu schütteln und meine Mütze zu zücken, aber so, wie die Dinge stehen, sind wir unter uns."
„Gerülpst, gefurzt, auf Euer Wort geschissen, Schlottke, macht Euch nichts vor, liegt Ihr erst unten, im Ganzen, wie zerlegt in plattgequetschte Einzelteile, geplättet und geerntet, Ihr werdet dankbar sein, dass ich es war, der Euch gelehrt, als eines Freundes Freund von dieser Welt zu scheiden, in Ewigkeit."

„Amen", sagte Herr Schlottke, „aber was das Gehen angeht mit meinem zermalmtem Gestänge, so wüsste ich gerne, wie das vonstatten gehen soll, man sagt ja nicht umsonst-."

„Beim Arschgeweih des Kaisers Jonathan dem Letzten, Schlottke, es geht um mich, um meinen Ruhm und weniger um Eure plattgedrückte Nase. Ihr kennt es wohl, der Presse gieriges Verlangen, nach einem, der, wir ich, aus höchsten Höhen jäh in die tiefsten Höllen stürzte. Schlottke?"
„Kein Bange, Herr, ich bin noch da, halt aus, hallo, noch zwanzig Jahre mit frisch gewaschnen Ohren bis Berlin oder Buffalo. Man sagt ja nicht umsonst, Herr: Wäscht einer sich mit Seife seine-."
„Vergessen hat die Welt, die schnöde, was ich der Bühne gab in jenen goldnen Götterstunden meiner besten Jahre, als alle Welt mich pries der Größe meines Schaffens wegen, doch sagt mir eins, Schlottke, noch ist es Zeit-."
„Oh je, Herr", stammelte Herr Schlottke, dem langsam schwante, dass dem Kerl nicht mehr zu helfen war, „was denn noch?"
„Bedürftet Ihr, nur flüchtig und in aller Eile angenommen,, sobald das Grab geschaufelt und Euer schöner Sarg mit Kitsch und Kerzenzeugs beladen, der Rede tönend Erz, der Weisheit goldne Perlen, so übt Euch in Geduld, denn schwierig ist´s, der Worte rechte Wahl zu treffen, es muss, wer immer Euch in freier Rede ein Denkmal setzen will, rhetorisch meinen Hang zum Hohen haben, dass jede noch so hohle Landwurst weiß, den guten Schlottke gab´s nur einmal und gebe Gott, dass es kein zweites geben wird für alle Zeit auf Erden."
Beim Pantovic, dem Krösus der Kroaten, dachte Herr Schlottke bei sich, wie fruchtbar muss sein Wahnsinn sein, dass er täglich neue Nachfahren gebiert.

Neuntes Kapitel

Zwei Tage später, es ging gegen Abend, nahm er die Bibel zur Hand, hüllte sich in ein Bettlaken und schritt so, den treuen Schlottke an seiner Seite, zum Haus des todkranken Jungen, wo er schon in der Tür der armen Mutter Jolande versprach, das nötige Geld für Billy Joes Herzoperation in spätestens vier Wochen zusammenzutragen.
„Ach, guter Herr," sagte sie und umklammerte seine Hände, „wie wollt Ihr das denn zuwege bringen? Ihr habt doch auch nicht mehr als Ihr auf dem Leibe oder im Herzen tragt. Aber glaubt Ihr denn wirklich, dem Herrgott reicht Euer guter Wille und ein christliches Herz, um an meinem Jungen ein Wunder zu vollbringen?"
Darauf schloss er sie schneller in die Arme, als Herr Schlottke dagegen protestieren konnte und sprach:
„Beim Fußpilz meiner Zugehfrau, die starb, als ich noch ungeboren, es gilt mein Wort, erst gestern schuf ich mit Bravour ein Starensemble aus dem Nichts, dem alles winkt an Ruhm auf dieser Erde, es sei, dass vorher neben mir noch mancher auch zum Narren werde."
Na, dachte Herr Schlottke, der sich ein Lachen verkneifen musste, wenn´s daran liegt, wird unsereiner wohl nie auf den Brettern stehen, die das Geld bedeuten.
Da sah die gute Mutter Jolande sie mit großen Augen an und dachte, wenn es auch heißt, auf dieser Welt herrscht an Wirrköpfen und Schlawinern kein Mangel, so bin ich doch sehr überrascht, dass es so viele sind.
„Theater? Ihr? Und Sie, Herr Schlottke, Sie etwa auch?"
Ach, wie dessen Augen strahlten. Theater? Hatte sie Theater gesagt?
„Gewiss und aller Kanzel Amen dazu, aber sicher, verehrte Frau Jolande mit den Prachtbälgern im Schürzenschlepp, man sagt nicht umsonst: Will einer einmal Hamlet spielen, so ist er keiner unter vielen,

doch will das Gretchen ich einst geben, dann steh ich hier und nicht-."
„Schlottke!"
„Haben Sie das gehört, gute Frau? Immerzu muss er mich Schlottke nennen, dabei muss er gar nicht. Zwinge ich ihn? Ach, woher, ich zwingen ihn doch nicht. Also ich habe ihn nicht gezwungen, manchmal wünsche ich, er würde mich Schulze, Meier, Schmidt oder Kokoschinski nennen, dann könnte ich meine Ohren auf tauben Durchzug und mich dümmer stellen, als ich je werden wollte. Mich, dumm, verstehen Sie, wenn das kein Witz-."
„Niemals zuvor", fuhr er ihm in die Parade, „nie und Mütterchen, ich weiß, wovon ich rede, trug eine Bühne edlere Fracht im steten Vorwärtsdrang nach vorne an die Rampe, als diese hochbegabten Mimen, die ich mit strenger Hand zu Erben Gründkens´, Quadfliegs, Heinrich Georges und wenn Sie so wollen, Milbergs forme. Und fragt Ihr jetzt zu recht, warum, wozu und wie das Ganze? dann sag ich´s frei heraus, um Eures lieben Sohnes willen. Wir proben unentwegt, genau genommen, wie die Elche."
Herr Schlottke konnte nicht anders, er musste auch mal wieder sein Maul aufreißen:
„Mein Herr will damit sagen, gnädige Frau, dass man die Elche – und ich rede hier von jenen bedauernswerten Tierchen, die vor lauter Brunst- und Balzgelüsten kein A und kein O in den Schnee ritzen können und die man in ihrem Liebeswahn allenfalls mit jenen Narren vergleichen kann, die mein Herr mit ihren Glatzen, Gichtknochen und Rollatoren für Schauspieler hält – ..."
„Danke für den Hinweis, Herr, ähm-."
„Schlottke, sagen Sie einfach Schlottke zu mir, aber ich verüble es Eurer grandiosen Grandiosität auch nicht, wenn Sie Müller, Kasper, Einstein, Kramer, Adenauer oder Schengener Nachkomme zu mir sagen."

„Schlottke!"

„Schon gut, Herr, ich sag ja nichts und wenn, dann später, ehrlich."
„Das Feuer brennt in allen von uns, gute Frau, die Flamme rast, ach was, sie zischt, nein so, springt von Brust zu Brust, aus allen Herzen strömt des Eifers Saft und aus den Flaschen sprudelt Selters, der Wille, nie Geschaffenes zu schaffen, er quillt und quillt und wenn man ihn nicht stoppt, so-."
Sie zupfte Herrn Schlottke am Ärmel.
„Mal ehrlich, Ist der noch ganz normal?"
„Um Himmels willen, nein, so wahr ich trotz der schönen vielen anderen Namen immer noch Schlottke heiße, liebe versehrte Frau, normal kann man nicht sagen, ich befürchte, er ist noch was viel Schlimmeres."
Gemeinsam gingen sie die Treppe zu der kleinen Dachkammer hinauf, wo sich die ganze Rasselbande einen Spaß daraus machte, sich vorzustellen.
„Ich bin Kai-Uwe, der Pillenbringer", sagte der erste Junge.
„Und ich heiße Karl-Walter, der Waschlappen-Bevollmächtigte"", sagte der zweite Junge.
Darauf sagte das erste Mädchen: „Sie können Frauke zu mir sagen, Frauke, die Kotzschüssel-Verwalterin", ehe das zweite Mädchen ihm die Hand gab und sprach: „Angenehm, Katharina, Katharina vom Medizinschränkchen."

„Die Namen hat sich Billy Joe ausgedacht", entfuhr es der Mutter, „er sagt, wenn er stirbt, hat er wenigstens was Lustiges, an das er sich immer erinnern kann", worauf Herr Schlottke einen Finger hob und sagte:
„Man sagt ja nicht umsonst: Pickt der Sperling einen Wurm in den Beeren und pickt er nicht einmal daneben, fühlt er sich gleich wie auf dem Turm, doch frisst die Katze eine Maus, so ist es mit dem Mäuslein aus."
Da stießen sich die Kinder gegenseitig an und kicherten so laut und fröhlich, dass beinahe ein Lied daraus geworden wäre, bevor die Mutter sie

ermahnte, nicht so einen Lärm zu machen, denn Billy Joe würde sicher schon schlafen und Schlaf sei für ihn wichtig.

Immer noch im Zweifel, ob da ein Verrückter oder Heiliger vor ihrem Sohn stand, womöglich eine seltene Kreuzung aus beiden, stieß sie ihn an:

„Wenn ich mir die Frage erlauben darf, hochanständiger Herr, wo waren Sie denn schon Pastor? Man sagt, Sie waren schon in Pommerranke, Kleinstrelitz und Großwildhausen in diesem schönen Amt."

Aha, schau an, dachte er, das schlaue Weib, es will mich ins Examen lotsen, gab aber zur Antwort:

„Dem Überall und Nirgendwo, dem Immer und Vereinzelten, soll keine Grenzen setzen, wer an des Weinbergs steilen Hängen dem Tagwerk der Gerechten frönt und zählt er, was er an Reben hat vernascht, bis dass der Abend kommt, weiß Bacchus sich im süßen Rausch zum Bruder."

„Sie meinen, Sie waren also schon-?"

„Durchaus, auch da, gewiss, doch doch, wie übrigens auch bei Licht und Nebel, der Flüsse Rauschen hörte ich von ferne, wie auch der Stürme wildes Orgelspie, und rief im tiefsten Wald ein Hirsch nach seinem Weibe, ich eilte querfeldein und in den dichten Tann, der Tiere Liebesglück das Nötige an Beihilfe zu spenden. Mal ließ ich ihnen Wein und mal Champagner liefern in die Wälder, der Korken Knall, des Schaumweins brausendes Getose und wie der Hirsch erst röhrte, es war, als würde Schlottke auf seinem Zahnfleisch durch einen Steinbruch hüpfen und käm' nicht mehr zurecht vor lauter Freude."

„Mein Gott", flüsterte Mutter Jolande leise und zupfte Herrn Schlottke am Ärmel, „dass es so schlimm um ihn steht."

„Schlimmer", erwiderte Herr Schlottke leise, „viel schlimmer. Ein Bauer aus dem Elsass hat es mal gewagt ihm zwei Tage die Hand zu schütteln und nur beim Mittagessen damit aufgehört und seitdem ist er genau so verrückt und schießt mit seiner Schrotflinte auf alle Wolken die seine Nase streifen."

Statt ihn zurechtzuweisen, hatte er Wichtigeres im Sinn, denn noch während Herr Schlottke sprach, erwies er dem tapferen König der Tabakukklen Ehre, verneigte sich vor seinem Bett und sprach:

„Hoch sag ich, hoch und dreimal höher, Euch kundzutun, dass einzutreten in Euren Krönungssaal mir mittels meiner Beine so eben wieselflink gelungen, oh tapferer König der Tabakukklen, Ihr riefet mich durch Eures Feldmarschalls Gekrächze, mal krächzte dieser laut, ein andermal auf schallend feine Weise leise, drum eilte ich schleunigst in dieses Schlosses Spiegelsaal, da ich im Pferdestall Euch Hoheit nicht zu treffen glaubte."

„Moin", flüsterte Billy Joe mit leiser Stimme, reichte ihm seine Hand, versuchte, zu lächeln und sah seine Mutter an:

„Ist das wieder der Quatschmacheronkel?"

Sie nickte, wusste aber nicht so recht, was sie den Kindern sagen sollte, ohne die Gäste vor den Kopf zu stoßen.

„Versprichst Du mir was?" sagte Bill Joe und schaute ihn an, da sprach er:

„Blaukräutertee mit dreißig Ampullen Ochsenhalsschweiß tränk ich mit Freude aus dem Maul der Krokodile, Euer edelherzige Majestät und söff den Gallensaft der ausgepressten Kamelsättel von Arabien noch dazu, wenn Eurem königlichem Begehr ich allzeit jauchzend nicht gern entsprechen würde."

„Dann scheiß drauf", murmelte Billy Joe, „dann lass mal jucken."

Daraufhin nahm er seine Bibel und legte sie Billy Joe in die Hände.

„Der heilgen Bibel Gutgedrucktes vermochte ich dem Heidentum mit Wonne ins Gehirn zu blasen, Majestät, links gings ins eine Ohr hinein, bevor es durch das rechte hinaus ins Weltall schoss, dem Mond entgegen, der seiner frechen Knaben wegen, die nachts am offnen Sternenfenster stehn und nach

den hübschen Sternenmädchen sehn, nach einem Flötenspieler rief, damit vom süßen Spiel erfrommt, die Kinder wieder in ihr Bettchen hüpfen."
„Wer rief? Etwa der Mond?" rief Billy Joe, „der Mond kann doch gar nicht rufen."
Herr Schlottke sah die Zeit gekommen, sich einzuschalten:
„Man sagt ja nicht umsonst, Euer Wohlerhabenheit: Träumen Kinder in der Nacht, hat der Mond sein Werk vollbracht."
Als er das hörte, riss Billy Joe Mund und Augen weit auf, pikste unserem Helden mit dem Finger in die Brust und bat ihn, weiterzumachen, worauf der sich nicht zweimal bitten ließ:
„Der Engel Mupswibus der Vierte, ein stolzer Sohn des dritten Weihrauchständers, ein fröhlich kleines Kerlchen, der schon dem Joshua die Locken kämmte und morgens schon um fünf vor Eures Schlosses Fensterritzen im Fluge Purzelbäume schlägt, versprach mir jüngst beim Barte der Propheten, Euch allzeit Schutzpatron und Bruderherz zu sein."

„Ist wahr, in echt?" murmelte Billy Joe.
„So echt, kaiserlicher Postkutschen-Gebieter, dass es echter schon wieder gemogelt und geschummelt wäre", mischte unser guter Schlottke sich ein, weil er auch mal wieder was sagen wollte, „man sagt ja nicht umsonst: Hält ein Engel bei einem kranken Jungen wacht, ist der gesund schon kurz nach acht."
„Ist der auch verrückt?" sagte Billy Joe leise und schaute seine Geschwister an.
„Worauf du einen Furz lassen kannst", sagte Karl-Walter, der Waschlappen-Bevollmächtigte.
„Kinder, also bitte, ja!" sagte ihre Mutter und tat so, als würde sie streng gucken.
„Der soll jetzt wieder drankommen, der da, der da!" sagte Billy Joe und zeigte auf ihn, der die Bibel wieder an sich genommen hatte, weil er fürchtete, sie würde zu schwer sein für Billy Joe.
„Und ja, der Bibel Wunder, meine Königliche Helligkeit, blieb auf der Welt nicht unerwähnt, ja selbst

den Meumelonen, die vom Verzehr der Butterblumen leben und neuerdings in kerzengeraden Höhlen hausen, wo sie den Wachs der Kerzen schmausen, erlöste ich vom Unflat alles Bösen, ich hieß sie, nackten Leibes von Trinidad nach Tamparat auf einem Bein zu schwimmen, nun ja, ganz schön und gut, ich meine, was soll der Mensch in dem Fall sagen?"
„Sagt es, jetzt sagt es schon, los, los!" rief Billy Joe ganz aufgeregt und klatschte in die Hände.

„Nun ja, man schwamm und schwamm, auf Algen kauend und auf Zweifeln, schon hörte man von Schottland her mit lautem Schalle übers Meer den Dudelsack von Sir Mc Stewart Arthur Alester, da trug an Land man einen Wal, ich hin, Herr Wal, so setzte ich den ersten Paukenschlag der Rede: Was ist geschehen, dass Euch der Wamst im Kattegatt geplatzt und Sodbrennen bis zur Antarktis plagte? da sprach der arme Fettleib schwächlich lahmer Stimme, ihm seien tauend Meumelonen ganz ungeniert ins Maul geschwommen, und das zur Mittagszeit, wenn allen Walen Bauch und Eheweiber knurren, mit einem Happen, so ließ der Wal mich unter lautem Stöhnen wissen, habe er die ganze Meute mit Genuss verschlungen, da riet ich ihm, dem seitlich bis zum Scheitel Aufgeplatzten, aus dieser Bibel hier das Verslein mit dem Jonas aufzuschlagen, da-."
„Eine Frage, verehrte Frau Jolandatias", flüsterte Herr Schlottke, „wollen sie ihn wirklich in dem gelöcherten Zustand bei dem Jungen lassen?"
„Der Junge will es so", flüsterte sie „und wenn, wir sind ja auch noch da."
„Noch da ist gut", flüsterte Herr Schlottke, „man sagt ja nicht umsonst, erscheint im Frack ein Gespenst zum Mahl, so wird´s bereut noch tausendmal."

„Weiter, weiter, erzähl noch was, mach", rief Billy Joe und konnte es kaum erwarten, das Ende der Geschichte zu hören.

Daraufhin machte er den Kindern ganz große Augen, schaffte es sogar, ein klein wenig mit den Ohren zu wackeln, sprach ganz leise und tat so, als würde gleich etwas ganz Wichtiges passieren:
„Obgleich mir die von der schönen Krimhild auf der Festung Hohenlohe dargereichten Köstlichkeiten anfangs recht schwer im Magen lagen, so kehrte doch, kaum dass mein Bibellesen Früchte trug, und die Verdauung tat, was ihr seit altersher aus gutem Grund anempfohlen, ein tiefer Frieden in die Herzen ein. Selbst Quakikus, des Königs-."
„Wer?" flüsterte Billy Joe, „wie soll der Doofe heißen?"
„Quakikus, Eure Emmanzipens", sagte Herr Schlottke, „man sagt ja nicht umsonst, heißt einer Quakikus mit Namen, so soll man seiner sich erbarmen, doch reitet er auf einem Pferd-."
„Schlottke!"
„Ich bin ja schon still, Herr und ruhe vor mich hin, wie der still und starr ruhende See im Weihnachtslied von den schlafenden Wellen und dem zwitschernden Knabenchor aus Regensburg, welche ja auch die Spatzen vom Domdach genannt werden."
„Jetzt Du wieder, Onkel,", dabei zeigte Billy Joe auf ihn, worauf er sprach:
„Selbst Quakikus, des Königs Lieblingsfrosch, der stets in Räseln spricht, doch nie mit ganzen Zähnen, wie traulich er mir doch in jener Nacht aufs Händchen hüpfte. Nanu, sprach ich, werter Herr Frosch Quakikus, welch Ehre Euer feuchtes Glitschgewand auf meiner Haut zu spüren. Ach, quakte er, indessen ihm die Augen tränten und seine Gequake bis in die Wälder von Kambodscha drang: Grüßt mir den tapfren König der Tabakukklen, kein Frosch im Teich, von unseren schönen Damen ganz zu schweigen, der ihm nicht beide Froschschenkel drückt, denn keiner, der noch tapferer und unerschrockener wär, als er, ja, einen solchen Helden gäb nicht einmal das stolze Volk der Frösche her. Das gute Fröschlein war mir kaum entsprungen, da las ich einen Gruß auf meiner Hand, in welchem Folgendes geschrieben stand-."

Da schauten die Kinder ihn mit großen Augen an, weil sie wissen wollten, was denn des Königs Lieblingsfrosch, der gute Quakikus, geschrieben hatte. Aber soviel sie auch bettelten und so sehr sie ihn auch bedrängten, das Geheimnis zu verraten, er ließ sich nicht erweichen. Aber das könne er doch verraten:
Wenn sie nämlich alle ganz fest daran glauben würden, was des Königs Lieblingsfrosch, der kleine Quakikus auf seine Hand geschrieben hatte, dann würde ihr Brüderchen bald wieder gesund.

Zehntes Kapitel

Auf dem Heimweg war ihm danach, Herrn Schlottke in Sachen Hamlet zu prüfen, da er dessen Mitwirkung im Ensemble davon abhängig machte, ob Schlottke jene Stellen zitieren konnte, die ihm die liebsten waren.
Sowie sie Bauer Treesemanns Weide zur Linken und Otto Mörtelbachs Rinder zur Rechten passiert hatten, während der Mond schien und ein Pferd in Missachtung der Shakespearschen Größe, aus welchen Gründen auch immer, wieherte, sprach er:
„Dass ich wie ein Schurke schleiche, wie Hans der Träumer, meiner Sache fremd, und kann nichts sagen, nicht für einen König, an dessen Eigentum und teurem Leben verdammter Raub geschah. Bin ich ´ne Memme?"
„Moment, Herr", stotterte Herr Schlottke, „was ist das? Wiehert da nicht ein Pferd? Bei meinem linken Ohrenschmalz, da wiehert doch ein Pferd, man sagt ja nicht umsonst-."
„Hamlet, Schlottke, Hamlet, zweiter Aufzug, erste Szene."
„Sicher ist es krank, das arme Pferdchen, Herr und hat keinen, vielleicht sogar niemanden, der oder die ihm den Hustensaft oder den Baldrian in den Frühstückseimer gießt, ich meine-."

„Hamlet krank? Wie? Was? Bin ich, von Hamlets Wahn berauscht, unwissend unters Narrenvolk geraten wie ein Hemd unter die Hose?"

„Man sagt ja nicht umsonst, Herr: Leidet bei Vollmond mal ein Vieh, so rettet es der Doktor nie. Und was meine Hamletschen Kenntnisse und Befugnisse angeht, welche übrigens sonst überreichlich vorhanden und mir stets zu Diensten sind, so steht mir zu solch später Stunde, ehrlich gesagt, der Sinn mehr nach weltlicheren Dingen. Ein schönes kaltes Bier, wie wär´s, wenn wir noch kurz im Goldenen Anker-?"

„Ist Hamlet hier? Ein Stuhl, ein Stuhl, man eile fort und hole den bequemsten."

Herr Schlottke ballte beide Fäuste, aber so sehr er sich auch anstrengte, ihm wollte der Text nicht kommen, weswegen er bei sich dachte, halte durch, Schlottke, halte durch, immer schön durchhalten, Schlottke.

„Wer nennt mich Schelm? Bricht mir der Kopf entzwei? Rauft mir den Bart und wirft ihn mir ins Antlitz?"

„Das mit dem Bartwerfen und dem Antlitz ist ja im Grunde eine famose Idee, Herr, nur darf ich Euch daran erinnern, dass Ihr bartmäßig, na ja, sagen wir mal, oben in gewisser Weise ziemlich ohne seid."

„Zwickt an der Nase mich? Und straft mich Lügen.?"

„O nein, Herr und nochmals nein, ich habe Euch einmal gezwickt, im Zug, wisst Ihr noch? Das reicht. Als Ihr die Vogelscheuchen auf dem Feld für stolze Friesen hieltet und dachtet, sie würden Euch freundlich zuwinken. Drei Tage, Herr, drei Tage hat es in meinem Schädel zurückgezwickt, so habt Ihr es mir gedankt, das verdammte Zwicken."

„Einen Stuhl, einen Stuhl. Von allen Stühlen hier im Schloss verlang ich nach dem schönsten."

„Ach du meine Güte, Herr, aber jetzt reicht´s, was wollt Ihr denn mit einem schnöden Stuhl, womöglich noch aus Holz und hinten mit einer Lehne, gleich sind wir zuhause, dann könnte Ihr Euch hinlegen mit allem, was Ihr heute Morgen aus der Tür geschleppt habt."

„Wer ist der Krummfuß da zu meinen Füßen? Bist Du es, treuer Güldenstern?"

„Ach ja, einen goldenen Stern hätte ich jetzt auch gerne, am besten so einen, der vorne aus Gold und hinten noch goldiger ist, Herr. Man sagt ja nicht umsonst, nennst du einen Goldstern erst dein eigen, so musst du ihn dem schönen Frollein zeigen."

„Ich hege Taubenmut, mir fehlt´s an Galle, die bitter macht den Druck, sonst hätt ich längst des Himmels Geier gemästet mit dem Aas."

„Vom Geiermästen würde ich lieber Finger lassen, Herr, stellt Euch mal vor, Ihr mästet einen Geier, kaum, dass sich das in deren Kreisen rumgesprochen hat, kommen morgen noch welche angeschwirrt, reißen den Schnabel auf und begehren dasselbe Festmahl wie der erste Geier, den ihr gestern beköstigt habt, und erst übermorgen, übermorgen, Herr?"

Vor lauter Schlottkeschen Geiern im Kopf versank er in Schweigen, was ihm aber schlecht bekam, denn sowie er sich seinen Gedanken hingab, die ihm durch den Kopf schwirrten, erinnerte er sich des frommen Pilgers Egbert aus dem Kloster der neun heiligen Brüder von Simmaringen an der Simma, von welchem er gelesen hatte, dass dieser im 16. Jahrhundert neun Jahre, drei Monate und vierzehn Tage freiwillig Sühne der schlimmsten Art auf sich genommen und jeden Grabstein des klostereigenen Gottesackers zweimal täglich mit heißer Lauge abgewaschen hatte, um kraft seines christlichen Wirkens beim Herrgott zu bewirken, dass sich der Allmächtige eines an Pest leidenden Mägdeleins im Dorf erbarme, und da der heilige Egbert so fröhlich und fleißig zu Werke ging, obgleich ihm die Knie vom ewigen Knien schon hinten aus der Kniekehle sprossen, und die alten verwitterten, moosbeschichteten Grabsteine im Klostergarten der neun heiligen Brüder trotz seiner Schmerzen mit lustigem Pfeifen blitzblank putzte, geschah das Wunder und alle Pestbeulen des kleinen

Mägdeleins wussten auf Gottes Geheiß, was sich gehörte und verschwanden, bis auf ein kleines Beulchen am Knie, aber das hatte sich das Mägdelein beim Hinkeln auf der Gasse geholt.
„Die Fabel kenn´ ich auch", entgegnete Herr Schlottke, dachte aber sogleich, oder etwa nicht?
„Gleich morgen geht´s zum Gottesacker, Schlocker, Ihr kriecht auf allen Vieren nieder und wienert 30 Grabsteine am Tag und ich, wenn´s hoch kommt, einen, indessen ich, erhaben meine Runden drehend, mir hier und da die Nase putze, denn das soll Euch ein Zeichen sein, hört Ihr der Nase schniefendes Gebrause, dann wird es Zeit, Schlottke, dann macht Ihr Pause."
Obgleich Herr Schlottke längst   alle Hoffnung aufgegeben hatte, aus dem Verrückten könne nochmal ein halbwegs vorzeigbares Geschöpf werden, so bekam er doch einen gehörigen Schrecken, als er ihn so reden hörte.
Vergaß unser Held auch manchmal, wo er war und was ihn hierhergetrieben, so musste er doch immer wieder an sein geliebtes Theater denken, und jedes mal, wenn er solchen Gedanken nachhing, war es ihm, als habe er einen verloren geglaubten Schatz wiedergefunden. So wusste er   den einäugigen Riesen Goglomow aus „Die Reise des Oliver Benjamin" zu memorieren, den schwindsüchtigen Sheriff William Mc Gordon aus „Ritt in den Tod", den versoffenen, schon in aller Herrgottsfrühe wild um sich ballernden   Killer Billy Butch aus „Frühstück in Manhattan", den lüsternen, nach jedem Rockzipfel grapschenden Reverend Douglas Bride aus „Tee mit dem Teufel", der morgens vier Kilogramm gebratenen Specks und abends einen halben Ochsen verspeiste, den kiffenden Schurken Konrad Brechtheim aus „Pelikan und Himbeersauce", den Hamlet, den König Lear sowieso, den Jagdflieger Hermann Schneider aus „Flug der Vergeltung", den   schwachsinnigen Gärtner Oskar Himmelbein aus „Frag nicht, wann die Tulpen blühen", der vier Mädchen und elf Jungen mit einer Plastiktüte über dem Kopf hopsnahm, aber es

gut meinte, den humpelnden Kasimir aus „Horch, wie die Amsel singt" oder den Bergführer Sepp Lechmoser in „Wo die Alpenveilchen blühen", welcher im Suff der schielenden Marie und, war er einmal klarer Sinne, der schönen Kathrein nachstieg. Aber all diese wankenden, im Nebel der Vergangenheit dahin schlotternden Gestalten, waren nichts gegen seinen Hamlet, dem er immerhin drei Nervenzusammenbrüche, zwei Verfilmungen, acht Inszenierungen, eine Leberschwellung, eine Nierenkolik und einen Hörsturz zu verdanken hatte. Sprach er, den Hamlet gebend, „Du armer Geist, solang´ Gedächtnis haust in dem zerstörten Ball hier. Deiner gedenken? Ja, von der Teufel Erinnrung will ich weglöschen alle törichten Geschichten, aus Büchern alle Sprüche, alle Bilder", so schüttelte Herr Schlottke nur den Kopf, ballte heimlich die Fäuste und murmelte „durchhalten, Schlottke, immer schön tapfer durchhalten" und erwiderte: „Was Eure Ballspiele angeht, Herr, ob Handball, Fußball, Knieball, Fingerball, Faustball oder Königsball, achtet nur immer schön darauf, dass Ihr Euren Kopf aus der Schusslinie befördert, man sagt ja nicht umsonst: Ist einem wirr im Kopf, so wird man bald zum armen Tropf."

Elftes Kapitel

Billy Joe konnte sogar bis zehn zählen und dabei die Luft anhalten. Noch besser ging es ihm, als er ihm und seinen Geschwistern die Geschichte erzählte, wie er neun Jahre und vierzehn Monate am Stück durch Griechenland gewandert war, alltags mit dem rechten, sonntags mit dem linken Fuß, und nur an den Feiertagen mit beiden.
„Boah", sagte Blly Joe, „auf einem Fuß? Das geht? Hast Du denn gar nicht gehumpelt?"
Herr Schlottke, nur auf eine Gelegenheit lauernd, in die Bresche zu springen: „Man sagt ja nicht umsonst,

Eure Königliche Vorzüglichkeit mit den gekrausten Pudelhaaren: Geht einer stets mit einem Fuß, bestellt dem andren er einen Gruß." Billy Joe tippte sich an die Stirn, worauf seine Mutter zum Spaß mit dem Finger drohte.
Erfreut, dass der König der Tabakukklen dem Schlottke einen Vogel gezeigt hatte, sprach er:
„Ich lud der Blasen Qualen, der Zehen wunde Stellen, auf mich, zu finden den vergrabenen Schatz des Königs Krzsykaspolus, den man nicht schreiben, aber riechen kann, aber oh weh, statt Gold, Silber, neues Haar und heiße Jungfernblicke zu erhaschen, kam mir der Schlottke in den Weg. Da riss der freche Kerl mir doch mein wollen Mützlein vom Schopfe runter und trug es mit Geheul dem offnen Meer zu. Was tun? Bedenken wir, mir froren alle dreizehn Ohren-."
„Hohoho", schrie Billy Joe, dessen Kopf vor lauter Neugierde wieder über der Decke aufgetaucht war, „dreizehn Ohren? Wie soll das denn gehen, bitteschön?"
„Wer weiß, wer weiß", sagte Mutter Jolande und wiegte den Kopf hin und her, „es gibt so vieles auf der Welt, was wir Menschen nicht begreifen wollen, mein Junge."
Da nickten alle und sahen Billy Joe an, ob er auch nicken würde, aber der König der Tabakukklen hatte Wichtigeres zu tun, indem er seinem Hofnarren befahl, weiterzumachen, was der auch tat.
„Da hörte ich, von aller Milde des Allmächtigen verlassen, des Schlottkes Schlabbermaul ganz ungeniert mit achtzig Möwen schwätzen, die seinetwegen schwer ins Grübeln kamen-."
„Achtzig Möwen? Ich krieg das Jucken. Achtzig? Habt Ihr die etwa alle gezählt?" sagte Billy Joe und Schlottke:
„Ganz bestimmt, ich kann´s bezeugen, mein Junge, so wahr ich Prinz Hammelbein aus Friedrichshein und manches andere ab morgen heiße, man sagt ja nicht umsonst: Ist ein Wunder erst geschehn, so lass es schweigend nicht vergehn, doch immerhin ergibt

es Sinn, wenn ich, der Dichter Wortgebimmel, vor Staunen sprachlos bin."

Billy Joe war eingeschlafen, seine Mutter deckte ihn zu. Dann gab sie den Männern ein Zeichen, zu gehen. Aber leise.

Sie hatten kaum das Mietshaus an der Dorfstraße betreten, um mit einigen Mietern ein Theaterstück einzustudieren, da stellte sich ihnen Herr Diebitz in den Weg.
„Parole?"
Nun, dachte unser Held, den Lauser soll die Keule meiner Rede niederschmettern: „Gebt frei den Weg und sittsamem Gruße gewähret Zeit und Raum, Ihr hirnverbrühter Körnerfresser, der Ihr der Ziehsohn eines Molches, beschränkter als ein Bierfass und plumper als der Plumperich, des Fürsten Plettenhubers Stallausfeger seid."
„Die Parole! Los!", drängte Herr Diebitz, „bei uns sind nämlich Damen aus besten Kreisen, da kann nicht einfach jeder dahergelaufene-."
Er packte ihn am Kinn und drehte es solange von rechts nach links und von links nach rechts, bis die Wirbel knackten.
„Ob gelaufen, beim Raufen oder Saufen", stieß Herr Schlottke den Diebitz beiseite, „reizt ihn nicht, es wäre Euer letztes Blatt. Erst letztens, wir ritten durch die Eberswälder Auen, da knackte es recht morsch und forsch im Unterholz, zum Vorschein kamen dreizehn wilde Sauen, mein Herr, noch eben allem Frieden zugetan und zahm wie ein beschwipster Ritter, erhob die Stimme zum Gewitter, er schrie, nein, sprach in leisen, wohlgesetzten Versen-."
„Mir aus dem Weg, Ihr zwei Kanaillen, Ihr Rotzgesindel, Lumpenpack", brüllte unser Held, „mich schickt-."
„Aber Herr", stammelte Herr Schlottke, „wenn dieser da auch eine Kanaille ist, wogegen ich ja bekanntlich nichts habe, so bin ich aber noch lange keines seiner

Geschwister, und noch eins bei dieser sich plötzlich ergebenden Gelegenheit, wie Ihr vielleicht wisst-."
„Mich schickt der Pegasus, der Künste hehrer Reiter", dröhnt er, „zu suchen, wer des Ruhmes würdig und auserwählt, mit mir und meinen Schlottke in einem Trupp famoser Mimen siegbringend um die Welt zu reisen, doch wagt Ihr es, mein keusches Ohr mit weitrem Unflat besudeln, so muss ich Euch kopfüber in die Gülle-."
Jetzt reichte es dem braven Schlottke:
„Was mein Herr, der Chefdramaturg des Bremer Staatsschauspiels und Inspizient der Berliner Festtagsbühne sagen will, Herrn Treppenflieger, wir sichten im ganzen Land und in der halben Welt von allen Schauspielern die besten, nur muss, wer sich erkühnt, dem hohen Anspruch zu genügen, mit Goethes Gretchen auf gutem Fuße, mit Hamlet im Bunde und mit Faust in der Hosentasche stehn. Seid Ihr in alldem nicht nur kundig, sondern auch oberkundig, so sprecht einen Vers aus der Ode an den Morgenstern, ein Abendgebet des heiligen Paulus an die Korinten, ein Sprüchlein aus dem bayerischen Buch der oberfränkischen Märchenfibel oder gönnt uns wenigstens zum Zeichen Eures Können einen Furz von Rang und Tiefe."
Herr Diebitz starrte sie an, wischte sich den Mund ab, da es tropfte.
Sein Name sei Diebitz, Konrad-Walter Diebitz, es gebe auch einen August Diebitz, aber das sei sein Bruder und er bitte die Herren, ihn nicht mit seinem Bruder August zu verwechseln, da er ja Konrad-Walter und sein Bruder alles andere als Konrad-Waltrer heiße, nämlich August.
„So muss es sein", entgegnete unser Held und nickte zufrieden, „das will die Ehre und das Christentum, dass nicht der eine Bruder stiehlt des anderen Weib und Namen. Und hat er Söhne, Töchter, Schnupfen oder Schulden, sprecht's offen aus. Wer diesbezüglich mit Euch hadert, der werfe heute noch das erste Schwein."

„Pardon, mein Herr wollte Stein sagen", entfuhr es Herrn Schlottke, „denn das mit dem Schweinewerfen ist so eine Sache, so mancher, der es versucht hat, hat´s heute schwer mit dem Kreuz."
Auch wenn die Herren nicht mehr alle Sinne beieinander haben, dachte Herr Diebitz so sind es doch sicher große Künstler, von denen man ja sagt, dass sie neben einem Fimmel auch eine Berufung zu Höherem haben.
Er lebe jetzt hier, sagte er, weil andernorts kein Platz mehr frei gewesen sei, außerdem sei er Abteilungsleiter für Gewinde in einer sauerländischen Schraubenfabrik gewesen, erfreue sich der gesellschaftlichen Anerkennung und abklingender Rückenschmerzen. Prost Mahlzeit, dachte unser Held, noch ein Geprüfter mehr auf Erden und reichte ihm die Hand.
Man blieb ein knappes Stündlein, führte Gespräche und lernte die schrägsten Vögel kennen.
Herr Wertheim, ein ehemaliger Apotheker, der selbstgedrehte Pillen aus getrockneter Milch mit einem Schuss Essig gegen Appetitlosigkeit, sexuelle Erschlaffung und Tabak-Allergie verkaufte, graue Schläfen, Schallplatten von Caruso, Rudolf Schock und Hermann Prey und einen Schlag bei den Frauen hatte, behauptete von sich, er habe schon immer Schauspieler werden wollen, aber so oft er auch in seiner Apotheke auf und abgewanderte sei und zum Fenster hinausgeschaut habe, nie sei einer zur Tür hereingekommen und habe ihn entdeckt.
Stellten unsere zwei Helden fest, dass der eine nicht ganz bei Trost war, dauerte es nicht lange und sie merkten, dass es dem Nächsten nicht besser erging und kaum, dass sie mit dem fertig waren und sein Interesse für ihr Theaterprojekt geweckt hatten, stießen sie auf einen, der ihnen ein ungefragt Tänzchen vorführte, auf einer Mundharmonika blies und von sich behauptete, er sei ein Urenkel Heinz Rühmanns und könne die witzigsten Stellen aus der „Feuerzangenbowle" auf einem Bein stehend zitieren.

So überspringen wir ein paar Tage und besuchen die dritte Probe dieses aus   Luschen und Lemmingen bestehenden Ensembles   im Heizungskeller des Mietshauses am Ende der Dorfstraße am alten Schulze-Weiher, wo der Sage nach der alte Gotthilf-Kasper Schulze, ein Schulze durch und durch und wie alle Schulzes   weißgott nicht ohne, 1899 sein untreues Eheweib mit Strick und Pferdehuf am Hals ersäuft hatte. Es hieß, seitdem würde die zornige Alte in jeder Vollmondnacht auf einem Totenkopf durchs Dorf reiten und jedes zweite Neugeborene aus seinem Bettchen holen und mit ihm wieder in dem kalten, schaurigen Weiher verschwinden.
Vor leeren Häusern spiele er nicht, sagte Herr Wertheim. So! Dabei fuhr er sich durch die ihm spärlich verbliebenen Haare. Ein Schauspieler seiner Klasse trete grundsätzlich nur vor vollen Häusern auf. Halbvolle lasse er ja noch gelten, was die Viertelvollen anginge, gut, darüber könne man reden, da sei er noch im Unklaren, aber vor leeren Häusern nicht. Er empfehle übrigens, sich nicht auf seinen Status, sondern lieber auf ihr Theaterprojekt zu konzentrieren, immerhin habe ihnen der Herr Großschauspieler, der als Pastor im Dorf ja nicht ganz unumstritten-."
„Hilfspastor, Herr Wertheim, Hilfspastor", entgegnete Herr Schlottke ungehalten, „im Übrigens hat erst gestern der hochmöblierte Herr Landesbischof, der, der keiner Fliege was zu Leide tut, ohne ihr die Flügel auszureißen, meinem Herrn versichert, dass er mehr von ihm halte als ein Esel von einem Elefantenritt durch die Wüste Garobi."
„Mein lieber Wertheim", sprach unser Held, „das volle Haus, so voll es angesichts der Nullen und der Nieselprieme auch immer   scheinen mag, ist nichts als Illusion. Nehmt zum Vergleich nur   Schlottkes Bauch, ein Prachtgewölbe barocker Architektur, frisch erbaut und   überdies mit   lautem   Rülpsen angefressen. Was glaubt Ihr denn, wo´s voller ist? Und jetzt kommt nicht und sagt es frech heraus, Ihr spieltet Brechts „Mutter Courage" lieber samstags in Schlottkes praller   Wampe   als sonntags an der

Wiener Burg, wo ich – nun gut, es waren andre Zeiten, gleichwohl war es die fesche Damenwelt, aus besten Wiener Häusern, die massenweise, zart bestrumpft, einst schmachtend mir zu Füßen lag."

„Wie? In Wien? Der?" rief Frau Müller und kicherte, worauf Frau Wanning bemerkte, „gesagt ist gesagt, aber ob man es glaubt, ist ja nicht unsere Sache, Frau Müller."

„Da haben Sie absolut recht, Frau Wanning, unsere Sache ist das nun wirklich nicht", sagte Frau Müller.

„P-sst!" machte Herr Wertheim zu den Damen.

Herr Schlottke, der genau zuhörte, aber so tat, als würde er Zeitung lesen, legte die Zeitung beiseite, in welcher von einer wilden Kuh namens „Olga" berichtet wurde, die eine Touristin aus dem Ruhrgebiet halbtot getrampelt hatte, da diese versucht hatte, auf ihr zu reiten.

„Man sagt ja nicht umsonst: Ist ein Theater auch voll und leer, die Leute kommen von überall her."

Hier gab er dem Schlottke Order, die mitgebrachten, in einem Schuhkarton gesammelten Korken zu verteilen, damit ein jeder sich einen Korken ins Maul stopfe und ihm mit dem Korken im Maul vorspreche. Er hatte nämlich festgestellt, dass die Unart des Nuschelns bei den Umstehenden auf das Bedrohlichste um sich griff.

„Theater!" brüllte er plötzlich, voller Ekel über die ihn dumm anglotzenden Banausen, „Theater, du hehre Kunst, du Mutter aller Väter, du Quell, der Götter, du Spaß der Mächte, du süße Speise unsres Seins, doch bleibt, was immer auch der Bühne ist an Urgewalt, an Glück und Schmerz, an Liebe, Leid und Tod zu eigen, nur Schattenspiel aus Traum und Geist, ein Spiegelbild der wahren, zu wildem Totentanz verdammten Kräfte – mit einem Wort: Behauptung."

„Das mit der Behauptung, das behaupten Sie", rief Herr Wertheim, wobei seine Augen vor Zorn funkelten, „aber wenn man nur eine Behauptung spielt, jagt man das Volk doch aus den Sälen."

Frau Ortmann meldete sich zur Wort:

„Leeres Haus oder volles Haus, was macht das schon? Wir nehmen einfach ein Schild und schreiben „Publikum" drauf. Wir behaupten praktisch, dass die Bude gerammelt voll ist, auch wenn kein Schwein gekommen ist."
„Oder", sagte Frau Müller, die gerne Bücher von Stephen Kling las, in denen Menschen auf so anschauliche Weise die qualvollsten Tode starben, „wir nehmen Schilder, wo „Heute ausverkauft" oder „Schlosstheater Oberhemmbach" draufsteht."
„Oder „Widdesheimer Burgtheater", sagte Herr Wertheim.
„Oder so", sagte Frau Ortmann.
So ging das eine Weile wild durcheinander. Die Herrschaften überboten einander mit Vorschlägen, wie man am besten vorgehen sollte, um zum Erfolg zu kommen. Immerhin war man sich einig, das eingenommene Geld dem todkranken Jungen der armen Mutter Jolande zu spenden.
„Die Welt harrt unserer Kunst", sprach er, „ein junger, kranker Knabe unserer Hilfe. So soll, die Güte meines Wesens eingedenk, aus Eurer Hammelherde ein Trüppchen Tausendsassas werden, das, noch in Stuss und Stammelei gefangen, hoch zum Olymp aufsteigt, wo Zeus schon wartet mit dem Harfenspiel. Doch muss, wer Großes auf der Bühne einst will leisten und danach strebt, der Götter Liebling und des Volkes Held zu werden, statt Fleisch zu fressen, die Verse Ovids mit der Korkenschnauze lesen."
„Was hat er gesagt?" schrie Frau Wanning, da schwerhörig.
„Das wir unsere Korken aus dem Fenster schmeißen sollen", brüllte Frau Ortmann.
Herr Schlottke mahnte zur Ruhe. Sein Herr und Festspiel-Intendant könne nur denken, wenn ihm absolute Stille in die Ohren pfeife.
Darauf er: „Und was die Hurerei angeht, die Herren Diebitz, Wertheim und Konsorten, zugehört!, den Schnaps, die Glotze und das Pokerspiel – kommt mir zu Ohren, was ihr treibt in lasterhaften Stunden, ich

hau Euch öfter auf das Maul, als eine Fliege auf dem Kuhschwanz tanzt die Polka im Dreivierteltakt."
„Also, das ist doch, das ist doch", Herrn Diebitz fehlten die Worte, nicht aber die Zornesröte im Gesicht.
„Genau, das gleiche wollte ich auch schon sagen", rief Herr Wertheim empört, dem daran lag, sich vor den Damen von Herrn Diebitz nicht die Schau stehlen zu lassen, „ das ist aber wirklich ein starkes Stück, ein starkes Stück ist-."
Herrn Schlottke packte die Wut, da er die Autorität seines Herrn unterwandert sah, weswegen er vortrat, mit der Zeitung mal auf den Diebitz, mal auf den Wertheim eindrosch.
„Ihr Spötter und Zweifler, Ihr Maulesel und Korkenlutscher, das Eine sag ich Euch, mein Herr weiß, wovon er spricht. Aus dem Immentaler Theatertreffen hat er einen künstlerischen Genuss von bleibendem Vergessen gemacht, ferner gelang es ihm mit meiner Hilfe, aus den Bayreuther Waggelheim-Festspielen einen solchen Ohrenschmaus zu machen, dass der Ohrenschmaus, zubereitet auf der Basis von Schweinohren und Eselohren, seitdem auf allen Speisekarten in ganz Bayern steht."
Schlottkes Worte gingen allen so zu Herzen, dass ein jeder sich fragte, was das für ein Leiden sein mochte, das diesen zwei Käuzen zu schaffen machte, bis Herr Diebitz vorschlug, man könne ihre Theatertruppe doch die „Radikalen Behaupter" nennen, um sich sprachlich von der Berliner Volksbühne, den Edeltaler Spielemännern, den Göttinger Gaudiburschen und den Hogenbreiter Possenreitern zu unterscheiden.
Frau Müller griff die kühne These der Behauptung auf, indem sie meinte, man solle sich keiner Kostüme bedienen, sondern große beschriftete Schilder nehme, auf denen „Hose", „Kleid", „Strümpfe", „Jacke" und so weiter stehe, diese Schilder müsse man am ganzen Körper tragen, das habe den Vorteil, dass die suggerierte Nacktheit ebenso eine Behauptung sei, wie die auf den Schildern erwähnten Kleidungsstücke.

Von der Radikalität ihres Denkens überrascht, dachte unser Held bei sich, h-mm, den guten Willen seh´ ich wohl, doch fällt der größte Mime nicht vom Baum, denn fiel er doch und plumpste tief, womöglich schmerzhaft noch auf Stein und Steiß, er würd sich wohl manch schöne Beulen holen, doch kommt es schlimmer, als es soll, quillt ihm womöglich noch das Große, Ganze aus dem Schädel.
Ich setz mich hin, sowie die Muse mich auf Nas´ und Stirne küsst, und schreib ein Stückchen für die Bande. Mit einer Zeile fang ich an, am frühen Morgen, da ist Luft und Licht, steht diese erst von links nach rechts auf einem Blatt Papier geschrieben, so soll der Rest des Tages mir gehören. Nicht eilend strebt der große Geist der Krönung seines Werks entgegen, die Muße ist´s, die Edleres gebiert als schlampiges Versagen.
Ihn misstrauisch beäugend, lümmelten sich seine Mimen auf Tischen und Stühlen, wobei er dem guten Schlottke auftrug, aufzupassen, dass ihnen keiner durch die Lappen ging, da es ernst wurde und es ans Vorsprechen ging.
Aber was für ein Elend musste er erleben: Der eine verwechselte Königsthron mit Döhrings Sohn, Morgenröte mit Mahagoniflöte, ein anderer Stein mit Bein, Kraut mir Braut, heißes Blut mit weißem Hut, so dass er sich jeden packte und solange würgte, bis der zu Boden ging, wo er weiter würgte. Doch teilte er die Freude aller am Ende darüber, dass niemand der Gequetschten auf der Strecke blieb.
War man endlich beim Dialog angelangt, so dass unserem Helden in Erwartungen heißer Küsse und inniger Umarmungen schon ganz warm ums Herz wurde und die Liebe schon ihren süßen Zauber über die Turtelnden ausbreiten wollte, die Königstochter stöhnen, der Prinz schmachten, die Gäule wiehern, der Mond scheinen, der Kauz schreien, der Rest der Welt schweigen und der Prinz aus dem Morgenland arabisch sprechen sollte, wurde gestammelt und gestottert, gebrüllt und gekräht, als sei man auf der Kegelbahn, und kaum, dass die Königstochter

(gespielt Frau Müller) ihr Brusttüchlein geschwenkt und sich die Tränen aus vor Verlangen glühenden Augen gewischt hatte, sprang unser arabischer Prinz (Herr Schlottke) auf und stürzte sich mit lautem Gebrüll auf die Ärmste, die sogleich stürzte, worauf es zwischen beiden zu einer wilden Rauferei kam, die mal den einen, mal den anderen im Vorteil sah, bis Frau Müller ihren Vorteil nutzte und den armen Schlottke mit einer Ladung Pfefferspray das Gesicht einschäumte.

Von Frau Müllers Reaktion hingerissen, klatschte unser Held vor Freude in die Hände, den armen Schlottke, der sich schreiend am Boden wälzte und allen unter lautem Wehgeschrei versprach, zu sterben, nicht beachtend, sprach er:

„Das Weib weiß wahrlich wie ein Kosake hinzulangen. Wohin sie drischt und was sie trifft, ob Mäuse, Flachmann oder Schlottke, beim Melchius, des Kaisers Edwards erstem Rosenzüchter, man sieht das Blutvergießen mit Vergnügen. Was sie an Fluch und Bitternis versprüht, es soll der Satan Eure Wangen tätscheln. Mir schwant, bei Schlottke würd' ein großer Schmerz in einem Hänfling wüten. Und dass Ihr mir das Sterben übt fürs nächste Mal, denn will das Schauspiel leben, die Kunst bestehn in Sturm und Drang, bei Glockenspiel und Meeresrauschen, so ist's der Tod, der es unsterblich macht, in Ewigkeit."

„Amen", jammerte der arme Schlottke, zog es aber vor, liegen zu bleiben, da ihm die Schmach in allen Gliedern steckte.

„Was hat er da gesagt?" brüllte Frau Wanning.

„So genau habe ich das auch nicht verstanden, Frau Wanning", brüllte Herr Wertheim zurück, „ich versteh diesen Verrückten sowieso nicht. Aber was Anderes: Haben Sie gewusst, dass Frau Müller Pfefferspray besitzt?"

„Was besitzt?"

„Pfeff-er-spray."

„Ach das. Das kenn ich nicht."

Auf dem Heimweg von der Probe, müde, durstig und erschöpft vom Umgang mit all den nichtsnutzigen Pfeifen, kehrten er und Schlottke, im Goldenen Anker ein. In der Schenke war ein fahrender Gaukler gerade dabei, drei Äffchen ein Kabinettstückchen nach dem anderen vorführen zu lassen, wobei die flinken Tierchen zum Erstaunen der Gäste von einem Tisch zum nächsten sprangen, ohne dass der spindeldürre Vagabund auch nur einmal „hopp" oder „Sprung auf, Marsch, Marsch", rufen musste.

Als er die Affen so geschwind durch die Luft sausen sah, sprach er den ersten Affen, der noch nicht an der Reihe war, an.

„Gegrüßet seid Ihr, langgelockter Wipfelturner und wohl bekomme Euch der kühne Sprung ins staubige Geäst. Sagt an, in wessen Auftrag Ihr im Friesischen beschäftigt, wie umfänglich die Euch gewährte Gage und wo Ihr die ins Land geschmuggelten Kokosnüsse bunkert? Auch ich, den Künsten zugetan und allzeit schwebend über dem Banalen, bedarf des Geldes wohl, doch nur aus edlen Gründen, nicht Spiel und Schnaps sind es, wonach ich trachte, der Sinn steht mir nach wahrer Nächstenliebe. Drum teilt mit mir, was Euch im Beutel klimpert und Gott der Herr vergilt´s Euch mit Bananen."

Nun hatte sich der Gaukler aber ausbedungen, dass niemand sprechen dürfe, solange seine Äffchen ihre Kunststücke zeigten, würden sie andernfalls doch in ihrer Konzentration gestört, was böse Folgen mit sich bringe, denn dann sprängen sie nicht mehr von Tisch zu Tisch, sondern von Kopf zu Kopf, so dass er für nichts Anderes garantieren könne, als gar nichts.

Kaum hatte unser Held den ersten Affen um ein Almosen für Billy Joe gebeten, hielt der Affe, der sich gerade mitten in einem prächtigen Salto befand, oben in der Luft inne, glotzte ihn verstört an, änderte, nachdem er seinen Stillstand in der Luft beendet hatte, seine Flugrichtung und ehe unser lieber Meister Schlottke und die anderen Gäste einmal ein- und ausatmen konnten, war er schwuppwidupp auf dem Kopf unseres Helden gelandet, wo er sich sogleich daran machte, nach Flöhen und Läusen zu suchen, die vorgefundene Glatze ihm jedoch mit solchen Leckereien nicht dienen konnte.

Durch den ungewohnten Besuch auf seinem Schädel seines Friedens beraubt, sprach er:
„Pro demos kosmos nutiograndos, wie wir Spanier zu sagen pflegen, es hüllet sich in Angst und Schweigen des Künstlers zartes Herz, wo immer ihm der Menschen Neid begegnet. Doch will geduldig ich dem Euch vergönnten Mahl auf meinem Schopf beiwohnen, fresst oder sauft, ganz wie Ihr wollt, grunzt, schmatzt und schlürft von mir aus nach Belieben, nur bitt´ ich Euch um eine milde Gabe. Wird´s mehr als das und sprechen wir zurecht von einem hübschen Sümmchen, der Herr vergelt´s Euch mit zehn Tonnen Aprikosen."
Da das Äffchen aber ungerührt weiter auf seinem Schädel dinierte und offenbar nichts fand, was seinen Hunger stillte, langte er nach einem Teller auf dem Nebentisch, auf dem sich neben Röstkartoffeln, Gurkenscheiben, Möhren, Bohnen auch ein Kotelett befand, welches er sich kurzerhand schnappte und es dem Äffchen zum Verzehr anbot.
Als der raue Rudi, ein Knecht aus Niederöppsen, der im Anker zu speisen pflegte, mehr noch, dem Schnaps ein freudiges Grüß Gott ausrichtete, sah, dass der Fremde ihm das schöne Kotelett stibitzt und es dem Affen gegeben hatte, sprang er auf, schlug mit der Faust auf den Tisch und schrie:
„Wat küm mi son lütt Schabeknüpp un let mi treten Chotlett mit düch gohn", was soviel hieß wie: „Wie kommt der verdammte Schwachkopf dazu, mein schwer verdientes Kotelett mit sich gehen zu lassen", worauf unser Held, indem er dem Äffchen das letzte Stück Kotelett ins Maul schob, sprach:
„Kein Wort mehr dulde ich vom Schlage solcher Redensarten. Des braven Tieres Wohl und seiner edlen Künste wegen, ernenne ich zum Feinde den, der bohnenfressend ihm nicht des Beifalls Lohn gewährt. Doch willl ich Euch das Leben vorerst

lassen, auch sollt Ihr saufen, bis die Leber in die Galle rutscht. Nun rückt den Zaster raus, des Kindes wegen, muss ich ansonsten Euch den Schädel spalten mit dieser Klinge scharfen Edelstahls." Bei diesen Worten nahm er einen Bierdeckel vom Tisch und drosch damit auf den rauen Rudi ein. Das nun entstehende Gebrüll waren die Affen nicht gewöhnt, weswegen sie auch vor lauter Schrecken von einem Schädel zum nächsten hüpften, sich an Schultern, Armen und Stuhllehnen festkrallten, ihre Zähne in Linksscheitel und Rechtsscheitel, lange Ohren, kurze Nasen und buschige Augenbrauen schlugen. Wurde es ihnen dabei zu langweilig, ging es lustig weiter mit Gekreisch, Gezappel und Getöse, der eine Affe schaukelte am Kronenleuchter, ein anderer hockte auf der Garderobe, bumms machte es, rumms und radau sowieso, schon krachte noch ein anderer in die hinter dem Tresen aufbewahrten Schnaps-, Weinbrand-, Likör- und Weinflaschen.

War das ein Spaß. Es wurde geschrien, geflucht, geflohen, gedroht, gejohlt, getrommelt, geblutet, gestöhnt, gejammert und gelitten. Die, die nicht rechtzeitig unter den Tischen vor den wildgewordenen Affen in Deckung gegangen waren, bezahlten dafür mit blauen Flecken, blutenden Wunden, ausgerupften Haarbüscheln, zerrissenen Toupets, Eheringen, Hüten und angefressenen Ohren.

Als Herr Schlottke sah, welches Chaos sein Herr angerichtet hatte, zog er ihn am Kragen und sprach:
„Wenn wir mit allem, was uns mit Fug und Recht, links, rechts, oben und unten gewachsen ist, hier noch heile rauskommen wollen, werter Herr, dann sollten wir uns sputen. Man sagt ja nicht umsonst: Juckt einem das Fell und alle Schwarten, so muss er nur auf Prügel warten."

Kaum hatte Schlottke Witterung aufgenommen, rückte man auch schon gegen denjenigen vor, der mit seinen ketzerischen Reden den Aufruhr angezettelt hatte. Als unser Held sah, wie die ganze Meute mit erhobenen Fäusten, gezückten Gabeln, geschwungenen Messern, angeknabberten Frikadellen und

Bierhumpen gegen ihn vorrückte, befahl er dem Schlottke, vorzutreten, versteckte sich hinter ihm und brüllte:
„Still und im Bleichschritt weggetreten! Das ganze Regiment! Um acht ist Zapfenstreich. Und Gnade Gott dem unpünktlichen Lumpen. Euch Hasenwurze will mit Genuss und Freude ich kleingestampft zu Hackfleisch dreschen."
„Um Himmels Willen, Herr", stotterte der arme Schlottke, der schon am ganzen Leibe zitterte, „so bedenkt doch nur einmal die Gefahr und wenn Ihr damit fertig seid, bedenkt sie bitte ein zweites Mal, denn so, wie es aussieht-."
Na, dachte er, mit oder ohne den Kerl im Schlepptau, Sonne geht auf, Sonne geht unter, nichts macht den Menschen so froh und frei, wie eine schöne Keilerei. Soll doch der Frühlingswind des Schlottkes Grab anwärmen, ich weiß sehr wohl am Thermostat zu drehen.
Auf Herrn Schlottke zeigend:
„Zerlegt ihr diesen aber, meinen treuen, wenngleich im Schädel leergepflückten Kameraden, den hier zu opfern ich sinnesfroh entschlossen bin, so will das Schicksal seinen Hals, nicht meinen."
„Nur ein Wort, Herr", jammerte Herr Schlottke, auf den schon die ersten Hiebe niederpfiffen, „aber wäre es nicht klüger, wenn Ihr Euch in Bezug auf Eure Wortwahl und meine Lage ein wenig diplomatischer ausdrücken würdet?"
Jetzt hatte er sich aber, als er sah, dass es seinem braven Schlottke ans Leder ging, unter dem Tisch verkrochen, wo er, anstatt Vernunft anzunehmen, noch lauter schrie:
„Her mit Euch Senfglaswürgern, Lausbartträgern, Ihr grätenreichen Dorsche mit den Ochsenaugen, beuget die Knie vor der Einmaligkeit meiner Erhabenheit, Ihr Krabbelläuse. Schlottke, Ihr bleibt und harrt der Hiebe, die Euch treffen mögen, gebt morgen Kunde mir, wer Euch zuerst die Backen höhlte und in zwei Teile hieb den Wirsingschädel!"

Sprach´s und stahl sich davon, indessen der arme Schlottke, bevor auch er sich aus dem Staub machen konnte, genügend Hiebe bezog, um den Goldenen Anker fürs Erste zu meiden.

Zwölftes Kapitel

Fielen ihm abends die Augen zu, erblickte er sie, die wimmelnde, winkende, wispernde Schar derer, die mit ihm gelebt, gefeiert, gelacht, geliebt, gelitten, getrunken, geschmaust, gelästert und gejubelt hatten. Da zogen sie alle an ihm vorüber, eine Prozession singender, summender Gespenster, die Fridolins seines Lebens, die Ottokars, die Kurts, die Rosmaries, die Barbaras, die Heidruns und Gudruns, die Hiltruds und Irmgards seines Lebens, die Jennifers und Hillarys, die Millers, Meiers, die Adeligen, Aufschneider, Säufer und Seufzer, Perverse und Parvenüs, Pinguine, Paviane, Erdmännchen, Miststücke und Kotzbrocken, Krümelfresser und Speichellecker, die Hamsterbacken und solche, durch deren Rippen der Monsun heulte.
Und wie er so seinen Gedanken nachhing, ergriff die Sehnsucht von ihm Besitz und sein ganzes Leben kam ihm mit einem Mal, wie ein einziges absurdes Theaterstück vor, weswegen er an die gestrige Probe von „Des Königs goldene Kutsche" denken musste, geschrieben von dem tschechischen Dichter Pavel Kaszman, der sich aus Liebesschmerz in die Moldau gestürzt und im Folgenden kein Pilsener Urquell mehr getrunken hatte.

Ach, wie er sich bei der Probe doch die Haare gerauft, vor Seelenpein gekrümmt, vor Tobsucht gestöhnt und vor Verzweiflung getobt hatte. „Zum Henker, die Kutsche, die Kutsche!", hatte er, den König spielend, gewettert, während die anderen, die Wertheims, Müllers, Diebitzens, Wannings, Ortmans und wie sie alle hießen, ihn mit Stieraugen beglotzten. „Noch heute nach Trier geritten, zum Kaiser, und dass man mir im Westfälischen, wo die Menschen Gras und Kräuter fressen, die Pferde wechselt! Auch will den Graf von Kerrnheim ich von oben sehen, indessen er im Staub sich krümmt, muss er verraten, wo der Däne steht mit seinem Heer."

Frau Müller: „Gott, der Arme, was will er von uns, was ist denn mit ihm?"

Frau Ortmann: Klaus-Peter, ihr Jüngster, habe studiert.

Herr Wertheim: „Darf ich die Damen darauf hinweisen, dass der König nicht nur der König und entsprechend frei in seinen Entscheidungen, sondern auch der Regisseur ist und es ihm schon deshalb erlaubt sein muss, selbst die fragwürdigsten Dinge von uns zu verlangen."

Frau Müller: „Aber, Herr Wertheim, Sie glauben doch nicht im Ernst, dass dieser Mensch von mir verlangen kann, mich hier und dann auch noch vor Frau Ortmann und dem ganzen anderen Gesocks nackig zu machen. Also eins will ich Ihnen sagen, nackig mach ich mich nicht. Ich nicht."

Herr Wertheim: „Aber so beruhigen Sie sich doch, Frau Müller, immer, wenn unser werter Maestro zu erkennen gibt, dass er womöglich nicht ganz bei Verstand ist, macht er das so überzeugend, dass-."

Frau Ortmann unterbrach: Ihr Klaus-Peter würde mit seiner Familie in Würzburg leben, Klaus-Peter würde auf dem Standpunkt stehen, dass man nur immer fleißig rudern müsse, um im Leben vorwärtszukommen.

„Der Henker, wo bleibt der Henker, das Triefauge mit den Pranken aus Beton, dass er des Grafen Kernheims Haupt mir vor dem Mahl vor meine Füße rolle!"

Dabei versetzte er einem gelben Kunststoffeimer (sein Thron) einen Tritt, worauf dieser davon segelte und neben Herrn Schlottke an die Wand krachte, worauf der Putz rieselte, ein Staubwölkchen wehte und sogleich ein Niesen und Husten anhob.

Unser Held, von Staub umhüllt: „Die Kutsche, los. Auf auf, nach Süden, gepprescht und galoppiert, im Fluge heißt es, Land zu nehmen und dass die Weiber sich noch schnell die Füße waschen, verstecken soll den Schnaps der Mundschenk, kein Gaul säuft mehr als eine Kuh bei Anbeginn des Kalbens. Trompeter, hört und stillgestanden, heb ich die Braue, dann blast des Fürsten Edmund Signal!"
Der König, um seine schöne Krone gebracht, versank in Zorn und Ekel über die Welt. Auf den Eimer in der Ecke des Kellers zeigend: „Das soll ein Thron sein? Thron? Das stolze Abbild meiner Herrlichkeit? Auf einem Eimer soll des Königs edles Gesäß verweilen, womöglich darauf noch verrichten, wozu sich jeder noch so lahme Arsch im Volk berufen fühlt?"
Herr Diebitz trat vor, das in Elend versunkene Reich verkörpernd, entsprechend jämmerlich gekleidet (ausrangierter Pyjama). Der König griff zum Feldstecher (eine Illustrierte) und beäugte, was ihm von einstiger Pracht geblieben war: Herr Diebitz. „Oh meines Schicksals Dornenkrone, der Götter Zorn, des Himmels Strafe, zu Asche ward, was einmal Glück und Gold gewesen. Dahin, was war, gefallen und zu Staub geworden, mein Reich, des Lebens Sinn und Zuckerschlecken. Und nun? Oh Leid, oh Graus, ja, es ist aus, verbrannt, zerstört das ganze Land, vom Schwabenland bis Waterkant."
„Zu Diensten, Majestät, das Elend naht, noch einen Schritt, dann bin ich da", krächzte Herr Diebitz, warf sich, wie einstudiert, vor dem König auf die Knie, wo er solange verweilte, bis Frau Müller ihn belehrte, dass der Kniefall später komme, erst müsse er hinken.
Der König (dem Diebitz wütend mit der Illustrierten auf den Schädel dreschend): „Das ist mein Reich? Ein Hinkefuß mit einer Eulenfratze? Ein krummer Greis mit Glatze und Entengrütze in den Ohren? Das ist die Welt, auf die ich schaue. Der Kerl soll Pech und Schwefel saufen und hungern, bis die Würmer kommen."

„Die Zettel, Herr Diebitz, die Zettel!", flüsterte Frau Ortmann, worauf sich der Angesprochene Zettel mit der Aufschrift „Pestbeulen" an die Brust und wieder andere auf den Bauch klebte, auf denen „Geschwüre" geschrieben stand.
Nun fiel der nächsten Szene dramaturgisch insofern ein besonderes Gewicht zu, als das grausame Schicksal (Herr Wertheim) dem König den gelben Plastikeimer untergeschoben hatte, um welchen Herr Diebitz auf allen Vieren herumkroch.
„Gift, Gift", brüllte der König. „wo ist mein Gift? Der Parzen Lust, des Teufels Launen, nicht einen Tag mehr will ich diese Schmach ertragen. Doch vorher Zucker in den Becher, dass er dem Gaumen noch den Tod versüße."
„Gift kommt sofort!", schrie Herr Schlottke, wobei er unter lautem Gestöhne und Verrenkungen in einen grüngefärbten Taucheranzug stieg, welchen Herr Wertheim auf dem Trödelmarkt in Fleetenhooge gegen Herrn Brunnenkants Donald-Duck-Hefte eingetauscht hatte.
„Gift Gift!" kreischte der König wieder, außer sich vor Wut, da Herr Schlottke nicht von der Stelle kam, „her mit des Lebens letzten Tropfen, wie Labsal soll mein Herz erfahren, des Endes Freund zu sein. Drum fort mit Euch, Ihr Gaffer, Strolche, Ratten, Erpel, es ist des Königs Los, in Einsamkeit von dieser Welt zu scheiden."
Herr Wertheim, sich Frau Müller zuwendend: „Haben Sie das gehört, Frau Müller? Er nennt uns Ratten."
Frau Müller: „Unerhört ist das, ich hätte ja viel lieber gesehen, wenn Sie den König gespielt hätten, Herr Wertheim. Sagen Sie, Ihre Pension dürfte doch, nach allem, was man hört, so schlecht nicht sein oder?"
Herr Wertheim: „Das können Sie wohl sagen, Frau Müller, wie hübsch mir doch das Krönchen stünde. Als Unternehmer alten Schlages wüsste ich schon, dem Kaiser in Trier das Nötige zu sagen."
Herr Schlottke kam als Gift endlich herbeigeschlurft, konnte aber nicht verhindern, dass sein Tauchanzug bei jedem Schritt ein lautes quaaak-quaak-quaaak

von sich gab, weswegen Frau Wanning laut brüllend nachfragte, was Herr Schlottke gesagt habe, worauf Frau Ortmann Frau Wanning ebenfalls brüllend darauf aufmerksam machte, dass Herr Schlottke doch das Gift sei und es besser sei, ihn jetzt nicht zu stören, da er den König jetzt vergiften müsse.
„Dann bin ich ja beruhigt", brüllte Frau Wanning, „ich dachte schon, das Wetter."
Nun war Herrn Schlottke aber, was seine Rolle betraf, ein gewisses Fremdeln mit Text und Handlung nicht abzusprechen, so dass Frau Ortmann ihm zuflüstern musste, dass er, ehe er den König vergiften dürfe, seinen Satz sagen müsse, worauf Herr Schlottke sich an den König wandte und dem erklärte, dass Frau Ortmann ihn soeben belehrt habe, dass er, ehe er ihn vergiften dürfe, erst seinen Satz sagen müsse, er aber nicht einsehen könne, dass Frau Ortmann bestimmen dürfe, was er wann und was zu sagen habe.
Er sei nämlich, fuhr Herr Schlottke seelenruhig fort, obgleich die Hände des Königs längst auf seiner Gurgel ruhten, da es Ihre Königliche Hoheit gelüstete, den Trottel zu erwürgen, er sei nämlich ein freier Mann in einem freien Land.

Dreizehntes Kapitel

Am Morgen nach der Probe zu Schlottke: Er müsse seine Stimme schulen. Vor seinem Krächzen und Gewürge liefen ja die Holzwürmer in den Bühnenplanken davon.
„Jetzt aber die Schuhe an, Schlottke, na los! Und dann den Mantel über, es gilt hinaus in Gottes weite Welt zu wandern, die Beine immer geradeaus nach vorn geschmissen, kommt eine Kurve, fragt Ihr mich und singt, solange Euch die Kehle noch im Halse steckt. Hört zu, ich sing´s ihm vor, er singt´s mir nach und wenn Ihr atmet, Schlottke, Ihr wisst ja, immer geradeaus."

Und schon stimmte er an: We-eem Go-ott will die re-eechte Gunst ee-erweisen, den schickt er in die wei-teee Welt, ee-er lässt uns-."
Aha, kam es ihm beim Singen in den Sinn, das mit der Gunst muss ein Zeichen sein, wo immer sie sich versteckt hat im Dorf, es will der Allmächtige, dass ich sie finde und sie noch heute dem tapferen König der Tabakukklen persönlich überreiche. In dem Bestreben, in der Apotheke Krumpelbach nachzufragen, wo man in dieser Gegend Gottes Gunsterweisung antreffen könne, wären sie um ein Haar über Frauke, die Kotzschüssel-Verwalterin, gestolpert, die auf der Steintreppe der Apotheke hockte. Kaum hatte er die Kleine erspäht und gemerkt, dass er seine Brille vergessen hatte, zu Schlottke:
„Da seht, des Rinnsteins schönstes Blümelein, mit Händen, Beinen, gewachsen und gewandet wie ein Mensch, Schlottke, ist es das nicht, nun gut, die Erde dreht sich weiter, dann wird´s ein Hündchen oder Kätzchen sein, das meinetwegen auf sich lud des Marsches bittre Qualen."
„Qual hin, Qual her, Herr", entgegnete Herr Schlottke, „so nehmt doch Vernunft an und bedenkt, dass Euer Blümelein die Schwester ihres todkranken Brüderchens ist."
Darauf knibbelte er mit den Augen, weit davon entfernt, Schlottke zu glauben.
„Auch schließt, den Konjunktiv beim Wort genommen, Schlottke, die Lage es nicht aus, ein Rehkitz könnte sich gestohlen haben in eine ihm so fremde Welt. Verwaist, verreist, womöglich noch allein, der eignen Mutter auf ungewollte Art entwichen. Holt Milch, Schlottke, Decken, Brezel, Mais und Möhren, die Bauern führen hier dergleichen, macht einer Ärger, stellt sich quer, die Hände bräsig in den Taschen, haut ihn zu Brei und schleppt, was übrig bleibt, hierher, ich will, wie König Salomon, ein weises Urteil sprechen."
O Heiland, reiß nicht nur den Himmel auf, dachte Herr Schlottke verzweifelt, als er das hörte, mach, dass

auch frische Luft und genügend Sauerstoff von außen in seinen Schädel kommt.

„Jetzt reißt Euch mal am Riemen, Herr, Euer armes Hündchen, Kätzlein oder Bambilein ist doch die kleine Frauke, des großen Königs der Tabakkuklen frommes Schwesterlein."

„Du spinnst ja", sagte das Mädchen, „ich bin Katharina vom Medizinschränkchen, Frauke ist viel kleiner und hat von allen Milchzähnen sogar noch einen halben."

„Das ist Billy Joes Schwester, Herr", sagte Herr Schlottke, „aber da Ihr sie erst zehnmal gesehen habt, könnt Ihr die Kleine natürlich noch nicht kennen. Man sagt ja nicht umsonst: Wird der Mensch langsam vergesslich, ergeht´s ihm ziemlich bald schon grässlich."

Aber wie so oft des Morgens, wenn er ein paar Schritte vor die Tür gesetzt hatte, spielte ihm die Verdauung einen Streich, weshalb er in seiner Not in die Apotheke stürzte und Hilfe von der Art erbat, dass man ihn bitte aufs stille Örtchen lasse.

Da Anton Krumpelbach kein Unmensch, aber reich an Wissen über die Verdauung war, ließ er ihn gewähren, hatte aber übersehen, dass der Gehetzte die Tür zur Straße hatte offengelassen, um mit Schlottke weiter im Gespräch zu bleiben.

Um ihrer Kommunikation den Boden zu bereiten, ließ er auch die Klotür weit offenstehen.

Jetzt gerieten aber seine Geschäfte vorübergehend ins Stocken, so dass es ein Weilchen dauerte, bis er unter Quetschen und Krümmen ans Ziel gelangte, worauf er durch die Apotheke brüllte:

„Nun fahr ich mit dem Leben glücklich fort, Schlottke, und das gelassenen Gemütes, da mir des Schicksals Gunst gewogen, auch drang mir plumpsend ins Gehör, was schon die Nase mir in Aussicht stellte. Ganz unter uns, Schlottke, bis eben noch kam ich mir wie ein Mehlsack, vor, doch nun, entkrampft, entspannt, der Winde und des Müssens gänzlich ledig-."

„Wir gehen schon mal vor, Herr", schrie Herr Schlottke von draußen durch die offene Apothekentür, „den Weg kennt Ihr ja."

Aber als er frohen Mutes vor die Apotheke trat, hatte er Schlottke und das Mädchen aus den Augen verloren. Sicher, den richtigen Weg eingeschlagen zu haben, irrte er ein Weilchen über die Heide, ehe er sich auf Uckermanns Koppel wiederfand, wo sich eine Rotte wild gestikulierender Bauern, bewaffnet mit Mistforken, Flinten, Knüppeln und Heugabeln auf die wilde „Olga" gestürzt hatte, Der armen Kuh hatte man einen Strick um den Schädel und einen zweiten um den Schwanz gebunden. „Olga" war nämlich zur Gefahr für den Tourismus geworden, da sie vor zwei Wochen eine Urlauberin aus dem Ruhrgebiet halb tot etrampelt hatte und jetzt, sozusagen, unter Bewährung stand. Da Bauer Treesemann mit Leibeskräften am dem Strick zerrte, den man „Olga" um den Schädel gebunden hatte, und Bauer Wiedemann an dem Seil zog, den man an „Olgas" Schwanz befestigt hatte, drohte das arme Rindvieh in der Mitte entzwei gerissen zu werden, so dass Bauer Pappenbach, in großer Sorge um sein Rindvieh, schrie:
„Un wenn de Kau nu mittenmangs rett un de Düwel det mog lidden, wat denn?" („und wenn die Kuh in der Mitte reißt und der Teufel das lustig findet, was dann?"). Darauf brüllte Bauer Treeseman: „Min Mops daut dat nich goot, denn süll de Kopp von det Schittkadover et nich better hoam" („meinem Hund hat die Einschläferung auch nicht gefallen, dann soll es der Scheißkuh auch nicht besser gehen").
Davon überzeugt, auf eine Bande heimlich an Land geschlichener Seeräuber gestoßen zu sein, deren Vorliebe darin bestand, Kühe zu zerpflücken, junge Frauen zu schänden und alle Glocken, deren sie habhaft werden konnten, einzuschmelzen, um daraus Saufbecher und Kanonenkugeln zu machen, packte ihn einerseits großes Mitleid mit der wilden „Olga",

andererseits auch heißer Zorn auf die sittenlose Bande, weswegen er tröstend seine Hand auf den Kuhschädel legte und sprach: „Gönnt mir Eurer Wackelohren feinnerviges Gehör, Gevatterin mit den schwingenden Kochtöpfen unterm Schwanz, aus welchen munter tröpfelt der weißen Milch kraftspendender Segen, mag auch Euer tristen Daseins Ach und Weh von großer Vielzahl sein und Eure Rinderblase leiden an stetem Wasserdrang am Morgen, so seid gewiss, Frau Kuh, dass dieser Arm, von Kopf bis Fuß im Übrigen der meine, zu schätzen und zu schützen weiß, was Ihr an Plänen mit Euch führt. Sucht Ihr nach Liebe auf dem Feld, so wird der Herr das Seine beizusteuern wissen.

Ist Euch das Gras zu nass, der frische Morgentau im Maul zu trocken, spuckt aus, was Euren zarten Gaumen quält. So frage ich mit offenem Visier, welches Begehr trieb Euch auf diese Weide?"

Wieso und warum, vermag niemand im Nachhinein zu sagen, jedenfalls schien das Kompliment Wirkung zu zeigen denn schon klackerte und kleckerte der Kuh unten zur Pforte hinaus, was zu bestaunen den Menschen immer wieder Freude bereitet.

„Jagt den Popen über die Wiese und in Stockenbrocks Wälder, dass ihn die Wildschweine fressen", schrie einer der Bauern und reckte seine Mistforke. Indem er diese Frechheit überhörte, wandte er sich aufs Neue an die „wilde Olga":

„Es heißt, Ihr seid von wohlgeratnem Wuchs, sprüht allerliebst vor Güte und wisst an Demut allen Herzen wohl zu sein, nun gut, von der Art bin auch ich, am Wesen rein, an Eurem Hintern aber treibt die Natur so manchen Schabernack mit Euch, zumal Ihr schon mit Euren Hinterbeinen in jenen wohlverdauten Resten wurzelt, die Zeugnis geben von der Darmwelt stürmischem Gebaren."

Obgleich das Gemurmel der Männer immer bedrohlichere Züge annahm, scherte er sich darum nicht, sondern sprach zu der Kuh:

„Wer immer es in Schande wagen sollte, Euch fetten Hammelbock, die Zitze eines Dudelsacks zu rufen, dem werde ich mit eigner Hand die Schwarte von der Schulter rupfen und sie gepökelte in den Rucksack stopfen, auf dass verzehrt wird, was der selbe mit sich führt, in Ewigkeit."

„Amen", sagte Svenja, die Enkelin vom alten Treesemann und machte einen Knicks vor Olga, hatte sie doch im Konfirmanden-Unterricht gelernt, dass alle Kreaturen in Gottes Schöpfung gleichwertig, auch Olga.

Als die Männer ihn so reden hörten, verfinsterten sich ihre Mienen, glaubten sie doch, hier wolle sie jemand zum Narren halten. Da kam Herr Schlottke angehechelt, den Atem kurz vom Laufen, er hatte seinen Herrn nämlich schon von Weitem vernommen. Ein Blick in die Gesichter der Männer und Schlottke schwante, was ihnen bevorstand.

„Glaubt Ihr nicht, gütiger Herr, dass Euer Fell zu schade ist, um an einem so schönen, von Gott geschenkten Morgen, von zwanzig Mistforken zerhackt zu werden?"

Nanu, dachte er, den Schlottke vom Scheitel bis zu den Ohren betrachtend, der Kerl ist ja bei Tag besehen noch hässlicher als eine Eule mit Zylinder. Prompt fiel ihm ein, dass sein Vorrat an Mondlicht in seinem Kästchen zur Neige ging, weswegen er es aus der Jacke zog, es dem Schlottke in die Hand drückte und diesem befahl,

die Männer daran schnuppern zu lassen, doch müsse, wer länger als zwei Sekunden an seinem goldenen Mondlicht röche, drei Taler zahlen. Als Herr Schlottke aber in die wutverzerrten Visagen Gesichter blickte, bekam er weiche Knie, aber ach, wenn es nur das gewesen wäre, auch passierte ihm vor Angst und Schrecken ein Malheur, das, kaum vollbracht, nicht mehr aus der Welt zu schaffen, weswegen unser Helden die Nase rümpfte, sich diese mit zwei Fingern zukniff und sprach:

„Es muss ein Mann der leidenden Kreatur zu Hilfe kommen, Schlottke, mein Gott, Ihr stinkt ja unten rum wie oben auf dem Meer ein Schwarm verfaulter Fische, igitt! Und stürb ich nun, von Eurer

Hosenscheißerei gefällt auf diesem Feld der Ehre, Schlottke, vor Blut und Ekel mich am Boden krümmend, durchbohrt von Hieben und von Lanzenstichen, so will all das ich gern ertragen, wohl wählte ich die ewge Ruh, zum Nutzen dieser braven Kuh, Amen."

„Amen", erwiderte Herr Schlottke, der zusah, dass er in ein nahes Gebüsch kam, wo er blankzog und seinen nackten Hintern mit einen paar Grasbüscheln vom Ärgsten befreite, doch ließ sein Herr ihn nach vollbrachter Prozedur nicht näher als fünf Schritte an sich heran, so dass Herr Schlottke, der sich immer noch schämte, sich aber schwor, lieber zu sterben, als seine Scham einzugestehen, aus sicherer Entfernung rief:

„Man sagt ja nicht umsonst: Herr, trifft ein Rindvieh seinesgleichen, will nimmer er von diesem weichen."

Nun wurde das Fluchen und Zetern der Männer aber mit jedem Wort, das er mit Schlottke wechselte, lauter, schon rückte ihm die Ersten auf den Pelz, da erwehrte er sich ihres Ansturms mit den Worten:

„Ihr Rüben, Ratten, Hammelbäuche, Ihr Wurstgesichter, Trolle, Mäuse, Biberschwänze, sagt an, was hat das arme Rindvieh Böses wider Euch und Schandsippen getan, dass Ihr in Stücke reißen wollt des Bauches Geigenkasten, der starken Flanken Sehnengold, der Silbereuter prächtiges Gewoge?"

„Nur ganz kurz, Herr", flüsterte Herr Schlottke, der sich schon ein hübsches Plätzchen auf der Weide für seinen Grabstein ausgesucht hatte, „aber findet Ihr nicht, es wäre jetzt an der Zeit, dass ich und Sie, also von mir aus auch Sie und ich-."

Weiter kam er nicht, da derjenige, dem er in der besten Absicht zugesprochen hatte, seinen Gehstock schwang und tobte:

„So kniet, Ihr Biberwarzen, nieder, nur wahre Buße vermag die Sünden Eurer Brut zu tilgen und Heilung spenden, wo der Wundbrand sitzt, und sprecht mir nach in frommem Sinn, doch hütet Euch, zu stottern oder furzen: Oh Gott, der du uns Widerlinge schufest aus freien Stücken eines kalten Wintermorgens-."

„Oh Gott, der du uns Widerlinge schufest aus freien Stücken-", kam es stockend über Schlottkes Lippen.
„Der Du dem Heidenpack gewährtest, an schimmeliger Brut zu zeugen mehr als die Welt ertragen kann, lass außer ihnen keinen mehr wie Schlottke auf die Welt, der ungefragt in seiner Not bei einem Edelmann, wie mir, gefräßig und versoffen wohnt."
„Amen", murmelte Herr Schlottke, „man sagt ja nicht umsonst: Gehst du zum Fischen an das Meer, kommt von irgendwo ein Fischlein her."
Nun waren ihm aber Schlottkes Worte dermaßen zu Herzen gegangen, dass er ihn nahm und an sich drückte.
„Gut Schlottke, gut, mich dünkt, Ihr wisst zu lernen, doch stellt das Stinken ein, er muss sein Hinterteil auch in Gehorsam schulen und stetig trachten nach des Leibes Sauberkeit. Beim Ritter Albertus, dem Mutigen, der sich die Zähne mit dem Hammer zog und sich in ferner Zeit nicht scheute, die Nasenspitze in den Henkeltopf zu stecken, dass nenn ich einen wahren Knecht, er soll so bleiben, mir ist's recht."
Das reichte den Bauern, war doch dem Letzten endgültig klar geworden, dass der eine Übergeschnappte vom selben Holz wie der andere war, weswegen sie auch sogleich die Stricke fallen ließen, „Olga" die Freiheit schenkten und sich fluchend aus dem Staub machten.
„Mit Verlaub, Herr", sagte Herr Schlottke, „aber das eine oder andere Wort hätte wohl besser daran getan, einem vernünftigeren Platz zu machen, jetzt haben wir die Bescherung und alle Welt glaubt, dass Ihr von allen Verrückten der Begabteste seid. Man sagt ja nicht umsonst: Geht einer fehl im Geiste, spannt man ihn auf die Leiste."
„Es darf der freie, edle Geist, der stets hinauf zu neuen Höhen strebt, Schlottke, der weder zyklisch denkt noch Tafelkreide frisst beim Lernen, nicht zaudern ob der Übermacht der Feinde. Ist er ein Held, Schlottke, genieße er's und schweige, dem

Prahlhans soll das große Wort schon in der Gurgel zum Verhängnis werden, in Ewigkeit."
„Amen, ich glaube, Herr, wir sollten jetzt besser auch langsam rutschen oder rennen, bevor die Burschen noch umdrehen und aus unserem Fell Putzlappen machen."

Vierzehntes Kapitel

Hätte jemand dabeigesessen, wie die arme Mutter Jolande sich über die erste Spende freute, dem wäre das Herz aufgegangen, und wäre dieser Jemand ein Maler, einer, der weiß, wie´s geht, er hätte uns ein schönes Bildchen hinterlassen.
„Wie viel, ich meine, wie viel ist es denn, mein Herr?"
„Legt man das Wenige zugrunde, mit dem die Bescheidenheit zu leben weiß, Mutter Jolande, ist es viel, nimmt man das Viele jedoch zum Maßstab, wonach der Pope mit dem Klingelbeutel schielt, so wär ein Vielfaches davon nicht übel."
„Ich wollte eigentlich nur wissen, wie viel es denn, alles in allem, genau ist."
Er, die Stirn in Falten:
„Es ist des Knechtes, Euch das Sümmchen kundzutun, Gevatterin, dem Herrn obliegt der Spaß. ihn windelweich zu prügeln, so er lügt und beim Addieren stottert. Nun, Schlottke, raus damit, das Maul weit auf und dann Kreuz über Spann berichtet. Er sieht doch, wie die Arme leidet und statt zu beten auf den Nägeln kaut, als wären sie aus Sülze."
„Bitte, Herr, sagt Ihr es, bitte" flehte Herr Schlottke, dem das Ganze so peinlich war, dass er es am Liebsten weniger peinlich gehabt hätte.
Wie denn? fuhr es ihm durch den Kopf, ist der Kerl jetzt etwa auch schon zu dumm, um von einer einfachen Zahl den Anfang, die Mitte und das Ende aufzusagen? Zu Schlottke:
„Mir widerstrebt die Anheischung des Lobes, Schlottke, der fremden Feder trügerische Zier, das

weiß er doch, wie auch des Volkes Jubel und des Markts Gebraus, los, spuck er´s aus, wie viel, ich höre!"

Herr Schlottke verzog das Gesicht: „Summa sammelsurium, es sind genau 142 Mark und 60 Pfennige."

Als er das Gesicht der Mutter Jolande sah, sprach er: „In Quintus vinos ad subsidum, wie wir Lateiner sagen, in jeder Mücke haust ein großes Wesen. Es muss, wer Großes will bewegen, in kleinen Schritten vorwärtsstreben. Auch Rom ward nicht in einem Mai gebaut. Fasst Mut, hört zu."

Er setzte sich.

„ Erst gestern reichte mir mein Schlottke beim Morgentee das Telefon, ich nahm´s, wie immer, wenn ich kaue, von der leichten, unbeschwerten Seite und sprach in dies moderne Sprechgerät-."

„Was soll ich Euch gereicht haben, Herr? Sagtet Ihr, ein Telefon? Na, das muss ja ein wahres Telefönchen und so klein und winzig gewesen sein, dass ich es selbst nach mehrtägigem Augenblinzeln nicht sehen-."

Er fuhr fort. Vier Tage habe er am Telefon gesessen, der Hintern glühendheiß, die Schwarte wund, der Steiß gesplissen, die Füße neidisch, da vergessen, an zweiten Tag nichts als Palaver, leeres Gewäsch, am vierten aber habe er „potzblitz" gerufen. Agenten, ehrbare Strolche durch und durch, vom Suff zermalmt, von Drogen, Weibern, außer Häuschen, sie alle wollten ihn und sein Ensemble verpflichten.

„Wen, Sie? Was? Verpflichten? Ja um Gottes willen, warum das denn?" platzte es aus Mutter Jolande heraus, worauf Herr Schlottke den Finger auf den Mund legte und sie bat, zu schweigen, denn immer, wenn sein Herr ins Fabulieren komme, könne man sein blaues Wunder erleben und Wunder, ob blau, grün, gelb, rot, pink oder rosa, Wunder könne man in diesem Haus doch sicher brauchen.

Da nickte sie und war so gerührt, dass sie sich die Nase putzte.

„Jetzt kommt´s", flüsterte Herr Schlottke, „ich glaub, es geht weiter."
Er hatte nämlich gesehen, dass unser Held tief Luft geholt hatte, wie immer, wenn er nicht sicher war, ob das, was er auf Lager hatte, auch auf offene Ohren träfe.
„Verpflichten, uns? Womöglich alle? Die Greisen, Leisen, Pfeifen und Zerzausten? So sprach ich in das Telefon, damit die Amis mich auch hörten, nun griff ich eilends zum well-well und machte auch recht stürmisch von einer Reihe lebhafter O.k.´s Gebrauch, nun kurz und gut, um´s nicht zu lang zu machen, ich sei doch der most populäre Mister Stiller, hieß es auf der andren Seite, der, dem ein berühmter Irrer seinen Ruhm und frevelhaften Ruf verdanke. Indessen diese Yankees wohl an Hamlet dachten, kam mir mein braver Schlottke in den Sinn. Wie, was, wieso? so schrie in einem Anflug der Erhitzung ich in jenen Hörer, den Schlottke kennt am Broadway man und manch schönes Weib in Hollywood soll nach dem Kerl sogar die eigne Dogge nennen? Da drang ein Wiehern nie erlebter Heiterkeit an meine Ohren. Schlottke? So schallt es mir im Chor aus Hollywood entgegen, welch putzige Namen doch Ihr Krauts den Kinderclowns zu geben wisst."
Herr Schlottke, der heimlich die Fäuste ballte, sich aber nichts anmerken ließ, hielt ihm zur Strafe für die Beleidigung seine Uhr unter die Nase.
„Ohne Euch an Stellen unterbrechen zu wollen, die wie geschaffen für eine Pause oder Standpauke wären, Herr, aber fasst Euch bitte kurz, man sagt ja nicht umsonst, wer stets mit Worten in die Ferne schweift, die kurze Rede nie begreift."
Mutter Jolande nickte und sah ebenfalls auf die Uhr.
„Wie gesagt, halb vier kommt der Doktor."
Lass sie mosern und maulen, dachte unser Held, die beiden ungehalten beäugend und fuhr fort:
„Doch kaum, dass zur Besinnung ich gelangte, sprach ich im Folgenden, ja, ja, yes, clear, of course, den Hamlet kenn ich wohl, uns eint die weiche Birne, wie auch der edle Kern, ich wusste wie kein Sterblicher

zuvor des Dänenprinzen Irresein mit meinem eignen Wahn zu mischen. Was Euch und Billy-Joe angeht, verehrte Frau Jolande, nur dies: Mit unsres Geldes Regen wird es beizeiten Segen nehmen,
wir zählen nichts, der Junge alles, und dass der Bub im Flugzeug was zu lesen hat, habt Ihr gehört? Kommt Ihr dann heim von großer Reise, die Augen voller Freudentränen, den Bub im Arm, der kleine Lauser kugelrund gemästet und genesen, ich kann's, ich will's, ich werd's Euch nicht verdenken-."
Er stockte.
Heiliger Mistelzweig, dachte Herr Schlottke, der seinen Augen nicht traute, mein Herr weint, worauf er es ihm vor Rührung gleich tat.
Als Mutter Jolande sah, wie zwei so hartgesottene Mannbilder zu schluchzen anfingen, platzte ihr der Kragen:
„Männer! Pah! In diesem Haus wird nicht geflennt, also, meine Herren, reißen Sie sich zusammen und wehe, wehe, ich sehe einen von Ihnen vor dem Jungen heulen."
Billy Joe begrüßte sie mit seinem Lieblingssatz aus seinem Lieblingsbuch „Die Ehre des einäugigen Sheriffs": „Brat mir einer 'n Biberschwanz mit Whisky drauf. Wir haben keinen Rum, den ich Euch bieten kann, aber im Gatter wartet ein Pferd, das am liebsten Fremde in den Hintern tritt."
Na, dachte er zufrieden, der Knabe weiß die Wort so zu setzen, dass keines aus der Reihe tanzt, dabei verbeugte er sich vor dem tapferen König der Tabakukklen und sprach:
„So höret mit gespitzten Ohren, Majestät, was mir und meinem buckligen Gefährten einst widerfuhr im Land der weißen Berge, wo ich mit dieser Faust dem elfäugigen Riesen von Karalabien die Nase geschnäuzt und ein ganzes Tal mit all den Disteln, Dragonern und Deppen-."
„Deppen, hast Du gehört, Katharina vom Medizinschränkchen? Deppen?" rief Billy Joe und klatschte in die Hände.

„Indessen mein gerupfter Hahn von krähendem Begleiter-."

„Das bin ich", sagte Herr Schlottke und klopfte sich stolz auf die Brust, „ob gerupft oder gestutzt, es kommt immer auf die Erbsensuppe der Schwiegermutter an, ob sie Prügel verdient oder eine Pralinenschachtel zum Muttertag."

Als Billy Joe das hörte, dachte er, lieber Gott, mach, dass morgen alle Erwachsenen verrückt werden wie diese zwei, dann könnte man viel öfter lachen.

Bevor ihm der Schlottke zuvorkommen konnte, hielt er es für besser, den Kerl gar nicht erst zu Wort kommen zu lassen.

„Indessen Schlottkes Pranken dem glotzenden Kamel das Maul abschraubten, da selbiges zu knirschen drohte, geruhte ich, dem baumfressenden Drachen Mikadios zu trotzen, indem ich ihn mit meinem linken Zeigefinger 9000 Meilen schnurstracks in die Höhe hob."

„Fress mich der Holzwurm", flüsterte Billy Joe, „9000 Meilen hoch, ist das viel?"

„Mit Verlaub, Euer Hochwohlgeboren", sagte Herr Schlottke, „das ist mehr, als das Meer an einem Tag gesalzene Algen fressen, mehr als der Wind in einem Monat Eier legen kann und zehnmal mehr als ein Fischkutter in einem Jahr Walfische nach Amerika befördern kann."

„Fressen Drachen wirklich Bäume?" Billy Joe und konnte es nicht glauben.

„Fressen?" rief Herr Schlottke und verdrehte die Augen, „aber Majestät, Ihr wisst vielleicht zu scherzen, selbige Art pflegt zu verspeisen, was von der Gabel springend in ihr Maul gelangt, denn täte sie es nicht, so würde es ihr schlecht bekommen, dann würden nämlich die Bäume die Drachen und die Drachen die Stäbchen fressen. Sagt nur ein Wort, so will ich gern berichten, wie dieses Stäbchen-."

„Nein, Du nicht, der da, der da soll was erzählen", sagte Billy Joe und zeigte auf unseren Helden.

Darauf er: „Kaum, dass ich mir in abendlicher Morgenstunde den Herrn gebratenen Gemahl der

Henne Fangmichdoch mit sauren Kräutern hatte munden lassen, da überbrachte mir eine bebrillte Reiterstaffel, die Engringser Depesche, von mir schon lang erwartet, da ich mit Haferschleim am Fenster saß und, Schlottke, die Depesche, Schlottke, wo bleibt-?"
Herr Schlottke langte in einen mit allerlei Krimskrams vollgestopften Sack, da er wusste, welch großen Wert sein Herr auf Requisiten legte, und es dauerte nicht lange, da packte er aus: Zeitungen, welche als Schwerter, Dolche oder Lanzen dienten, Zahnstocher, Kleiderbügel, halbierte Gardinenstangen, mit denen unser Held je nach Art, Anzahl und Beschaffenheit der Feinde Drachen töten, Tiger zerhieben, Löwen aufspießen, Schlangen vierteilen oder aber auch reißende Ströme überqueren konnte, auch nutzte er sie gerne, um damit bösartige Zwerge und Kobolde abzuwehren oder Menschenfresser die Freuden fleischloser Mahlzeiten zu lehren. Auch hatte Schlottke Blumenvasen dabei, Nudelrollen, Rasierpinsel, Zahnbürsten und Wollmützen, welche als Requisiten für jegliche Art von Tieren dienten, aber auch als Steinschleudern, Melkschemel, Bibeln, Ritterhelme, Bomben oder Granaten Verwendung fanden.

„Die Depesche, gütiger Herr, wie befohlen, so klappern meine Sohlen", dabei drückte er ihm eine Nudelrolle in die Hand, mit der unser Held so tat, als würde er eine Pergamentschrift entrollen und Folgende ablesen:

„Kumba labumba watussi, wie der Afrikaner sagt, ein Wort, das fliegt, in Höhe und in Breite stiebt, über das Schweigen siegt, sollte Euch das Bäuchlein zwicken, die Rippen zucken, der Hals jucken oder der Kopf eigenmächtig um die Schulter herumspazieren, so möge er sich darüber keine Gedanken machen, denn so gewiss, wie der Igel Flügel, die Ameise Rheuma, der Mond einen Onkel und die Sonne vom ewigen Scheinen einen Muskelkater hat, so gewiss ist Euer Glück, Euer Majestät, allwaltender König der Tabakukklen".

Billy Joe riss den Mund auf: „Meine Fresse, da kriegt ja der Hammel Kälber. Jetzt Du."
Als Herr Schlottke sah, dass er gemeint war, fischte er einen Kleiderbügel aus dem Sack, schob ihn sich zwischen die Beine und tat so, als galoppiere er damit durch die staubige Ebene der La Mancha, wobei er brüllte:
„Auf dieses Esels ruhmbestücktem Rücken ritt ich, es waren alte, kummervolle Zeiten, mit Sauerteig im Sattel und Möhren in den Ohren, kopfüber in die nahgelegene Ferne-."
„Warum hast Du denn Sauerteig und Möhren mitgenommen?" sagte Billy Joe, „bist Du doof?", worauf Herr Schlottke erwiderte:
„Der Klugheit wegen, Euer Durchleuchtigkeit, wie auch des Magens grimmigem Geknurre, es kam der Morgen, woher, fragt nicht, vermutlich aus den Büschen, da winkte schon von weitem die ewig plattgetrampelte La Mancha mir, dass ich mit meines braven Esels Schwanz den Sand ihr aus den Kleidern fege, ich, nie zu faul, der Höflichkeit Parcours zu geben, winkte auf meine Art, die Arme und die Hände nehmend, sogleich zurück."
„La Mancha?", sagte Billy Joe, „nie gehört, was ist das denn, kann man das essen?"
„Bisweilen ja, doch meistens nein", sagte Herr Schlottke, „und wenn, dann nur mit Sahne."
„Billy Joe mag keine Sahne", meldete sich Katharina vom Medizinschränkchen zu Wort.
„Bei Sahne muss er immer sofort kotzen", sagte Frauke, die Pillenbringerin.
Das reichte unserem Helden, kurzerhand entriss er Schlottke den Kleiderbügel, der ihm noch zwischen den Beinen steckte und überreichte ihn dem kleinen König:
„Gewähret mir, der ich innen leer bis auf zwei hartgekochte Frühstückseier bin und dabei doch viel lieber ein vollbetanktes Bierfass wär, Euch dieses goldene Schwert des edlen Ritters Kadus Ben Labudus zu überreichen, von dem es heißt, er habe dem Keuchhusten seines Königs Adalbert dem

Schläfrigen, damit den Schädel gespalten, die Kniescheibe zertrümmert, den Hals geraspelt und das sich daraus zubereitete Süppchen mit Wonne geschlürft und der schmachtenden Meerjungfrau Genoveva an den wogenden Busen gespuckt, worauf diese, spendabel wie sie war, mit Blumen im Haar, den Zauberer Zitzerutz gebar."

„Zitzerus?" schrie Billy Joe, „hoppla, das klingt nach einem schönen Tag, weiter weiter, Onkel, mach weiter."

Das ließ er sich nicht zweimal sagen, zumal er mit Freude sah, dass der Junge Feuer und Flamme war, also sprach er:

„Doch blieb der Zauberer nicht lang allein, fiel ihm bei Vollmond doch was ein, er rührte Sand, mit Spucke fest, griff gleich zu Eselschweiß als Rest, vermischte es mit Engelstränen, dergleichen gilt es zu erwähnen, goss diesen Trank in einen Krug und ließ ihn stehen über Nacht, die daraus einen Prinzen schuf, man nennt ihn auch Prinz Elfmalklug."

Jetzt wollte Herr Schlottke auch was sagen.

„Man sagt ja nicht umsonst: Wacht nachts ein Schaf bei seinem Hirten, so handelt´s sich um Karl den Vierten", da lachten die Kinder und Billy Joe rief:

„Scheiß drauf, soll mir doch von mir aus der Hintern jucken. Jetzt du wieder."

„Man sagt ja nicht umsonst-."

„Nein, der da, du da!"

„In sanctis rexus lektus, wie wir Lateiner sagen, im hohlen Baum geschieht, was nur der Waldkauz mit der Brille sieht, ich danke dem König der nie besiegten Tabakukklen, dass ich vom munteren Spiel der Worte auch weiterhin Gebrauch zu machen wagen darf, nun, nun, wie gesagt und oft in allen Schulen dieser Welt besungen, besagter Zaubertrunk des ehrenwerten Zitzerutz gerann zu einem Sud, der nie des Sudes Ruhm und Glanz gefunden, hätt nicht der kleine Engel Marzipanchen, ganz im Verborgenen und keck, von schräg links oben nach rechts unten in einem Strahl hineingepieselt-."

„Reingespieselt?" rief Billy Joe und schon kullerten die ersten Lachtränen über sein Gesicht, „der kleine Engel? Ja fisch mir doch einer ne Gräte aus dem Kuchen."
„Man sagt ja nicht umsonst: Muss ein Engel Wasser lassen, so füllen sich im Nu die Tassen", sagte Herr Schlottke freudestrahlend, bekam aber von seinem Herrn einen Stoß verpasst, worauf er es für besser hielt, den Mund zu halten, zumal er nicht stören wollte, da sein Herr gerade damit beschäftigt war, Billy Joes Kissen auszuschütteln und ihm von dem Saft zu trinken zu geben, der auf dem Nachttisch stand. Sowie Billy Joe getrunken und er ihm das Glas wieder abgenommen hatte, sprach er:
„Nun aber, mit des Marzipanchens silberhellem Strahl vergoldet, gelangte jener Zaubertrank in Don Cassedros fromme Hände-."
„Don, was?" sagte Bill Joe.
„Don Cassedros", flüsterte Herr Schlottke, schielte verängstigt zu seinem Herrn und versteckte sich vorsichtshalber hinter Fraukes Kotzschüssel, da ihm seine Rippen lieb und teuer waren.
„Gelangte jener Zaubertrank in Don Cassedros fromme Hände, ein Mönch, der nichts als saure Luft und süße Blumendüfte im Rahmen seines Schluckaufs zu sich nahm, doch aß er alle Blumen nur von den Blättern abwärts, da hoch hinauf kein Fahrstuhl fuhr."
„Heringsschwanz und Wirsingeintopf", sagte Billy Joe, „den möchte ich mal sehen."
„Man sagt ja nicht umsonst-."
„Schlottke!"
„Schon gut, mein Herr, ich sag ja gar nichts."
„Doch wenn's auch wenig war, was unser guter Mönch verzehrte, so war's genug, um einmal in elf Stunden satt zu werden, da er den Eintopf mit des kleinen Engels, na ihr wisst schon, Kinder, aufs Schmackhafteste zu würzen wusste, doch schon beim ersten Schluck, den Don Cassedros sich vergönnte, wuchsen ihm Wunderkräfte zu und jedes noch so kranke Kind, man bettete zu Tausenden sie vor den

großen Onkel seiner Füße, genas an Leber, Leib und Nas, noch ehe die Spatzen auf der Klostermauer zweimal rülpsen und um die Wette spucken konnten."

„Das hast Du alles erlebt, Onkel, echt?" sagte Frauke und spitzte die Ohren, woran sie gut getan hatte, denn da ging es auch schon weiter:

„Auch ich, ein Knabe noch von höchstens dreizehn oder vierzehn Stunden, begab mich wandernd zu des Klosters Pforte hin, links trug ein Stecken mich und rechts die Beine, neun Tage Kummer, Leid und Pein, ich kann´s, ich will´s, ich muss Euch dieses sagen, die Nächte kalt wie Brausepulver, dann sollte ich an jener Pforte mit Gottes Segen heilen Leibes angekommen sein, wer da, rief jener, den wir Don Cassedros nennen, und ich; Ein Knabe ist´s, den nur des Wunders heilger Segen vor Bettnässen und Daumenlutschen hat bewahrt. Herein, herein, sprach jener Mönch nach alter frommer Christensitte von vorn mir auf die Nasenspitze, nun ja, ich trank und trank von jenem Zaubersäftchen dank neunzig Schoppen mich in Rausch und Wohlbehagen, und ob ihrs glauben möget oder mich auf einer Kanonenkugel zum Rittmeister des Grafen Hugo schießt, dass ich der Lüge wegen ihm zur Strafe allabendlich die Zähne putze, ich ward gesund, noch ehe ich des Zähneputzens Kunst erlernte und rückwärts reiten konnte auf Salatkopfblättern, weswegen mich das fromme Mönchlein bat, dieselben zum Verzehr zu kochen, da ihm sein Magen nie verzieh gebratnes Fleisch von totem Vieh."

„Man sagt ja nicht umsonst: Isst einer keinen Braten, muss er bis vier auf Grünzeugs warten", gab Herr Schlottke zum Besten, sah sich aber, als er in die gelangweilten Gesichter schaute, um den erhofften Beifall betrogen. Bedrückt dachte er bei sich, so ist das und so wird es immer bleiben, es ist das Los der Dichter, verkannt und überhört zu werden in dieser ignoranten Welt. Auch wenn ihm Schlottke leid tat, zumal dem die Mundwinkel tiefer und tiefer sackten, war ihm mehr daran gelegen, den Jungen aufzuheitern.

„Nun habe ich hier, Euer Königliche Wohlbehütetheit, ein Fläschchen von des Zauberers Wundertropfen, doch nehmt am Tag davon nicht mehr als dreizehn Liter, sonst schickt der Herr ein Knurrgewitter, doch wie der fromme Mönch mir Euretwegen aufgetragen, so-."

Billy Joe wollte sich aufrichten, war aber zu schwach, leise murmelte er: "Dieser Don, Don, der, der-."

„Don Cassedros", flüsterte Herr Schlottke, obwohl er immer noch beleidigt war.

„Don Cassedros kennt mich?" Bill Joe konnte es nicht glauben.

„Euch kennen, quietschfidele Majestät? Euch kennen? Nostodos unostos Tabbakobos, wie wir Spanier sagen. Wer den König der Tabakukklen nicht kennt, soll heute noch zu Fischmehl werden und landen in des Wales knochenhartem Gummibauch. Don Cassedros lässt das Volk der Tabakukklen und seinen weisen König grüßen, so lässt er täglich tausend Kerzen vor dem Altar der Heiligen Junfrau von Cantaros entzünden, damit Eure Königliche Einmaligkeit noch hundert Jahre leben, sechzig Jahre Qark mit Erdbeeren verspeisen und neunzig Jahre heiße Milch ohne Schmand trinken, wenn alle Welt schon nach dem Nachttopf ruft im gelben, grünen oder blauen Polter."

Ach, dachte Billy Joe, Quatsch machen kann doch jeder, ich auch, also sagte er:

„Wollen Häuptling besoffenes Breitmaul sich vielleicht setzen mit tapfrer Schwielenfurt an Lagerfeuer meins?"

Da sperrten alle Mund und Augen auf, und Kai-Uwe, der Pillenbringer, flüsterte:

„Sein Gehirn hat schon ausgesetzt, dann kommt der Rest. Jetzt geht´s also los."

Während die Kinder sich über Billy-Joe beugten und Katharina vom Medizinschränkchen ihm den kleinen Handspiegel der Mutter Jolande vor den Mund hielt, um zu sehen, ob Billy Joe noch atmete, nahm er den Schlottke beiseite:

„Theater, Schlottke, Theater, es ist die letzte Chance, der Pein des Irdischen zuvorzukommen und Mut zu säen, wo der Kummer waltet, und wär's der Schnitter selbst, der sich erkühnt, nach unseres tapfren Königs Lockenschopf zu greifen, er wird den Künsten den Triumph nicht rauben."

Rede du nur, dachte Herr Schlottke und starrte ihn an, wer Dich beim ersten Mal versteht, der muss noch geboren werden, aber wenn er wüsste, was ihn bei Dir erwartet, würde er nach neun Monaten lieber auf dem Absatz kehrtmachen und dahin wandern, wo er hergekommen.

Auf seinen Wunsch brachten ihm die Kinder einen alten Kartoffelsack, worauf er sich eine Schere geben ließ, ein Loch in den Sack schnitt, in seines neues Gewand schlüpfte, und Katharina vom Medizinschränkchen auftrug, ihm ihren Wasserfarbenkasten nebst Wasser und Pinsel zu holen, darauf bemalte er sein Gesicht von oben bis unten mit roter, gelber, grüner und blauer Farbe.

„Ihr müsst entschuldigen, Kinder", sagte Herr Schlottke, „aber mein Herr ist einmal in ein so großes Loch gefallen, dass sein Schädel, als er unten ankam, dachte, er hätte die Reise noch vor sich und seitdem, na ja."

„Häuptling Kleiner Krummbuckel soll halten Backe und Schnauze gleich mit", sagte Billy Joe und wenn sich niemand getäuscht hatte, huschte ein Lächeln über sein Gesicht.

Kaum war unser Held in den Kartoffelsack gestiegen, breitete Katharina vom Medizinschränkchen die Arme aus und rief:

„Ich bin der Bühnenvorhang aus reiner Seide aus Tangingistan, schaut nur, wie hübsch ich aufgehen kann".

Nun kam Frauke, die Kotzschüssel-Verwalterin, herein getrippelt und rief: „Ich armes Hühnchen, werd Pimporella auch genannt, mich kennt man schon im ganzen Land, ich bin verschnupfter noch als krank, doch frei von Fieber, gottseidank."

„Mit Verlaub, Herr", flüsterte Herr Schlottke, „aber was Ihr den Kindern in so kurzer Zeit aufgeschrieben habt, könnte direkt von einem Dichter wie mir stammen."
„Man darf die Dichtung keineswegs der Freude ihrer Poesie berauben, Schlottke, noch zögerlich der Reime Fluss in falsche Bahnen lenken. Die Koffer, Schlottke, schnell, die zwei, doch davon alle beide."
„Sehr wohl, mein Herr, doch nehmt einstweilen mit zwei Kissen vorlieb, die Koffer kommen morgen mit der hochgräflichen Postkutsche aus Greiflinghausen, wo der Greiflinger Goldtropfen wächst an Hängen, die wir ihrer steilen Lage wegen nie betreten haben."
Er habe zwei Koffer dabei, sprach unser Held, sich in den großen Zauberer Risotto Rigoletto verwandelnd. In dem einen befände sich ein kaiserliches Dekret für den tapferen König der Tabakukklen, mit dem er die Zeit anhalten, Spaghetti und Schokoladeneis zaubern, jede Krankheit besiegen und dem Mond befehlen könne, seine Morgenschicht mit der Sonne zu tauschen und am Tag zu scheinen.
„Moment", sagte Billy Joe, der nachdachte, „ein Dekret? Was ist das?"
„Der Herr Dekret wohnt Zimmer an Zimmer mit der Frau Dekretin", antwortete Herr Schlottke, „während der Herr Dekret weiß ist, mit einem Stich ins Graue, damit ein jeder ihm vertraue, kleidet sich die werte Frau Dekretin grün, ist das nicht kühn?"
Aber statt ihm zu applaudieren, gähnten die Kinder bloß und schüttelten den Kopf über soviel Unsinn. Billy Joe war eingeschlafen und wenn ich auch nicht dabei war, ich könnte schwören, dass er im Schlaf gelächelt hat.

Man hatte den Fuß schon auf die Schwelle gesetzt, da bat er Mutter Jolande, einen Schritt beiseite zu treten.
„Gestatten, Großgütige, mir Unwürdigem, die Kühnheit, zu fragen, ob denn Euer lieb Schwesterlein, Rosamunda, der Grazie getreues Ebenbild, des Maies Sonnenschein, der Narzissen schönste Blüte, im

Hause weilt zur Stunde und meiner harret voll Verlangen inmitten ihres preisgekrönten Busens?"
„Bitte?"
„Schlägt doch mein Herz, dem Flügel eines Adlers gleich, voll Sehnsucht nach dem ihren."
Um nicht laut loszulachen, hielt Mutter Jolande die Hand vor den Mund, dachte aber, wenn er wirklich so verrückt ist, ein Auge auf meine schielende Schwester zu werfen, die weder lesen, schreiben, noch eine trächtige Kuh von einer Kommode unterscheiden kann, dann soll's mir nur recht sein, habe ich dann doch einen weniger durchzufüttern, weswegen sie entgegnete:
„Ihr habt völlig recht, gnädiger Herr, auch wenn man es nicht auf den ersten Blick sieht und beim zweiten noch mit den Augen knibbelt, aber spätestens beim dritten muss einem das Herz aufgehen, so schön ist Rosamunda."
Er nickte.
„Ob groß, ob klein, ob missraten wie die Missratenheit oder fuchsschlau wie der Fuchs, meine Gütigste, egal, was Euer Herz auch mit sich schleppt an kummervollem Gepäck, dem Wunsche zu entsprechen, bin ich hier, denn säß das liebe Schwesterchen mit mir an einem Tisch und teilte mit mir, Liebe, Bett und Pfannekuchen und Tagesschau, wie schnell könnt 'man den zweiten Tisch sich leisten."
Meine Güte, dachte die Frau, ist diesem Menschen denn noch zu helfen? Und wenn ja, wie stellt man es an, dass er wieder mit beiden Beinen auf die Erde kommt?
Jetzt war aber die Verlockung, die hässliche Schwester unter die Haube zu kriegen, so groß, dass sie bohrte:
„Meint Ihr es ehrlich mit Rosamunda, dann müsst Ihr mir eins versprechen."
„Was es auch sei, mein Schwur gilt mehr als Erz und Eisenspäne, ich fürchte keines Menschenfressers Motorsäge und müsste ich dem Stier das Horn verbiegen, von einem Berg ins Meer und dann mit

Anlauf rüber nach Jamaika springen, ich bin dabei und komm zurück, mein Ehrenwort, nehmt, wenn ihr wollt, den Schlottke da als Bürgen, doch lasst ihn nicht erfrieren und mit dem Sonntagsbraten allein, der Kerl frisst Euch womöglich noch die Motten aus dem Mantel."

Als Herr Schlottke seinen Namen hörte, aber nicht verstanden hatte, um was es ging, tat er teilnahmslos, pfiff ein Liedchen und schlich sich von hinten an die zwei heran, als er Mutter Jolande sagen hörte:

„Lasst um Gottes willen bloß nicht die Finger von Rosamunda, habt Ihr gehört? Und was Euer Auge angeht, Herr, werft es so oft Ihr könnt auf die Kleine. Mit Fingern hat meine Schwester die traurigsten Erfahrungen gemacht, nicht ein Bursche im Dorf, nicht ein einziger, der seine Finger nicht von ihr gelassen hätte. Wie? dachte er, so ein hübscher Schmetterling wie Rosamunda, mit zwei lieblich getrennten schweifenden Blicken, ist denn das Mannsvolk blind auf beiden Augen?"

„An Fingern herrscht bei mir kein Mangel, der Leib verfügt darüber nach Belieben. Erst neulich zählte ich so gründlich durch, dass ich nach langer Suche bei Mondschein auf den Kleinsten stieß. Er hatte sich versteckt, der Schlingel, im Schatten seines großen Onkels, daneben sind mir andere gewachsen, an Schönheit, Wuchs und Pracht dem Winzling gleich, doch muss der Mensch-."

Herr Schlottke konnte nicht anders, es platzte aus ihm heraus: „Man sagt ja nicht umsonst: Sind die Dinger noch so klein, so müssen es wohl kleine Finger sein."

„Da haben sie völlig recht, Herr, Herr, ähm-."

„Schlottke, wir Schlottkes heißen alle Schlottkes, da tanzen wir alle schön in einer Reihe und keiner drum herum, aber da meine Schwester keinen Schlottke, sondern einen Schmidt mit dt geheiratet hat, heißt mein Schwester, obwohl sie ja als eine Schlottke groß und geizig geworden ist, jetzt Schmidt mit dt."

„Was für eine schöne Geschichte, sagen Sie mal", sagte Mutter Jolande, „und so rührend."

Obwohl die Blicke seines Herrn ihm versprachen, ihn bei nächster Gelegenheit zu erwürgen, war Schlottke nicht zu bremsen:
„Sehr verehrte Frau mit dem Vergesstmichnicht in Euren zarten Kulleraugen, aber mein werter Herr hat ja leider eine Schüchternheit am Leib, dass ich Euch hiermit überreichen muss, was jener zu leisten sich nicht traut. Nennt es ein Brieflein, ein süßes Geheimnis, ich nenn es Schwachsinn – aber egal: gebt es Eurer Schwester, wenn sie nach einem wahrhaft Verrückten Ausschau hält, so kann sie die Suche drangeben, aber das steht alles schwarz und leise in diesem Brief, den mein Herr in seinem Liebeswahn geschrieben hat."
Sprach's und gab ihr den Brief, der aus seiner Feder stammte.

Fünfzehntes Kapitel

Ging wieder ein Tag dahin, nämlich dorthin, wo er all die vergangenen Tage seines Lebens vermutete, wo genau das war, vermochte er nicht zu sagen, presste er die Hände an die Schläfen und gedachte wehmütig der ehemaligen Kollegen und Kolleginnen, denen es nicht besser als ihm ergangen war.
William Mc Bride, immerhin drei Oscars, vier Ehen, elf Zwangseinweisungen, war auf den Suff, Gustav Hohlmann zu einem Pförtnerjob bei einer Schraubenfabrik in Esslohe gekommen. Freddy Nixler eine arme, von Almosen lebende Laus. Harry Blumgarten ein irrer Spinner, der Esoterik-Kurse gab, Alice Crown verkaufte Angelhaken, Würmer, Stockfisch und Dosenbier an Wales rauer Küste, Bertholt Reimbach lebte in einer Klapse über dem Rhein mit Versen eines Dichters auf den Lippen, den es nie gegeben hatte. Anna Wolfert machte Schlagzeilen, weil sie sie mit ihren 78 Jahren in Reizwäsche durch den Garten eines katholischen Priesters in Bad Pyrmont gehüpft und sich dafür

dreimal vor Gericht verantworten musste. Elfriede Jerris, mit der er die beliebte Fernseh-Serie „Bei Walters bleibt die Küche kalt" gedreht hatte, betrieb eine Suppenküche für verwaiste Hunde, und Gottfried Werner, dem großen Werner, hatte ein Dachziegel in der Wiener Josephstadt den Schädel zertrümmert, als er fluchtartig ein Bordell verließ, weil er die ihm erwiesenen Dienste in Liebesdingen nicht bezahlen konnte. Er starb mit dem letzten Satz des versoffenen Butlers James Miller in Henrik Pibsens „Stunde der Nachtigall" auf den Lippen: „Sir, der schöne Bentley ist im Arsch. Soll ich mit dem Fahrrad von Lady Ashley vorfahren?"
„Gestatten, Herr", riss ihn Herr Schlottke aus seiner Träumerei, „aber so, wie es aussieht, lässt unser Ruhm wohl noch etwas auf sich warten. Man sagt ja nicht umsonst: Schießt du den Hirsch erst morgen tot, dann leidet heut er wenig Not."
Das muss mein Schlottke sein, dachte er, die Stimme kenn ich wohl, so hohl und oben raus gequetscht, grad wie beim Kinderkriegen. Allein, der Kerl hat´s schwer genug, was soll ich´s ihm noch schwerer machen?
„Des Tages Werk, verpfuscht, mein Schlottke, der Ruf des Augenblicks, verstummt, und aller Schwere Leichtes, Schlottke, mit Trübsal vor die Sau gekotzt, so sieht es aus. Nichts ist vollbracht, was uns gelang, es heißt misslingen, solange nicht der Götter Gunst auf diesen Pfeifen ruht, kein Hahn nach unsren Künsten kräht. Indessen laut nach uns der Broadway ruft und meiner harrt die ganze Welt, kaut Ihr auf Euren Fingernägeln und schmiert Euch Mostert auf die Honigstulle."
„Ihr dürft nicht hadern, Herr, bitte, tut´s nicht, denn wenn Ihr hadert, fühle ich mich sofort so klein, dass wir schon wieder auf Augenhöhe miteinander verkehren können, Bedenkt doch, wer und was alles auf uns wartet, Herr, die Welt, die großen Städte, Paris, London, Berlin, New York, Stockholm, Prag, Tokio, Fedder-."

„Ja ja, gewiss, nicht alles, was Ihr sagt, Schlottke, bedarf der Prügelstrafe, ich geb´s ja zu."
„Kleinwannenberg, Herr, Großhiddental, dazu die schönsten Frauenzimmer, die Blonden und die Braunen, die Brünetten und Soufragetten, die unseretwegen Heim, Waschküche und Bügelbrett verlassen, denkt doch an Euren Ruhm."
„Ruhm? Ach, Schlottke, Ruhm! Gerülpst, gefurzt, auf Euer Wort geschissen, nichts flüchtiger als das auf Erden. Verflucht, wer nach den Sternen greift, denn heute hoch zu Ross, heißt morgen tief gefallen, in Ewigkeit."
„Amen,"

Bedrückt, weil man mit den Proben nicht weiterkam und verwirrt, weil er seine Rollen nicht mehr vom wahren Leben trennen konnte, glaubte er plötzlich Kriegsgebrüll, Todesschreie und Kanonendonner zu vernehmen, wie er es aus Jean-Luc Coldars „Der Westen in Flammen" kannte, in dem er einen deutschen Junker im deutsch-französischen Krieg 1880/81 spielte, welcher aus Liebe zu einer jungen verwitweten französischen Bäuerin desertiert war und sich jedes Mal in einem nahen Waldstück versteckte, wenn die Kampflinien näher rückten. Nun drang der Lärm aber nicht von der Front herüber, sondern kam aus dem Goldenen Anker, in dem der Männergesangverein „Liedertafel" seine wöchentliche Probe hielt.
Kaum war ihm das Geschmetter zu Ohren gekommen, packte er den Schlottke am Kragen.
„Es wogt die Schlacht, mein Knappe mit den Segelohren, auf zu den Waffen, Bruder Jan, und dass der Trommler erst den Wirbel schlägt, wenn ich im Sattel sitze und mit den Sporen meinen Braunen kitzle am Zwerchfellrand."
Herr Schlottke, der einen süßbitteren Schmerz verspürte, als er die „Abendglocken" aus dem Saal dringen hörte, dachte gar nicht daran, mit dem Wahn seines Gefährten Schritt zu halten, sondern schmetterte, wann immer es der Refrain verlangte,

„Bongbongbongbong", so dass er sich sehr wunderte, dass Schlottke den Ernst der Lage nicht begriff und immer wieder sein dummes Maul aufriss.
„Bongbongbongbong".
Indem er ihm das eine Ohr langzog und das andere quetschte, sprach er:
„Der Teufel scheint dem Blute heut mehr als gestern noch gewogen, Schlottke, mir scheint, er söff es lieber noch als alles Bier der rote Ire sich in die Gurgel stürzen mag an St. Patricks Day an Rushfords wilden Klippen."
"Ire hin, schwäbische Hausfrau her, vom bayerischen Donnerbalken aus Buchenholz mal ganz zu schweigen, Herr", sagte Herr Schlottke, "man sagt ja nicht umsonst: Kommt der Durst erst angeflogen, fühlt der Hunger sich betrogen."
Auch wenn er ihn noch so wohlmeinend betrachtete, kam er nicht umhin, festzustellen, dass sein braver Schlottke von Tag zu Tag dünner und dümmer wurde, was ihn insofern freute, als er wusste, dass es an Klugheit, Vernunft, Besonnenheit und Gewitztheit so schnell keiner mit ihm aufnehmen konnte. Um Herrn Schlottke eine Kostprobe seines Gedächtnisses zu gönnen, zitierte er aus Christian Hoffmannwaldaus „Junker Sigismund von Stetten": „Des Franzmanns Reiter hör ich wüten. Man brandschatzt mir das schöne Eifelland zugrunde, in Flammen steht die Festung Hohenau, es flieht das Wild manch steilen Moselhang hinauf, es eilen Huhn und Weiber schreiend in die Wälder. Schlottke, ja, selbst mein eignes Mütterlein, das gestern mir noch las aus Grimmels Märchen vor, fuhr in die Grube zu den Seinen. Wie bitterlich vermiss´ ich heute noch des Sauerbratens zarte Kruste und gab´s zum Nachtisch den geliebten Schokoladenpudding, Schlottke, Ihr habt ja keinen blassen Schimmer, wie ich in jener Zeit zu fressen und zu völlen wusste."
Da der Gesang immer lauter wurde und Schlottke auch in das fröhliche Lied vom fidelen Klabautermann einstimmte, der mit einer Bottle Rum verzweifelt in die Elbe sprang und mit einer schönen Maid im Arm am

Drachenfels dem Vater Rhein entstieg, packte er sich den Kerl und befahl ihm, von seinem Ross abzusitzen, auf die Zinnen der Burg von St. Clementoire zu steigen und sich mit hundert seiner tapfersten Krieger im Kamin nach unten auf den Burghof abzuseilen, währenddessen wolle er mit dem rauen Johann, einem Blut und Galle saufenden Ganoven, in die linke Seite des Feindes vorstoßen und alles zerhacken, zersäbeln und zerschmettern, was unfähig, den Bittburger Bauernmarsch zu schmettern.

Herr Schlottke, dem angst und bange wurde, äugte umher, in welcher der schmalen, verwinkelten Gassen er wohl am sichersten vor diesem Irren sein würde, da sprach der auch schon: „Das Krachen da, das Poltern, Schlottke, das Branden und das Bersten, das muss des Popen Pieselmanns gesalbter Eierschädel sein, der einst beim Würfelspiel dem Teufel seinen Kautabak vermachte und seitdem hinkt, da eine Tasche ohne Priem viel leichter wiegt als neunzehn fette Läuse auf der Waage."

„Was das angeht, da bin ich völlig Eurer Meinung, Herr, man sagt ja nicht umsonst, triffst Du den Popen Pieselmann, so frag ihn, ob er pieseln kann."

Da griff Schwermut nach seinem Gemüt, war Schlottke doch nicht nur zu feige, wie befohlen, auf die Zinnen der feindlichen Burg zu steigen, jetzt versündigte er sich auch noch an dem Popen Pieselmann und trieb seine Scherze mit dem Papismus.

In dem Augenblick kam ein Zecher in hohem Bogen zur Wirtshaustür hinausgeflogen, dem ein Tritt des Wirtes in den Allerwertesten den nötigen Schwung verpasste hatte, weil der Kerl den ganzen Abend geschluckt, aber keinen Heller in der Tasche hatte. So wie der Zechpreller auf dem Hosenboden vor ihnen lag, zappelte, sich das Kreuz hielt und jammerte, sprach er: „Seht selbst mit Euren Schleieraugen, Schlottke, der Teufel tanzt, es sinkt in Staub und Asche des Feindes größte Pfeife, ein Narr, wie Ihr, Schlottke, doch weiß im Fluge dieser Rattenschwanz

Euch Blindfisch noch was vorzumachen, gebt Acht, schon holt der Tod sich gleich den Nächsten, bevor der Übernächste an die Reihe kommt. So gebe Gott, dass Ihr der Überübernächste seid, Schlottke, ich bin es nicht."

„Pardon, Herr", sagte Herr Schlottke, „war das jetzt ein Wunsch Eurerseits oder eine Vermutung andererseits, ich frage ja nur meinerseits."

„Ruhe, Mann, es hat der Feind in jedem Schwalbennest Spione sitzen, Schlottke. Und flüstert auch die Nacht mit Engelstimmen, es leiht der Teufel schon dem Morgen seine Ohren. Seid Ihr bei drei nicht auf dem Bauch, könnt ihr die Vier getrost Euch in den Hintern schmieren."

„Wenn ich mir kurz einen kleinen Einwand erlauben darf, Herr, aber alles, was ich höre, ist die wunderbare Weise vom fidelen Klabautermann, der einst in Hamburg mit einer Bottle Rum gänzlich verzweifelt in die Elbe sprang, aber kaum, dass er unter Wasser war und Luft holte, schwamm ihm auch schon eine so schöne, fesche Maid in die Arme, dass die Bottle Rum vor lauter Eifersucht-."

Na warte, dachte er, das Blut, es strömt, es wüten Tod und Schrecken, es bannt das Morden Leben und Leben heißt im Sturm vergehn, drum pfeift der Spatz vom Kirchturmdach das Lied der schönsten Keilerei, er aber lässt den Irrsinn fröhlich walten, schon packte er ihn und stieß ihn gegen eine Mauer, wobei er schrie:

„Heut´ rührt die Trommel der Pankratius, Schlottke, man hört's am schneidigen Fortissimo, indessen dem Adagio der Kontrabass zu fehlen scheint, ein Söldner ist es aus dem Schlesischen, ein Schweinskopf erster Güte, der Kerl frisst mehr als der in Speck gehüllte Simmelbeck, des Königs Flaggennäher. Auf in die Schlacht, Schlottke, auf auf! So will ich meines toten Vaters Geist mit meinem eignen Blute rächen. Wie heiß mir in die Schläfe steigt, was Dänemarks Ruhm begründet. Nur Mut, Schlottke, nur Mut, er reite mir voraus, doch halte er sich stets zu meiner Linken, hey Du da, morsche Kräuterhexe, ward Ihr es, die des

Königs Papagei vergiftet am Neujahrsmorgen gegen vier, wie?"
Es war ihnen nämlich die Witwe Kreideweiß entgegengekommen, die eigentlich Mia Schulze hieß, ihres weißen Polters jedoch von allen nur die Witwe Kreideweiß gerufen wurde. Die Alte schleifte eine Mülltonne hinter sich her, in welcher unser Held aufgrund fehlender Etikettierung die zersägten Reste eines Königstreuen vermutete, Verrat, Niedertracht und Plünderung der Kriegskasse witterte, weshalb er der alten Zausel entgegentrat und sie mit ausgebreiteten Armen am Weitergehen hinderte.
„Steht still und wagt es nicht, zu jaulen, noch diesen da – er wies auf Schlottke – den Backenbart zu kraulen, nicht eine von des Schlottkes Läusen soll fett sich schmausen an Eurem Ohrenschmalz. Nun sprecht: Was schleppt Ihr da an Kleingehacktem mit Euch in diesem Bollerwagen durch unser heilig Vaterland?"
„Pardon, Herr, aber was Ihr Bollerwagen nennt, ist rein äußerlich betrachtet nichts mehr und nichts weniger als eine ganz gewöhnliche Mülltonne. Man sagt ja nicht umsonst, packt jemand Müll in eine Tonne, so-."
Nun war er aber so in Fahrt geraten, dass es kein Pardon mehr gab.
„Ist es der eigene, von Euch zerhackte Herr Gemahl, der Schnarchgesell, der Schniedelglotz? Der, wie man hört, dem Earl of Hutherfield hat heiße Grütze auf den Seidenwamst gegossen und Erbsen kotzte vor der Lady Summerwell, als diese auf Sir Edwards Schoß der Mußestunde Freiheit frönte mit klebrigem Nougat in der Schnauze, wie?"
Die gute Witwe Kreideweiß, die sich mit Verrückten nicht auskannte, erwies sich jedoch insofern als harte Nuss, als sie kreischte:
„Aus dem Weg, aus dem Weg, sonst muss ich ihm mit dem Ding hier den Schädel verklüstern!" was dem Schlottke so gefiel, dass er in lautes Gelächter ausbrach, war die Witwe Kreideweiß doch dafür bekannt, dass sie ihren Worten gerne die dazu

passenden Taten folgen ließ, zu denen es gehörte, dass sie auf drei Fingern pfeifen und damit „Hasso", ihren scharfen Schäferhund, herbeirufen konnte, welcher auch sogleich um die Ecke gefegt kam und sich knurrend, mit gefletschten Zähnen daran machte, unseren Helden über den Haufen zu rennen, so dass dieser auf dem Hosenboden landete, ihm das aber so wenig behagte, dass er brüllte:
„Rasch, rasch, man rufe mir den königlich geprüften Oberschinder Ferdinand herbei, er soll den Bastard Zucht und Ordnung lehren, auch kann er, so es ihm gefällt, in meinem Namen Rinderhack aus seinen Pfoten machen und froh verwursten seine Ohrenlappen."
„Macht Euch keine Sorgen, Herr", wollte Herr Schlottke ihn beruhigen, „wenn das brave Hündchen auch zubeißt, was nach allen Regeln der Hundelehre von allen infrage kommenden Varianten die infragekommendste ist, so werde ich Eurem Mut und Eurer Tapferkeit noch posthum manche Strophe widmen. Selbst Schulklassen aus dem Eppeldinger Moor, den Moppelfinger Sümpfen werden Euch zu Ehren, Herr-."
Da schrie er, die scharfen Hundezähne fast schon in der Haut: „Und dass die Eppeldinger Mohren mich ja zu Ihrem Feldherrn krönen, Schlottke und jubelnd meiner alle Zeit gedenken, ich wüsste wohl-."
„Aus den Moppelfinger Sümpfen, Herr, vergesst es nicht."
„Und sagt den Moppelfingern, Schlottke, dass ich es war, der sie bei Lützen vor den Hunnen einst bewahrte, doch so, dass meine Heldentat im Buche der Geschichte steht an erster Stelle fettgedruckt ganz oben, der Ehre wegen, die meinen Namen trägt, und das in Ewigkeit."
"Amen", sagte Herr Schlottke, dachte aber bei sich, na warte und sprach:
„Die Schulklassen aus den Moppelfinger Sümpfen und den Krabbelheimer Marschen wird es mit Freude und leckerem Eis am Stiel zu Eurem Grabstein ziehen, werter Herr, und sicher kichernd bei Euch

Wache halten, damit Ihr ja nicht auf den Gedanken kommt, nach oben das Weite zu suchen, man sagt ja nicht umsonst: Stirbt einer gelassenen Gemütes, so ist er heldischen Geblütes."

Obgleich es ihn mächtig in den Fingern juckte, Schlottke den Hals umzudrehen, ließ er es vorerst ungeschehen, weswegen sogleich eine himmlische Stille eintrat, bis der gute Schlottke auf die Alte zutrat und sie fragte, warum sie denn so stickum wie eine Eidechse herumschleiche und was sie denn in diesem hübschen Mülleimerchen so alles durch die Lande schaukele, worauf die gute Frau ihm belustigt zuzwinkerte und mit extra schriller Stimme kreischte, ach, ihre Fracht sei weder der Rede noch der Nachrede wert, von einem Vorwort ganz zu schweigen. Es handele sich um nichts weiter als um zwei Dutzend Fleischstückchen aus des Briefträgers Rumpenstreten linker Wade, da ihr braver Hund aber von einem solch kargen Mahl nicht habe satt werden können, habe sie ihm erlaubt, sich die Kinnlade des Gemeindeboten Kinnichpeter einzuverleiben, nun ja, zum Nachtisch habe es für "Hasso" den rechten Ellbogenknochen des Hufschmieds Pferdebrodden gegeben, da er sich an Pidda Krögers Speckbauch und Hauke Minnendorps Else längst sattgefressen habe.

Als unser Held an sich herunterblickte, sein zerfetztes Hosenbein und Spuren von Kratzwunden an den Knien sah, reckte er trotzig das Kinn:

„Nicht tausend Bisse, gefletscht, gebohrt oder gemeißelt, von dieses Ungeheuers Hauern, vermöchten mich von jener heißen Lust zu scheiden, noch einmal in des Löwenkäfigs tödliches Geviert zu steigen. Selbst-."

„Sagtet Ihr Löwenkäfig, Herr?" lachte Herr Schlottke und hielt sich den Bauch, „nehmt's mir bitte nicht übler als dreimal übel, aber Ihr steht mit einem Bein in einer Regenpfütze und mit dem anderen in einem herrlich anzuschauenden Kuhfladen von der Größe eines rheinischen Wallfahrtsortes."

Jetzt war der Wahn dessen aber, den er meinte, so weit gediehen, dass er von Schlottkes Bemerkung nicht die geringste Notiz nahm, sondern tobte: „Und wenn man mich in tausend Stücke riss und neunzig Fetzen Rippenschmalz aus meinen Beinen pflückte, so ging gleichwohl die Kunde um die Welt, dass Heldentaten, wie ich soeben sie vollbracht, der Zeiten Grenzen überschreiten, Schlottke, denn aus des Ruhmes Erz ward manches Schloss der Ehre an Tagen, die der Morgen schuf, und die der Abend nicht mehr bei sich halten wollte, in edlem Tun erbaut."
„Mit Verlaub, Herr", sagte Herr Schlottke, „aber was Sie als Löwenbiss bezeichnen, schlägt sich für mich nur in einem zerrissenen Hosenbein und zwei lange nicht gewaschenen Knien nieder,
aber wenn es Euch lieber ist, an diesen paar lächerlichen Kratzern zu sterben, so will ich der Letzte sein, der darüber klagen würde, aber der Erste, der sich ins Fäustchen lachen würde."
So ging das noch ein Weilchen, und da jeder das letzte Wort haben wollte und keiner von beiden ein Einsehen hatte, das Feld zu räumen, hielt jeder den Anderen für einen noch größeren Wirrkopf als sich selbst.
Umso größer war seine Freude, als plötzlich ein Traktor, mit Mann und einem in der Nase puhlenden Knaben an Bord, die Straße entlang getuckert kam. Ha! dachte er und sah mit Entzücken das schnaufende Ungetüm nahen, der bullige Stinker kommt mir gerade recht, zumal er sich schon den Anfang einer Grabrede auf Herrn Schlottke zurechtgelegt hatte, weswegen er sich diesen packte und auf das qualmende Ungeheuer wies, von dem sie nur noch wenige Meter trennten:
„Jetzt zugehört und in Gedanken mitgeschrieben, Schlottke, indessen ich Euch vor den Traktor stoße, beseelt, beglückt, berauscht vor Freude ob Eures Leibes munterer Zerquetschung, hebt Ihr geschwind zum Fluge ab, winkt mir zum Abschied fröhlich mit den Händen zu und steuert im Verlauf der Reise mit Schwung aufs rechte Rädchen zu. Dort angelangt-."

Herr Schlottke, dem bei diesen Aussichten ganz mulmig zumute wurde, unterbrach:
„Von der Fliegerei und dem Durchforsten der Lüfte verstehe ich ja nicht viel, Herr, das ist wohl wahr, aber so viel dann doch, dass schlecht beraten ist, wer, statt zum Urlaub auf die Maledaniesen, nach Mallakorka oder an die Agavare zu fliegen, seine freien Tage unter einem stinkenden Trecker verbringen möchte. Also seid bitte so gut und lasst mich eine andere Maschine nehmen, ich verspreche auch-."
Da packte er ihn und schüttelte ihn so, dass dem armen Schlottke ein Knopf von der Jacke sprang:
„Die Hölle naht, Schlottke, kein Zweifel. Die Luft ist rein, drum reißt am Riemen Euch und lasst das weibische Gestotter und Gedrucke, seid-."
„Gedrucke ist gut, Herr und Gestotter ist noch guterer, Ihr habt leicht reden, aber man sagt ja nicht umsonst: Fliegt einer mit Karacho vor den Trecker, geht dieser ihm gehörig auf den Wecker. Darum, Herr-."
„Seid Ihr mit dem Gewäsch am Ende, Schlottke, ja? Dann fröhlich neues Garn gestrickt. Denn einmal tot, besteht kein Grund zur Sorge. Mag sein, dass Ihr, an Ort und Stelle unter den Rädern angekommen, schon halb zermalmt, ein wenig außer Atem seid. Und sollte es, auch das kommt vor in derlei Fällen, nach allen Seiten knirschen, krachen, bersten, platzen und als Konfetti durch die Gegend segeln, nur keine Angst, das sind die Knochen und die Nerven, Schlottke, na und? Nichts als Ballast, zu nichts mehr nutze. Und nun zum Schädel, nicht-."
„Du meine Güte, Herr, Ihr macht mir Angst und Bange, nicht mein Schädel, bitte, verschont meinen Schädel vor einem derart unberechenbaren Abenteuer, wie soll ich denn ohne ihn wissen, wann es Frühstück gibt, wie hart oder weich die Eier sind, wie schön die Glocken läuten, wie der Mehlpfannkuchen schmeckt, wie süß der Schnaps auf meiner Zunge brennt, wie die Vögelein zwitschern, die Rosen riechen, wenn-."

„Und nun zum Schädel, Schlottke, ich nannte dieses Teil im Übrigen schon flüchtig bei seinem Namen."
„Ach, Gott, der Ärmste, schon wieder der Schädel. Könnt Ihr nicht, ich meine, nur als Experiment, Herr, das keinen Schrecken und keinen Schlottke kennt, Euren Schädel vorübergehend zur Verfügung-?"
„Jetzt sag er nicht, dass ihm des Schädels wegen am Ende noch Bedenken kommen, Schlottke, derlei Getue ist das Gebälk nicht wert. Seid Ihr erst tot, von mausetot war nie die Rede, und schlummert auf zermalmte Art dem Höllentor entgegen, indessen ich an meiner Rede für Euch feile, den Völkern und den schönsten Damen kundzutun, was Ihr der Welt und mir an treuen Diensten habt geleistet, mein lieber Herr Gesangverein, mein lieber, lieber-."
Er kam ins Stottern, musste er zu seiner Enttäuschung doch mit ansehen, dass der Traktor, statt den Schlottke auf die Hörner zu nehmen, links in Bauer Treesemanns Hofeinfahrt abgebogen war.
Na warte, dachte Herr Schlottke bei sich, als sie den Heimweg antraten, das werde ich dir nie vergessen und das schwöre ich Dir bei allen Heiligen, beim Schlamm ihrer Sandalen, bei ihrem abgewetzten Wanderstab und all ihren zurückgelassenen Brüdern, Schwestern und Schwiegermüttern, dir werde ich eine schöne Lektion verpassen.
Man sagt ja nicht umsonst: Nimmt einer einen aus Schlottkes Sippe auf die Schippe, geht's bannig diesem an die Rippe.

Sechzehntes Kapitel

Als er Herrn Schlottke in der Ecke hocken und seine Schuhe wienern sah, kamen ihm die „Lothringer Geschichten" von Max Huber in den Sinn, wie er in der dritten Szene, erster Akt, „beiseite", wie man beim Theater sagt, einem Knappen Lupizius auftrug, der schönen Infantin Dulcinea auf der Elfzinnenburg einen Liebesgruß zu überbringen, so dass er dem

Schlottke Schuhe, Putzzeug und Lappen aus der Hand riss und sprach:
„Ein Brief, Lupizius, geschrieben oder die Worte flüchtig nur dahingestammelt, soll mir die Zunge lösen, zack-zack, Papier, Sandstreu und Siegel her! Und dass er mir die Feder recht tief in die Tinte taucht, und habe ich verfasst, was zu verfassen meines Ritters Ehr und meiner Liebe Diktum ist, so trabt ihr los mit flatternden Gamaschen und werft die Fersen, dass Euch der Staub von allen Stiefeln rieselt, er kennt den Weg nach Keuselbach? Gut, gut, von fern schon sehet ihr der Zinnen krummges Zackenbild, von eines Waldes dichtem Laubgewand umhüllt, doch dass Ihr mir die Schenke-."
„Ich unterbreche Euch ja nur höchst gerne, Herr, aber bitte nutzt die frühe Morgenstunde und verschont mich mit Euren Ausritten ins hanebüchene Soundso und dem zusammengesponnenem Nirgendwo."
Dafür gab´s einen Klaps auf den Hinterkopf, worauf der arme Schlottke die Auge verdrehte, bevor er Folgendes zu hören bekam:
„Doch dass Ihr mir die Schenke in Dreibottich meidet, der Wirt meint´s gut mit sich und seinem Beutel, er lässt fürn halben Taler Euch zehn pralle Schläuche besten Moselweines saufen und soviel Saumagen in den Rachen stopfen, dass Euch die Galle noch im Stehen platzt."
Als Herr Schlottke ihn so reden hörte, konnte er nicht anders, er fiel vor ihm auf die Knie, faltete die Hände und flehte: „Gütiger Herr, auch wenn ich Euren Späßen nur vor die Stirn, nicht aber in die dahinter liegenden Gefilde blicken kann, so scheint es um Euch genau so schlimm zu stehen, wie ich allen erzählt habe, wisst Ihr was? Ruht Euch aus, legt Euch hin, von mir aus auch auf Euer Hinterteil, aber da ich immer noch Euer treuer ergebener Schlottke bin und auch nicht vorhabe, dieser Lupekratus oder Luftikus oder wie immer-."
Schon hob er mahnend den Finger:
„Lupizius, Schlottke, Lupizius, ihm fehlt der Grips, die kühle Weltbetrachtung im Maßstab Einsteinschen

Denkens, indessen ich dergleichen nie entbehrte, denn wie auch, wie? Da früh schon man sich meines Witzes Glanz in aller Welt erfreute und von Balkonen singend rühmte, was der kluge Geist im Studium Wissenschaft mich schon in jungen Jahren lehrte, allein, des Volkes Sehnen kenn ich wohl, war ich es doch, dem zu huldigen es frönte alle Tage und selbst bei Regen nicht von mir wich."

„Amen", sagte Herr Schlottke, „genau so und nicht anders wird es wohl gewesen sein, Herr, da möchte ich mit einer Kuh um eine Ochsenschwanzsuppe wetten."

Nun war er aber schon zum Schrank geeilt, holte einen Notizblock hervor, drückte ihn dem Schlottke in die Hand und sprach:

„Auch sangen wir die Messe durchweg auf Latein, noch heute klingelt mir das Sanctus und Magnificus wie süßes Säbelrassen in den Ohren, Schlottke, es ist der Väter Fluch, Lupizius, dass ich, der Ritter Kunifried, ein Edelmann von auf der Welt nie dagewesener Größe-."

„Von nie dagewesener Größe, weißgott, Herr", stöhnte Herr Schlottke unter Schmerzen, „genau das wird's wohl sein."

„Von nie dagewesener Größe, Lupizius, ich schwör´´s beim Vollrausch meiner Väter, dass ich auf meines Esels krummgegerbtem Rücken von Burg zu Burg werd reiten, doch will nicht schwätzend ich ins Schweifen kommen. Hock er sich hin, Herz, Haare, Hände wohlgeordnet. Mach ich den Mund auf, Schlottke, will ich die Feder fliegen sehn, kapiert?"

„Kann losgehen, Herr, aber bedenkt bitte, dass ich nur einer Sprache mächtig bin, die von allen Mensch nur der Esel verstehen kann."

Sprach´s, holte tief Luft und griff zum Stift, schon das Schlimmste befürchtend, was so verkehrt nicht war, wie sich zeigen sollte.

*Oh süßeste Dulcinea von der Elfzinnenburg,
geliebteste Prinzessin Rosamunda,*

in Anbetracht der sich Eurer Schönheit wegen in mir heftigst regenden Natur und meiner Jahre grausigem Entgleiten, gefällt es mir, mich meines Knappen Schlottke hurtigst zu bedienen, dass ich ihm Order gebe, in Eile den steilen Keulenbacher Berg hinauf zu Euch zu fliegen, dass nimmermehr erlahme in unser beider Brust der Liebe brodelndes Verlangen.

Schlottke?"
Und wenn er ihn noch hundertmal gerufen hätte, es half alles nichts, dem guten Schlottke war nämlich, während ihm diktiert wurde und er sich alles, Wort für Wort, gemerkt hatte, eine Idee gekommen, weswegen er auf der Stelle alles stehen und liegen ließ, zu Mutter Krauses Tabak- und Schreibwarengeschäft eilte, sich Papier und einen Stift kaufte, sich vor Antons Krumpelbachs Apotheke auf die Bank setzte und zwei Briefe schrieb. Einen, der dem nach Rosamunda Schmachtenden neue Nahrung geben sollte und einen, der die Umworbene glauben ließ, sein Herr würde um ihre Hand anhalten.

Drei Tage später trug man den Fischer Fiete Poppinga zu Grabe, ein braver, guter Mann, wenngleich beseelt vom Drang zum Saufen. Er ließ sein Leben, als ihm ein Hering direkt aus dem Netz ins Maul gehüpft und allzu tief in seinen Schlund geraten war, dass es vier starker Männerhände bedurfte, um den Hering wieder herauszuziehen, eine Prozedur, die Fiete, ihrer Länge wegen und der sie begleitenden Umstände, das Leben kostete.
Amtmann Knösendrup hielt eine Ansprache, in welcher er dem Hering jeglichen Vorwurf ersparte, und ohne Umschweife auf Fiete Poppingas Schäferhund „Atlan" zu sprechen kam, ein tapferer, unerschrockener Vertreter seiner Art, von dessen Vorliebe fürs Fressen und Faulenzen das ganze Dorf Kenntnis hatte. Winna Pelson, der hinkende Schlosser, Hocke Lenström, der einarmige Knecht von Bauer Treesemann, Pelle Paulsen, der

glatzköpfige Hufschmied und Acker Michelsen, von dem niemand wusste, wer er war und was er auf der Welt wollte, ließen das Seil durch die Hände gleiten und hast du nicht gesehen, kam Fiete mitsamt Kiste bollernd auf dem Grund des Grabes an.

Nun war es an ihm, kraft Amtes, Fiete ein letztes Lebewohl mit auf die Reise zu geben, weswegen er ihm von oben ein paar Schaufeln matschiger Erde verpasste, worauf man sich genötigt sah, seiner verwirrten Alten das Maul zuzuhalten, machte sie doch schon wieder Anstalten, zu tanzen und, „Junge, komm bald wieder" anzustimmen.

Als er die Bibel aufschlagen wollte, stellte er fest, dass Herr Schlottke ihm statt des heiligen Buches ein Malbuch in die Tasche gesteckt hatte.

Das Büchlein betrachtend, fiel sein Blick auf ein rosiges Ferkelchen, welches ein lilanes Schwänzchen besaß und es sich inmitten von vier grünen Schafen, die allesamt mit großem Appetit blaues Gras fraßen, gemütlich gemacht hatte und eine pinkfarbene Wurst verschlang. Das Ganze wurde gekrönt von einem okkerfarbenen Bauern, der auf die farbenprächtigen Viecher aufpasste und dem Schlottke weiße Augen, grüne Ohren, schwarzgelbe Zähne und eine schneeweiße Mistforke gemalt hatte, die der Bauer in seiner blaugelben Klaue hielt.

Von alldem inspiriert, rief er mit Donnerstimme:

„Liebe Trauergäste, die Ihr einerseits von herbfrischer Farbe, andererseits in Übellaunigkeit versammelt seid. Verehrter Fischerhauptmann Fiete, soll dich die reichbeflaggte Kutterflotte des Allmächtigen zu den fruchtbaren Fanggründen derer begleiten, die im Leben keinen Schutz, im Schmutz keine Reinlichkeit und beim Essen keinen Anstand kannten, in Ewigkeit."

„Amen", rief Herr Schlottke und wollte schon „Großer Gott, wir loben dich" anstimmen, nur kam er nicht dazu.

„Gott mit Dir, Fiete Poppinga", schallte es über den Friedhof, „der Du auf Erden das rosige Ferkelchen kindlichen Übermutes in Dir trugest, in steter

Gewissheit, Dein lilanes Ringelschwänzchen würde niemals von Deiner Seite weichen. Gehe hin in Frieden und wage es nicht, im Krieg oder wenn Dich der Hafer sticht, zurückzukommen, so werden wir eins niemals vergessen, Fiete Popppinga, dass Du erst am Dienstag in der Frühe kauftest eine neue Mistforke in Lüddenhaven für 20 stolze Märker bei Großmann & Hillen, in Ewigkeit."

„Amen", sagte Herr Schlottke und schämte sich seiner Tränen nicht, so stolz war er auf seinen Herrn.

Sogleich bemächtigte sich stiller Frieden aller Herzen, bevor Ole Bornhaupt, der Löschzugführer der Feuerwehr und dritter Posaunist der Kapelle, den Musikern ein Zeichen gab, die Hörner tröteten, die Querflöten quietschten, der Regen prasselte, manch Weibsbild quasselte, die Trommeln dröhnten, dass es einen in Stücke riss, der Tambourmajor schmiss den Schellenbaum hoch und höher, schräg nach links und steil nach rechts, dass jeder Zweite, der nicht rechtzeitig seine Kopf unter den Kragen kriegen konnte, von dem sausenden Ungetüm getroffen und bis zum Leichenschmaus im Goldenen Anker außer Gefecht gesetzt wurde. Alles staunte mit offenem Mund und glotzte dem Schellenbaum nach, der nach einer Viertelstunde fröhlicher Sauserei rauf in die Wolken und wieder runter, brav wieder zu seinem Tambourmajor zurücksegelte.

Nun besann ein jeder sich aufs Schluchzen, worauf die von der Feuerwehr-Kapelle intonierte und von Oberbrandmeister Wilhelm Biederstädt komponierte Weise „Wenn doch des Todes dunkle Stunde bei aller Ehr, die deine und nicht die meine wär", die Herzen rührte. Kaum hatten sie den Friedhof im Rücken, der Wind war so gut, das Schluchzen der Fraueleute von ihnen fernzuhalten, griff Herr Schlottke in die Tasche und gab ihm einen der zwei Briefe, die er geschrieben.

„Nun lest schon, Herr, bei allen Backrezepten meiner seligen Mutter, hab ich der schönen Rosamunda doch versprochen, in Eure Hand zu legen, was zu entschlüsseln Sache Eurer Augen ist."

Der Blick seines Herrn flog über die Zeilen, hatte er eine durchkämmt, starrte er Herrn Schlottke an, so ging dass weiter, bis er das Brieflein ein halbes Dutzend Mal gelesen hatte.

„Des Lebens Glück, Schlottke, der Mächte Harfenspiel, der Liebe süßes Geigenzupfen, des Schicksals Heil und tausendfacher Segen, wie selig strömt auf dieses Haupt und meine breiten Schultern nieder, was diese Welt mit Fug und Recht des Amors bestes Schnitzwerk, der Liebe spitze Pfeile nennt, kurzum-."

Heissa und fiderallala, dachte Herr Schlottke, jetzt hat er angebissen – ist er auch weder Fisch noch Scholle, kein Dorsch und auch kein Kabeljau, jetzt soll er zappeln!

„Na, Herr, wenn das keinen Spaß verspricht, dass die Geige Euch altem Zausel noch in dem Alter ein Liebesliedchen zupft, dann will ich auch von Herzen gratulieren, Herr. Man sagt ja nicht umsonst: Kommt auch die Liebe spät, hat sie der Amor doch völlig zu recht gesät."

Nun ja, dachte er, erst zweifelnd, dann sicher, ein Wunder ist es nicht, dass mich die Schielende begehrt, ist nicht die Schönheit mir seit Anbeginn zu eigen und edles Trachten mein Begehr von Jugend an? Des Künstlers Herz, des Mimen wunderbares Mienenspiel, weckt allenthalben herrlichstes Entzücken. Das ist es, was die Weiber wollen: einen wie mich, rank, schlank und stark, von klarem, leuchtendem Verstand.

Den Brief einsteckend: „Geht, Schlottke, besser noch, Ihr lauft ins Dorf, es soll, wer will, mit Freuden sich mit Freibier und Champagner unter Wasser setzen und wer ein Brathahn will, ein zartes Lamm, ein fettes Huhn, gerupft, geklaut oder gestohlen, das alles ist mir einerlei, nur her mit diesem Zeugs und schmückt den Marktplatz mir mit Fahnen und Girlanden, auch soll ein Blasorchester mir die Wittelsbacher Hochzeitspolka spielen und fahrt zehn Kutschen vor, mit goldenem Geschirr und Schleifen, dazu elf Kutschen oder zwölf für meine Braut."

Heiliger Bimbam, dachte Herr Schlottke und wusste mit seinem Triumph gar nicht mehr, wohin. Jetzt hat es ihn erwischte, soll der Erwischte ruhig noch ein Weilchen schmoren.

„Dass auch der Kanzler kommt, Schlottke, des Fuhrmann Henschels pralles Weib und seinen Tanten aus Amerika, der Bischof mit der Weinbrandnase, die Queen mit Krone, Kutsch´ und Prinzgemahl, kurzum, her mit den Pfeifen. Es soll die Sonne sich mit dem Mond am Hochzeitstag das Scheinen teilen, Schlottke, geht hoch, nur zu, rasch rasch, von mir aus alle dreißig Stufen und bringt´s den beiden bei. Oh leises, grenzenloses Glück, das meiner harrt und wär es nicht die Liebe selbst, die mir und Rosamunda lachte, Schlottke, ich wär doch tatsächlich versucht, an einen dummen Scherz zu denken."

„Wird alles herbestellt, Herr, alles herbestellt, das Eine wie das Andere und noch viel mehr, aber im Vertrauen, Herr, was schreibt Euch denn die, die so herrlich zweigleisig guckt?"

Da er aber sah, dass sein Herr außerstande war, vorzulesen, bat er ihn um den Brief und las:

„Moin, moin, lieber Herr, weil es mir hat
die Sprache tat verschlagen tun, ich aber
mit Gedanken und Gewerks,
was einen so immer anfällt bei Tach, bei Euch
bin, danke ich für was Sie so nett
mir haben geschrieben, weil ich das Selbige in
meinem Herzen
bin bereit für Euch zu spüren.
Was die von Sie genannte Hochzeit anerlangt,
weiß ich gar nicht mehr, was anziehen und
beim Ausziehn was tun um Mitternacht,
Ihr seid mir ja ein so kluges Geschöpf, dass ich-"

Eben noch friedlich, ging er ihm an die Gurgel.

„Ist er noch ganz im Hirn? Wie, was? Er soll die Worte lesen, wie sie in Reih und Glied gestaffelt und gestriegelt stehn. Nochmal. Den Satz, den ganzen."

„Tut mir leid, Herr, aber schon mein alter Herr, der Herr Winkelmann hat mich dahingehend mit dem Rohrstück gezüchtigt, nur immer das zu lesen, was die Augen sehen, dann rutscht es einem nämlich von den Augen ins Gehirn und von da an auf dem schnellsten Weg auf die Zunge."

Ergriffen, indem alles in ihm tobte, was von Wahnsinn war, nahm er den Brief wieder an sich. „Welch reines, unbeflecktes Herz aus diesen Zeilen spricht, Schlottke. Und eine Anmut kommt zum Tragen, die im Wahren, Edlen waltet, in Worten, schlicht, im Denken ohne einen Makel, mit einem Wort, die reine Poesie."

Poesie, Schlottke, dachte Herr Schlottke bei sich, Poesie, hast du das gehört? Jetzt ist es soweit, jetzt schlägt mir Dichter endlich die verdiente Stunde.

Als er sah, wie zärtlich der Betrogene den Brief küsste und seinen Hirngespinsten freien Lauf ließ, ergriff er seine Hand: „Auf ein kurzes Wort, Herr, denn ich sehe, für ein langes seid Ihr gerade nicht in der Stimmung. Aber wenn mich nicht alles täuscht, dann schreibt die Gnädige von einer Hochzeit. Soll ich vielleicht, wie unlängst schon von Euer Lordschaft befohlen, rasch ins Dorf sausen und Freibier, Freischnaps, Freihahn, Freihuhn, Freihammel, Freibraten, Freiochsen und Schmalzstullen bestellen?"

„Bestellt, bestellt, Schlottke und wenn Ihr mich fragt, was Ihr wollt."

„Ach ja, dann hätte ich noch den Jägercorps aus Waidmannshausen zu bieten, Herr, damit es Euch und Eurer Braut die Waidmannshauser Quadrille, den Holsteinischen Gänsemarsch und den Diethmarschen Froschwalzer darbietet."

Dem widersprach er nicht, war er in Gedanken doch bei der schönen Rosamunda. Sein Herz raste, sein Magen knurrte, sein Kreuz juckte, sein Schädel dröhnte, und wenn der gute Schlottke nicht über einen

Stein gestolpert und mit der Nase zuerst in einem Kuhfladen gelandet wäre, was ihn bewog, lauthals zu kichern, er wäre vor Liebeswahn wohl zergangen.
Sich aufraffend, die schmierigen Fladen von den Hosen abwischend, dachte Herr Schlottke, wenn mein Brief ihn schon so behände ins Bockshorn jagt, wie muss es erst um das Schielauge bestellt sein, das ja dümmer ist als ein Ballen Stroh im Herbstgewitter, hatte er Rosamunda doch mit Hilfe der Mutter Jolanda seinen zweiten Liebesgruß zukommen lassen, in welchem es hieß:

„Oh, Zierde aller Weiblichkeit, mein Augenschmaus, mein Honiglöffelchen. Ihr seid der süße Docht, der flammendheiß mein Herz entfacht und tausend Träume weckt mit Eurem Namen. Ach, wenn der Rausch der Liebe doch immer bei uns bliebe.
Schon träume ich, betreffend Eures Leibes, vom Segen einer reichen Kinderschar. Ob's Knaben werden oder Mägdelein, Rosamunda, sind es nur unsere, so soll der Himmel unser Beistand sein.
Gerülpst, gefurzt, sagt selbst, die Welt kann uns am Arsche lecken, Rosamunda und lenkt sie ein, sie lecke nicht, grad heute habe sie zu tun, was soll s? Wir nehmen selbst das Schicksal in die Hand. Sagt einfach ja, dann tu ich's auch.
Lasst uns am Sonntagabend, wenn traulich Mensch und Säue schlafen und alle Pflaumen Tatort glotzen, an Treesemanns Mastanstalt uns treffen.
Es grüßt der Erbe der La Mancha, der unerklärbare Jasper-Balderich Stiller, genannt auch feuriger Ritter von der ergötzlichen Gestalt."

Siebzehntes Kapitel

Dick und bleich stand der Mond am Himmel, aus Bauer Treesemanns Mastanstalt drang der anregende Duft der Schweine, während sich in die abendliche Stille leises Grunzen mischte, da traten sie mit jagendem Herzen aufeinander zu. Er zog den Hut. Nun war ihm aber so wirr im Kopf, dass ihm nichts Passendes zur Begrüßung einfallen wollte, bis er sich Gustav Eberlings „Herbst in Marienbad" erinnerte, in dem er Wilfried den Starken, einen Enkel von Wilfried dem Schmächtigen, gespielt hatte und den Monolog aus dem dritten Akt, erste Szene, für das Beste hielt. Eine Szene, in der Wilfried der Starke sein Monokel verloren hatte und dieses, da Wilfried kurzsichtig und ohne Sehhilfe hilflos, hektisch unter dem Reifrock der Fürstin Pauline von Pluggenheim suchte, als man des Fürsten Schritte nahen hörte.

„Wohl ewig währt des Mannes Suche in eines Weibes Rocke nach Glück, meine Fürstin, habt Ihr das Scheißding nicht verschluckt, ich wüsste nicht, wo sonst noch suchen.

Doch horcht, es klirrt mir nah und schrecklich in den Ohren – der Herr Gemahl, verdammtnochmal! Ist er nicht auf der Jagd mit Butterbrot und Pfeife, die Pfeife?

Trifft er mich hier, in dieser Pose, sein eigen Weib befummelnd mit Gelüsten , dann gnad´ uns Gott und lehr der Henker uns das Beten."

Als sie ihn reden hörte, erfasste Rosamunda ein heißer Schauder. Hör genau zu, dachte sie, dann kannst du noch viel lernen, so spricht man nämlich in den besseren Kreisen. Dann nahm sie die Rose, die er aus seinem Knopfloch in ihre Hand befördert hatte und schnupperte daran.

Kaum hatte sie das Kinn gereckt und ihn bewundernd angeblickt, fuhr er herum und spähte nach allen Seiten. Soll mich der Kuckuck holen, dachte er, wer strolcht hier rum? Und wenn, dann wann und auch das Wie wär noch zu klären, wo jenen hat der Erdboden verschluckt.

„Gelangtet Ihr, die Offenheit der Rede sei erlaubt, im Beisein eines Witzboldes hierher? Womöglich noch im langen Schatten eines Gauners, der, kaum zugegen, im Nirgendwo verschwand?"

„Moin, werter Herr Studiosus, aber nehmt es mir nicht übel, polnisch kann ich nicht. Hier auf dem Land geht

alles mit anderen Dingen zu wie da, wo Ihr weg kommt."
„Das Land ist flach, der Ochsen viele, ja, das ist wahr und auch der Mensch, nur nebenbei, kommt öfter mit dem Milkschemel daher, als eine Kuh in einem Anzug steckte."
Er lachte, des Scherzes wegen, der ihm vortrefflich erschien. Und zärtlich, ihren Arm nehmend:

Ob sie nicht ein Stückchen gehen sollten? Schon manches Liebesglück auf Erden, was still und unscheinbar begonnen, sei rasch erblüht, indessen man die Beine Seite an Seite in die Hand genommen.
Erschrocken sah sie zu ihm auf.
Von vorne sieht man nicht´s, dachte sie, die Augen sind komplett und auch die Ohren stimmen.
Halb zog er sie, halb stolperte sie hinter ihm her.
Nachdem sie ein paar Meter gegangen waren, blieb er stehen und sah sie an:
„Der Kinder reiche Schar, Rosamunda, der Windeln volle Ernte, der Enkel frohes Spiel, wie gerne teilte ich mit Euch, was Leben mit den Liebsten heißt und säße ich im Schaukelstuhl dereinst in fernen Tagen, von Gicht geplagt, das Pfeifchen längst erloschen, wie gerne säh ich Euch beim Aufhängen der Wäsche auf die straffgespannte Leine zu."
„Machen Sie das nochmal."
„Der Kinder reiche Schar, Rosamunda, der Windeln volle-."
„Nein, nicht das. Rosamunda, wie Sie das sagen. Sie sollen es sagen, los, Rosamundaaa, bitte."
„Rosamundaaa."
„Rosamundaaa. So ist gut, jetzt weiter."
„Indessen Ihr in warmer Stube mir Tee und Knödelsuppe reicht, von frischem Labskaus ganz zu schweigen, belieben wir, der Wetterkarte Hochs und Tiefs zu schauen, bevor der Tatort kommt und uns das Schaudern packt beim ewgen Zwiespalt zwischen Gut und Böse."
Da wurde ihr ganz warm ums Herz, dachte aber,

ob er der Richtige ist, muss er erst noch beweisen. Er ist so schlau und bestimmt ein ganz Studierter, aber weil er der Erste ist, der sich mit dir verabredet hat, musst du lieb zu ihm sein, Rosamunda.
„Ich guck manchmal Kochen mit Ellis um halb drei, aber meistens mache ich dann das mit den Schweinen. Wenn man Schweine nicht behütet, passt man nicht genug auf sie auf und sowas muss man immer mit wer weiß was bezahlen, stimmt´s?"
„Wer stets bezahlt und redlich schafft, dem schenkt der Herr viel Ehr und Kraft, Rosamunda, doch seht nur, schaut, das grüne Bänkchen, wie traulich es uns winkt, als riefe es, kommt, eilt herbei, Ihr Zwei, ruht Euch nur aus, ich schau derweil ins weite Land hinaus."
Jetzt siehst du, dachte sie, während sie auf die Bank zusteuerten, wie weit es einer im Leben bringt, wenn er nur reden kann, denn wer reden kann, hat es gut und braucht auch keine Schweine hüten wie du.
Sie saß schon. „Setzen Sie sich nicht, mein Herr?"
Tiefe Verbeugung.
„Ein Gentleman kennt keine Eile und schreitet, falls geboten, erst zur Tat, sobald Myladys reizendes Popöchen sich niederlässt auf eine Bank wie diese."
Verlegen scharrte sie mit den Schuhspitzen im Schotter.
„Popöchen? Was ist das? Sagt nichts, mein Herr, wenn es was Schlimmes, Verbotenes oder was ist, wofür man ins Gefängnis kommen kann oder wofür man auf Landratsamt muss. Aber wenn es etwas ist, was Ihr denkt, dass ich es wissen muss, weil es alle wissen, nur ich nicht, weil mir das in der Schule keiner gelernt hat, nicht der olle Lehrer Schulzke und auch nicht der Marschiske, dann nur raus damit. Und soll ich Sie was sagen? Ach, ich sags einfach, so. Ich muss nämlich sogar 20 Schweine hüten und glaubt mir, Herr, es ist leichter, die ganze Kirche zu schrubben oder eine Woche auf Opa Ölskjard aufzupassen, als 20 Schweine zu hüten."
Himmel, was für ein reizendes, gut gewachsenes Geschöpf, dachte er, voller Freude ihren Busen

betrachtend. Und dieser reine Quell der Worte, welch wacher Geist doch in dem süßen Frauenzimmer waltet.
Seinen Arm um ihre Schulter legend:
„Beginnen wir des Menschen Leib von jener Seite zu betrachten, die, kurz gesagt, zum unteren Bereich der menschlichen Gefilde zählt, so stößt, wer eifrig Ausschau hält in diesen Tagen, auf zwei Gesellen, die nach des Volkes Sprachgebrauch Arschbacken heißen, ist dieses Teil, bezüglich der Verdauung kein unerhebliches Organ, von zierlicher Form und Größe, so darf man es getrost Popöchen nennen. Denn würd der Mensch von seines Darmes Fracht nicht regelmäßig scheiden, was oben er sich vollen Maules in den Schlund geschoben, was glaubt Ihr wohl, Rosamunda, wie schnell und schallend unsereiner platzen und alles durch die Gegend schießen würde, was in Vitrinen aufzuheben nicht einem zu empfehlen wäre?"
Je länger sie ihm zuhörte, umso mehr glaubte sie, er wolle ihr einen Bären aufbinden.
Kommst du mir so, dachte sie, komm ich dir anders.
Keck hob sie Kinn und Mund.
„Mich hat noch nie einer geküsst? Sie?"
Die Frage kam unerwartet.
Die Antwort stockend.
„Der Kuss als solcher, meine Schönste, zumal von Mund zu Mund vollbracht, hat schon so manchen um Haus und Hof gebracht. Obgleich ein Kuss ganz selten nur mit einem Knall geschieht, muss man sich dennoch erst die Zähne putzen."
Sie war enttäuscht.
„In sowas habe ich nie was gelernt und es ist nicht recht und teuer, Herr, dass Ihr meine eigene Unschuld ausnützen tut, um mir einen Vortrag in was zu halten, wo ich nicht mitreden kann. Ob Sie schon mal geküsst haben, wollte ich nur wissen."
Das Kinn auf der Faust, kam er ins Grübeln. Dann:
„Es ist des Schlottkes Pflicht, Rosamunda, der Anzahl meiner Küsse wegen Protokoll zu führen. Es heißt, mein Kuss, wie auch die Kühnheit meiner

Sinne, hat Frankreich unlängst in den Krieg gestürzt. Bei Hofe war´s. Vermutlich in-."
Kann man sagen, dass Rosamunda glotzte? Kann? Man muss.
„Und wo, wo waren die Franzosen, als Ihr das gemacht habt, mit dem Küssen, werter Herr?"
„Die einen standen hier, die andren verweilten dorten", - er zog mit dem Finger zwei Linien in den Sand, - „historisch waren sie betrunken. Man sagt, der Wein, der sonst dem Franzmann füllt recht froh und friedlich die Gläser, sei allen in den Kopf gestiegen."
„Ja ja, der Wein und dann?"
„Bei Hofe war´s, vermutlich in Versailles. Man tanzte Walzer, blinde Kuh und Reigen, da riss Prinz Antoine dem Vielgehörnten seine Liebste ich aus seinen Händen. Der Saal, er tobte, von Notre Dame drang schaurig schon Geläut herüber, es blitzte im Geschmeide goldner Lüster so mancher Degen wider meine Keckheit auf. Madame und ich, wir flohen eilends in ihr Boudoir, wo links ein Bett verborgen unter samtbespanntem Baldachin, auf goldnen Füßen stand. Nun gut, wir waren jung, in Flammen standen Bauch und unsere Herzen, so wählten wir der Nacktheit Nutzen, auf diese Weise wälzten wir uns balzend in den Liebesrausch, auch kam es vor, dass mancher Schrei der Lust in lautem Klang nach England drang, da sprang sie auf-."

„Die Madame von dem Prinzen oder wer sprang auf?"
„Die nicht, wo denkt Ihr hin? Madame blieb, wo sie war – gesittet unter meiner Brust. Es war die Tür, die springend sich in Szene setzte, eintrat er selbst, Zar Nikolajew Petrowitsch Pjotrwoski persönlich, ein Biberfell von Mann, dem Mutterschoß mit einem Orden um den Hals entkommen, mit Zähnen, wie geschliffen für das Beißen, an seiner Seite tausend Mann, nicht einer derer, die versammelt, fehlte. Mein teures Weib, mein Weib, so schrie, in Zorn entflammt der Herr Zarewitsch, mit diesem Recken finde ich mein Täubchen engumschlungen? Ach ja, dann

spielte er noch kurz auf meine nackten Zehen an, die neugierig dem erhitzten Laken lugten."
„Schön und gut, aber wo bleibt der Krieg? Ihr habt mir einen Krieg versprochen, den will ich jetzt sofort haben, so." Rosamunda stampfte auf.
Er, jetzt in seinem Element, kicherte stoßartig.
„Vom Zaren derart angeeckt, schwollen mir Kamm und Schläfe, die Fäuste, längst geballt und willens zur Attacke, drosch ich ihm mehrmals mit Gespür auf seine Nase, schon spritzte Blut, ich wusch mich kurz im Bade nebenan, die tausend Russen hinterher, ich setzte einen Blinker rechts und floh nach links so schnell ich konnte. Da sprangen die Kosaken, von mir gefoppt, mit Pferden und Haubitzen in die Seine, doch kehrten sie gekämmt, die Haare frisch geföhnt, zurück am nächsten Morgen, dem Wodka dankend und der mitgeführten Balalaika."
„Eine Balalaika", rief Rosamunda und klatschte vor Entzücken in die Hände, „oh wie schön, eine richtige, in ganz Russland gemachte Balalaika."
Nanu, dachte er, und beäugte sie zufrieden von der Seite, wie schnell ich doch die Frauleute immer wieder aufs Neue rasend mache.
„Vom vielen Wodka saufen wie enthemmt, mit Feuer in den Augen, so rückten mir die Russkis auf den Pelz, ich, schlau wie stets und kühn wie keiner, sattelte geschwind mein Pferd, beschrieb dem Klepper Weg und Wetter, band ihm den Kompass um den Hals, ließ ihn sich noch auf die Schnelle noch rund und glücklich fressen, und ob Ihr's glaubt oder mich den Oberlauser aller Lauser nennt, noch schneller als der Teufel in den Ofen spucken kann, trug mich mein Brauner hoch über Rhein und Mosel, tief unter uns das stolze Münsterland, Porta Westfalica und Lübecks sieben Türme, Richtung Berlin, wo ja der Kaiser hauste mit den Seinen. Seine Hoheit selbst, ein Kerlchen ohne Witz und einen Funken Geist im Hirn, mit Namen Wilhelm, Otto, Anton, Egon oder dergleichen, er krönte mich tags drauf, zu jenem, den man hierzulande nennt, den Ritter von der ergötzlichen Gestalt."

Sie sah ihn, ohne jemals zu vergessen, dass er sie auch ansah, als sie ihn ansah.

Es gibt nur zwei Möglichkeiten, schoss es Rosamunda durch den Kopf, entweder ist der Mensch übergeschnappt oder er will mich hinter die Birke führen. Die Tollheit will ich ihm verzeihen, dass er mich auf den Arm nimmt, nicht.

„Was muss das für ein komisches Pferd sein, das von Paris nach Berlin springt, Euch im Sattel und den Deibel im Nacken hat."

Die Frage verstand er nicht, hatte er sich doch klar und deutlich ausgedrückt, sich auf das Nötigste beschränkt, kein wichtiges Detail vergessen, kein überflüssiges dazu gedichtet.

Er überlegte, die Stirn in Falten.

„Das zu erklären, bin ich hier, drum sprecht von Glück, mein trautes Häschen, dass ich zur Stunde nicht in Rio oder Mailand weile, noch fiebernd irre durch die Weiten Kurdistans. Nicht der Verstand, der freie Geist, der Ketten sprengt, Undenkbares zu wagen, ließ Flügel wachsen meinem Braunen, den ich, im Wissen um die Mühe unsres Fluges, beim Absprung Fantasie getauft. Kam uns ein Berg, der Dome Turm, des Nebels Dunst, der Wolkenkratzer Zackenwand entgegen, so rief ich nicht nur hü und hott, auch riet ich ihm, die Beine an den Bauch zu klemmen. Quälte ihn der Durst, so ließ ich ihn in Höhe Freiburg wissen, des Hungers grimmiges Verlangen, so friss und sauf dich frisch und rund an Sturmgebäck und Regenwolken."

Ach Gott, der du die Jahreszeiten erschaffen hast, dachte Rosamunda, in Gedanken all das Garn zusammenraffend, das er gesponnen, er kann wirklich nichts dafür, also will ich ihm nicht böse sein, sondern dem Armen helfen, wo ich nur kann.

Da ging es von Neuem los: „Ich hatte meinem Schlottke diesbezüglich kaum Bericht erstattet, nun gut, das mit dem Kompass ließ ich aus. Sein Hirn versagt, so müsst Ihr wissen, wann immer es auf fremde Wörter trifft-."

Ein Schrei. Dann zwei. Dann noch einer und noch ein weiterer. Beim achten oder neunten Schrei hörte er auf zu zählen. Herr Schlottke, der die beiden Turteltäubchen erwartet hatte, hatte sich nämlich hoch oben in einer Buche versteckt, welche hinter der Bank stand, auf dem die zwei miteinander plauderten. Als er aber hoch droben im Geäst hockte und hörte, wie abfällig sich sein Herr über sein mürbes Hirn äußerte, hatte er sich immer weiter auf dem schwankenden Ast vorgewagt, um besser hören und sehen zu können, bis er den Halt verlor und sich ans Fliegen machte; nun dauerte der Flug aber nur kurz, so dass der gute Schlottke wenig von der prächtigen Aussicht hatte, da er binnen kürzester Zeit auf der Wiese landete, weswegen er zu dem Halbzermürbten trat, ihn kopfschüttelnd betrachtete und ihm das Wollmützchen richtete.

„Beim Möbius, dem Oftgenannten, Schlottke, Mann, was seid Ihr bloß für einer, dass jählings Ihr in kühnem Trachten Euch gestürzt in diesen Wiesenschaum, womöglich gar manch braves Käferlein beim Krabbeln und beim Schmausen störtet, doch sagt es frei heraus und schämt Euch Eures Elends nicht-."

Der so Begrüßte, kaum fähig, von all den zermürbten Knochen, zerschundenen Gliedern und blutenden Knien auch nur einen noch beim Namen zu kennen, stöhnte:

„Zur Hilfe, Hilfe! Und tausend Flüche Euch, wenn Ihr nicht aufhört, Euren Wahnsinn an mir auszulassen, seht Ihr denn nicht, wie ich verblute, verrotte und vergehe?"

„Krepiert mit Ehre, aber tut´s, Schlottke! Ich will kein Winseln und kein Jammern hören. Ein Kerl wie Ihr, von allen Dämlichen der Erste, wird doch noch sterben können ohne Wehgeschrei, wie, was?"

„Ihr steht auf meiner Hand, Herr, aber wenn das nur mein einziges Problem wäre, so würde ich dem Herrgott jetzt und alle Zeiten dankbar sein, aber so, wie es aussieht-."

So ging das noch ein Weilchen, aber da er seinen Schlottke kannte und wusste, dass es keinen gab, der so gekonnt aus zwei Mücken zehn Elefanten machte, ließ er zappeln und gewähren.
Um Schlottkes Kreislauf in Schwung zu bringen, da ihm dieser doch zum Erliegen gekommen erschien, versetzte er ihm ein paar gutgemeinte Backpfeifen und sprach:
„Was trieb Euch, Schlottke, den grünen Wipfeln zuzustreben, von Ast zu Ast Euch schwingend, als wäret Ihr ein Vögelein, der Wolken Nähe aufzuspüren? Dass Ihr verrückt sein, braucht Ihr nicht zu sagen, die Kenntnis hab ich auch und werd sie allezeit behüten."
„Mein letztes Stündlein naht", drang es an seine Ohren, „jetzt, da es schlägt, gibt´s kein Entrinnen."
„Hört zu, Schlottke, in Koblenz war´s, nach Hamlet saßen wir beim Wein, Ophelia aß Austern ohne Sauce, ich Heidelberger Wurst mit Krautsalat, da-."
„Euer Wein in Koblenz, Herr, Eure Opheliata und der ganze verdammte Krautsalat aus Heidelberg können mir, ehrlich gesagt, sowas von gestohlen bleiben, wie es gestohlener nicht geht, Herr, zum Teufel oh, mein Buckel, aaaah-."
„Er muss bei allem, was er von sich gibt, das Pathos und das Augenrollen meiden, Schlottke, das Volk verlangt zu recht, dass Ihr in Würde aus dem Dasein scheidet. Wollt Beifall Ihr, der Menschen Herz und Gunst erringen, Schlottke, so haltet jetzt das Maul und glotzt nicht in die Welt, als käm´ mit Euch der Menschheit etwas Brauchbares abhanden, und dann noch eins, Schlotte-.."
„Was mein Maul angeht, Herr, nennt es von mir aus zerfetzt, zerbombt, zerschossen oder zerstückelt, aus der Zeit und meinetwegen auch aus der Mode gekommen, aber sagt gefälligst Mund und nicht Maul dazu, wenn Ihr mir jetzt vielleicht eine Hand reichen oder wenigstens so tun würdet, als-."
„Gestorben wird, wenn ich es sage, Schlottke und nicht, wenn so ein Schlumpf wie Ihr danach verlangt, verstanden? Jetzt hoch mit Euch, den Hintern in die

Hose, nein, wartet, bleibt, jetzt ist die Zeit, den Kerl zu untersuchen."

So herzzerreißend sich Herr Schlottke mit seinem Geschrei auch gebärdete, die Blicke seines Herrn gehörten Rosamunda, wie entzückend sich ihr Röckchen doch im Wind bauschte, die Haare flatterten, die Wangen glühten, die Äuglein schielten und das Mündchen spitzte, kurzum, es packte ihn ein solches Verlangen, dass er, halb schmachtend, halb noch irrer werdend, die Schicksalsstunde seiner Keuschheit gekommen und diese vor eine schwere Prüfung gestellt sah, weswegen er sich kräftig schneuzte, um die Nase freizukriegen, da er diese, solange sich Rotz und anderer Unrat darin staute, für den Ursprung aller Lüste hielt.
„Wenn er noch nicht ganz tot ist, dann aber halb, manchmal kommt noch, was noch gar nicht da ist", stieß Rosamunda, die Hand des Halbzerquetschten ergreifend, hervor, „ich glaube, er hat sich was gebrochen, auch Prellungen kommen bei sowas vor, ich will ins Dorf rennen, dem ollen Schuster Brinkmann seine Änne holen, die soll mit ihren Kräutern kommen, ich helf ihr auch beim Tragen."
Jetzt war ihm aber nicht entgangen, dass Schlottke bei aller Rippenpein und allem Gliederknacken, das ihm zu schaffen machte, Rosamundas Hand gar nicht mehr loslassen wollte, sondern sie auf so unverschämte Art und Weise streichelte und liebkoste, dass er in Wallung kam.

„Geprellt, verstaut, gebrochen oder ins Knie geschossen, verehrte Rosamunda, das alles zählt nicht, wenn der Schädel birst mit krachendem Getöse, nun gut, bei Schlottke mag die Sache anders stehen, dem Plumpsack ist das Hirn zerfranst beim Sinkflug aus den Wolken, da hilft kein Hexenkraut, kein fasten und kein beten, exibitus qua mortus babikus, wie wir Chirurgen sagen, erst muss den Schädel man mit einem Hammer spalten, dann wird tief drinnen in der morschen Rübe aufs Neue Kraft und Segen walten, in Ewigkeit."

„Amen", stöhnte Herr Schlottke und wollte schon die Schmähungen und Vorwürfe, die ihm auf der Zunge lagen, ordnen, um sie seinem Herrn ins Gesicht zu schleudern, da riss unser Held Rosamunda, die am Wegesrand eine Kamille entdeckt und gepflückt hatte und schon dabei war, damit Schlottkes Bauch einzureiben, zurück.

„Was sucht Ihr mit der Hand an dieses Strolches Leibesmitte? Sitzt da etwa des Menschen Geist und fügt zu Zucht und Tugend sich, was eben noch des Fleisches Treiben?

Und was erkühnt Ihr Euch erhitzten Sinnes, von Gier entflammt, des Lumpen Gürtel im Schatten dieser Schweinemastanstalt zu lösen?

Bedenkt die edle Absicht, Rosamunda, das ehrenwerte Vorwärtsschreiten meiner Beine, die mich hierher geführt, Euch, Schönste aller Rosen, der Friesen Stolz, der Kühe treue Hüterin, dereinst in stillen Stunden, wenn sanft das Mondlicht auf den Schafen ruht, ganz hemmungslos auf Hand und Stirn zu küssen."

Schon trug ihn sein Wahn davon, eilten seine Gedanken den Ufern der Zukunft entgegen, wo er sich neben Rosamunda auf seiner Bank hoch oben auf dem Deich sitzen sah, eng umschlungen, beide eins mit sich und dem Anderen, ein jeder auf seine Art verbunden mit dem ewigen, unerforschlichen Zauber der Liebe, während sich das Mondlicht silbern auf dem Meer spiegelte, als ihn Herr Schlottke aus den Träumen riss.

„Da eilt sie fort, beim rostigen Sechszylinder meines Neffen, dem Straßenfeger Kasimir aus Großwannstatt, Herr, die seht Ihr so schnell nicht wieder. Man sagt ja nicht umsonst-."

Er holte eine Lupe aus der Tasche, die er bei sich trug für den Fall, dass er die Brille vergessen hatte und besah sich Schlottkes Schädel durch das Vergrößerungsglas. Die Stirn in Falten, schüttelte er

den Kopf, weswegen Herr Schlottke das Schlimmste befürchtete.
„Ist was, Herr? Ihr schaut so bekümmert, als würde mir was fehlen. Ach Gott, sicher fehlt mein Kopf. Ich seh´s Euch an. Dann macht, springt und sucht, bevor die alte Haube rostet und nicht mehr auf den Hals passt, wenn Ihr ihn findet."
Warte, Bursche, dachte er, dem schwante, dass es kein Zufall sein konnte, dass Schlottke ausgerechnet zu der Zeit hier im Baum gehockt hatte, als er mit Rosamunda auf der Bank ins Plaudern kam.
Also nahm er wieder die Lupe, inspizierte Schlottkes Schädel aufs Neue, steckte die Lupe weg und sprach mit ernster Stimme:
„Der Kopf ist da, Schlottke, seid ohne Sorge, doch naht im Sturmschritt schon der Schnitter. Das linke Hirn, es steckt im Laptus Kajus, wie wir Ärzte sagen, indessen sich der Morbus Linktus, der Großlappen des kleines Mores Futus, ins linke Ohr geschmuggelt. Da hilft nur eins, jetzt heißt es, tapfer alles Kommende ertragen, ich muss Euch hier und jetzt mit meinem Taschenmesser operieren."

„Hilfeeeee! Hört mich denn keiner? Hilfeeee! Muuuupffuuuiiii."
Um ihn zum Schweigen zu bringen, hatte er ihm einen Grasbüschel ins Maul gestopft.
„Beißt, wie ein Mann auf dieses saftig grüne Gras, Schlottke, dann spuckt Ihr mir nicht gleich die Vorderzähne ins Gesicht und tragt, was immer kommt, mit Gottes Segen, zum Nähen muss mein Schnürsenkel reichen, drei Schläge mit dem Hammer tun´s, denn nur geborsten und gespalten kann Euer Eierkopf von mir gerichtet werden."
Er hatte sein Taschenmesser noch nicht aus der Tasche, da geschah ein Wunder, denn kaum, dass Herr Schlottke gehört hatte, welch blendende Aussichten ihm bevorstanden, waren all seine Schmerzen vergessen und er rannte so schnell er konnte quer über diese Wiese ins Dorf zurück. Nur weg, dachte er im Fluge, nur schnellstens weg von

hier, der Wahnsinnige ist zu allem fähig und säbelt mir am Ende noch den Kopf vom Hals.

Achtzehntes Kapitel

Nun war unser Held, wie man so schön sagt, seiner Zeit voraus, denn blickte er nach vorn, sah er all die wankenden, schwankenden Gestalten, die Stümper und Nieten, die Stammler und Stotterer schon als strahlende Helden im Scheinwerferlicht, als Lieblinge der Leinwand, Heroen der Bühne, verwöhnt und gefeiert von den Feuilletons.
Er stellte sich vor, wie Schlottke den Hamlet gab, zumal den Wahnsinnigen aus Dänemark niemand auf natürlichere Art darzustellen vermochte. Ließ er seiner Fantasie freien Lauf, erspähte er sie geschlossenen Auges: die endlosen Menschenschlangen, wie sie vorüberzogen, eine murmelnde Prozession der Kunstgläubigen. Wie die Massen dichtgedrängt vor den Theatern lungerten und auf sie lauerten, wie die Tollgewordenen schon am frühen Morgen, ach was, frühen Morgen?, wie sie schon am Abend, nein Wochen, wenn nicht gar Monate, vor der Premiere zu Tausenden und Abertausende zu den Theaterkassen strömten, wie sie sich vor der Umkleide ihrer Idole die Toupets von den Köpfen, die Knöpfe von den Mänteln, die Kleider vom Leibe, die Kinder vom Halse und die Eintrittskarren aus den Händen reißen würden.
Nun hielten aber die Proben nicht das, was er sich davon versprochen hatte, da ein Texthänger dem anderen folgte und das Ganze eine Katastrophe zu werden drohte.
„Ach, mein Liebster", seufzte Frau Müller, die Irma Kantstein gebend, des verschollenen Jagdfliegers Bruno Kantstein verzweifeltes Weib, das immer, bevor es sich das Mittagssüppchen kochte, ans Fenster trat und nach ihrem Bruno Ausschau hielt, „jetzt stehe ich hier und schaue aufs Meer. Denkst du noch an unsere

Klippen, die Möwen, mein Liebster? Hörst du ihren schrillen, rauen Schrei, der mich so ängstigt, als wärst du es, der da draußen auf dem weiten Nacht meinen Namen schreit.
Pass auf Dich auf, dass Dich die Hummeln-."
„Der Himmel, Frau Müller, der Himmel", verbesserte er, „dass Dich der Himmel und all seine Engel-."
„Dass dich der Himmel und all seine Engel durch Nacht und Tod, mit Leib und Brot-."
„Durch Nacht und Tod, in Leid und Not, Frau Müller, eines nach dem Anderen."
„Was habe ich Ihnen gesagt", brüllte Herr Schlottke Frau Wanning ins Ohr, „das ist Theater. Man sagt ja nicht umsonst: Willst Du Dein Brot verdienen auf der Bühne, so braucht es weiter nichts als Kühne."
„Na Gott sei Dank", brüllte die Halbtaube zurück, „und ich dachte schon, das Wetter."
Na schön, dachte Herr Schlottke und besah sie sich mitleidig von der Seite, das macht das Fieber, das alle Künstler befällt, wenn sie am Ruhm schnuppern.
Als hätte sie Herrn Schlottkes Gedanken gelesen, ritt Frau Ortmann, die in der geplanten Neufassung des Leinwand-Epos "Horch, wie die Amsel singt", die Kurtisane Esmeralda spielen sollte, plötzlich der Teufel. Sie hob geschwind Rock und Beine, drehte sich dreimal im Kreis und viermal im Rechteck herum, gackerte wie eine verliebe Gans und bot sich unserem Helden, der in besagter „Amsel" den humpelnden Kasimir gab, zu allerlei Vergnügungen an.
Herr Schlottke, der dem von Jasper Stiller verkörperten Bergführer Sepp Lechmoser in dem grandiosen Bergidyll „Wo die Alpenveilchen blühen", ein treuherziger, wenngleich geistig erschlaffter Aloysius, also ein Depp ersten Ranges, war, sank auf die Knie und grapschte in der Absicht, dem Bergführer Lechmoser beim Anstieg auf den Oberkraxlstein einen Kuhfladen aus dem Weg zu räumen, versehentlich nach Frau Wannings Beinen, worauf diese nicht nur mit der Handtasche auf den Lüstling eindrosch, sondern diesem auch noch mit dem Rollstuhl über die linke Hand fuhr, was sogleich

große Begeisterung bei den Umstehenden auslöste. Herr Wertheim, der sich bei den Proben mit inszenatorischen Tipps hervorgetan hatte, schlug vor, Frau Wanning könne doch mit dem Rollstuhl solange über Herrn Schlottkes Hand fahren, dass diese im zweiten Akt zerstümmelt, im dritten amputiert und im Schlussakt im angenähten Zustand wieder zum Vorschein käme. So gut Herrn Wertheims Idee auch war und so viel Beifall sie im Ensemble auch fand, nur fehlte es in der Abstimmung am Ende an einer Stimme, da man sich vorgenommen hatte, dramaturgische Neufassungen nur dann in die Tat umzusetzen, wenn diese einstimmig beschlossen wurden.

Weiß der Kuckuck, warum, aber Herr Schlottke stimmte dagegen, dass er sich im dritten Akt, wenn auch nur vorläufig, von seiner Hand trennen sollte.

Neunzehntes Kapitel

Als sie die kleine, nach heißgemachtem Kakao duftende Dachkammer betraten und er sah, dass Billy Joe ihn erwartungsvoll anschaute, ging er zu seinem Bett, verneigte sich, lüftete den Deckel des mitgebrachten Schuhkartons, in welchem Herr Schlottke seinen Hamster Karl gepflegt hatte, bis der Hamstertod in Karlchens Leben trat, hielt ihn dem Jungen unter die Nase und sprach:

„Ein dreizehnmal auf Paganinis Geige gespieltes Vivat dem nie genug Gepriesenen, dem Herrscher der Heckenhummeln und kühnen Besteiger der kanadischen Achteckberge mit den geschnitzten Gipfeln aus Lebkuchenherzen und gerolltem Lakritz ich bitte-."

„Hast Du denn Lakritz dabei?" Billy Joe schloss die Augen, um zu schmecken, wovon der träumte.

„Mein Begehr ist der, der stets begehrt, erhört zu werden, Majestät, dass Ihr mit frischgesputztem Näslein schnuppert, was hier in diesem Kästchen

schlummert. Schon zweimal einmal eine kleine Prise inhaliert, schon wird das Leiden Euch halbiert."
Billy-Joe tippte mit dem Finger auf den Schuhkarton.
„Soll mich doch der Bulle beißen, da ist ja gar nichts drin. Was ist das?"
Da hob er die Rechte zum Schwur:
„In dieses Kästchens goldenem Geviert, man lese, höre und man raune, da wehet und waltet, da trachtet und schaltet, da wütet und brütet der Atem des unsterblichen Häuptlings Eisenherz, in dessen Testament mit seinem eignen Blut geschrieben stand, dass der wird wieder mopsfidel und kerngesund, der ihn in diesem Kasten fand."
Billy Joe richtete sich auf. „Erzähl mal, was war denn mit diesem Häuptling Eisensterz?"
Schlottke, dachte Herr Schlottke, schlaf nicht ein, jetzt kommt's auf dich an und er sprach: „Eisenherz, Euer Königlicher Bartflaumzüchter, Häuptling Eisenherz, man sagt ja nicht umsonst: Hat einer erst ein Herz aus Eisen, so wird er nicht zu früh vergreisen."
„Der hat einen Vogel", flüsterte Katharina vom Medizinschränkchen Frauke, der Pillenbringerin ins Ohr, „aber nicht weitersagen, sonst weiß es morgen das ganze Dorf."
Nachdem jeder den Schuhkarton mit dem geheimnisvollen Inhalt anfassen und beschnuppern durfte, nahm ihn unser Held wieder an sich:
„Der Häuptling starb auf stolze Rothaut Art, ganz ohne zu erbleichen, der Schnee lag hoch und nichts als bittrer Winter herrschte eisigkalt in jenen Sommertagen, da fand man ihn mit 132 Kugeln in der Brust und 83 in den rabenschwarzen Locken, in jenem Land, das der Indianer Karatschi Hatschi Kanawutschi nennt, was soviel heißt wie Weißer Büffel weiß, wo grüne Gräser."
„Aller mal ruhig sein", sagte Billy Joe, „der da soll weitermachen, der da".
Siehst du, sagte Herr Schlottke sich, so klein wie die Kinder sind und so groß ihre Augen auch leuchten können, einen wie mich wissen sie immer unter

tausend gewöhnlichen Flitzpiepen als die größte und schönste Flitzpiepe herauszupicken.
„Es wird mir kein zweitklassiges Vergnügen sein, mein König, sondern ein erstklassiges Obervergnügen, Euch Kunde von meinem tapferen Geschlecht der Schlottkes zu unterbreiten, das man ja nicht zu unrecht als die besten Schlottkes aller Zeiten, aller Städte, Dörfer, Großgemeinden, Kleingemeinden-."
„Du doch nicht, Du Knalltüte, der da." Billy-Joe zeigte auf unseren Helden, der aber mit Schlottke noch nicht ganz fertig war, da er ihm von beiden Ohren erst das linke langgezogen hatte, aber noch ehe er auch das rechte bearbeiten konnte, stieß Billy-Joe ihn an.
„Du bist dran. Erzählen, los!"
Darauf er:
„Es war in ferner Zeit, die nähere war längst noch nicht erschienen, da saß am Klumpfuß jener blauen Berge ich recht froh gelaunt auf meinem wunden Hinterteil, da mich die roten Häute gottlob nur schlachten und nicht stehlen wollten, ich ritt-."
„Karamba mir kocht das Blut", rief Billy-Joe, „man wollte Dich echt schlachten?"
Nun irrt sich aber, wer da meint, unser guter Schlottke hätte sich eines langgezogenen Ohres wegen den Mund verbieten lassen.
„Man sagt ja nicht umsonst, Königliche Lustigkeit: Lässt man den Falschen laufen, flucht selbst der Regen in den Traufen, doch schnappt man meinen Herrn im Nu, so schau ich dabei gerne zu."
Für diese Frechheit gab's einen Tritt in den Allerwertesten, ehe der Treter fortfuhr:
„Ich ritt, sowohl zu dritt, als auch behäbig, von El Paso kommend, frühmorgens aus der Schenke, mein Pferd schritt brav zu meiner Linken, indessen ich rechts auf dem Truthahn namens Theo thronte, mit Hilfe wilden Preschens jagten wir den schneebedeckten Hang hinunter, den jeder Senkfuß-Indianer als Schwarze-Squaw-kann-mit-den-Augen-kullern, kennt, so ritt-."
„Oh ja, Majestät", entfuhr dem Schlottke, den es umso mehr juckte, seinen Senf dazuzutun, je öfter ihm sein Herr ans Fell ging, „ich hab's im Fernsehen

gesehen, so wahr ich mehr Gürtellöcher am Bauch sitzen habe, als ein Klavier Trompeten unter dem Deckel versteckt – und wie er geritten ist, mein Herr und Plapperfix, man sagt ja nicht umsonst: Prescht einer wie der Deibel ran, so wird es wohl mein Herr und Meister san."

„Das muss aber sein heißen und nicht san, oder Mama?"

„Richtig, dass muss es heißen", sagte Jolande, „wie klug mein Junge doch ist."

Da lachte Billy-Joe so laut, dass sein Onkel Oskar, der eigentlich gekommen war, um von dem Jungen Abschied zu nehmen, vor Freude in die Hände klatschte, dabei aber unseren Helden übersah, so dass dessen Schädel zwischen Onkel Oskars Pranken geriet und dermaßen durchgerüttelt wurde, dass er tatsächlich glaubte,

in der dritten Szene im zweiten Akt des Dramas „Das Erbe von Whiteshire-Castle" geraten zu sein, weswegen er dem Bestatter Rune Rabsen, der in der Tür stand und wie ein Geier in Gedanken schon einen Kindersarg zusammenschreinerte, einen Katalog mit preisgünstigen Särgen entriss, diesen wie ein Schwert über alle Köpfe schwang und schrie:

„Am Arsche klebt, was anderswo nicht Zugang hat und Schwachsinn heißt in bessren Kreisen. Wie ritt es sich? Hä?" Dabei setzte er dem Schlottke die falsche Schwertspitze an den Hals und noch einmal: „Wie ritt es sich? Sagt an, es heißt, von Wolverbridges steiler Küste dräuen schon Nebel in das Land. So steige er doch ab, es kühlt uns frischer Trunk im Schatten dieser Zeder. Hey, du da, Bursche mit dem Krautgesicht und den Karwendelohren …" (hier packte er Onkel Oskar am Schlafittchen und schüttelte den Ärmsten so gründlich durch, dass Tante Hilde schon um das Gebiss ihres Mannes fürchtete), „… schlaf mir nicht ein, Du Wirsingstrunk, du Affenschwanz, sonst lass ich dir mit diesem Strick den Hals bis auf den Meeresgrund verlängern."

„Macht der das extra?" flüsterte Billy Joe und sah fragend Herrn Schlottke an, welcher entgegnete:

„Er hat in tausend Extraschichten nur Euretwegen seine Extras einstudiert, mein König, doch dankt nicht ihm für diesen Fleiß, dankt mir, ich zahl den höheren Preis."

Erstaunt, was seinem Schlottke so alles durch den Kopf ging und vorne herauskam, begutachtete er ihn ein Weilchen, dann ergriff er plötzlich Onkel Oskars Pranken, schlug die Handflächen kräftig zusammen, dass es laut knallte, schnappte sich den Schlottke, sah ihm ins Gesicht und sprach:

„Los, los den Wein! Auch sollen mir die Weiber den königlichen Ringreigen tanzen, und dass du mir der Lordschaft Pferde tränkst, du zwetschgengelbes Zweigebein, du achtbäuchiges Butterfass."

Billy-Joe, der gar nicht genug hören konnte, kaute wild auf seinen Fingernägeln herum.

„Sag mal, wer ist dieser sonderbare Mensch eigentlich, Jolande?" flüsterte Tante Hilde und griff nach der Hand von Onkel Oskar, dessen Mund vor Staunen gar nicht mehr zuklappen wollte.

„Das ist doch unser neuer Pastor", flüsterte Mutter Jolande, „aber sieh doch nur, wie es dem Jungen gefällt, das ist doch die Hauptsache, Hilde."

„Hilfspastor", sagte Herr Schlottke hastig, der dem Geflüster gelauscht hatte, „Hilfspastor, wenngleich mein Herr, der Erzherzog Oberschlau und Kurfürst Geschwätzigkeit, auch geistige Besitztümer im fernen Land des blühenden Wahnsinns sein eigen nennt, auch hat er sich bei der Schlacht zu Leutnitz an der Leutne ewig sprießenden Ruhm als treffsichere Kanonenkugel erworben, eine Kanonenkugel, von der es heißt, sie habe immer dann getroffen, wenn meinem Herrn nach Fliegen und Geflogenwerden war."

Weitere Sprüche aus dem Hause Schlottke blieb den Damen erspart, da neues Gebrüll anhob:

„Du zwetschgengelbes Zweigebein, du achtbäuchiges Butterfass."

Herr Schlottke, der solche Anfälle kannte und, was die einstudierten Dialoge mit seinem Herrn anging, bewandert war, senkte das Haupt und sprach: „Der

Lordschaft Pferde wüsst ich wohl zu tränken, doch ohne Euch zu kränken, Sir, wär es mir lieb, auch meine Kehle heut zu tränken. Lasst Ihr mir eine Kelle süßen Weines, so stünd, ich sag es frei heraus, am Ende dieses Tages noch etwas Feines."
„Gut, Schlottke, gut, gut", brummte er und schlug ihm anerkennend auf die Schulter, „auch wenn die Zähne Euch am linken Gaumenrand ins Klappern kommen und aus den Biberaugen dringt, was ich des Wahnsinns rote Funken nenne, sagt an, hat er den morschen Karl, den kalten Earl of Swington Bridge, der liebe rohe Eier frisst als eine Hundemeute auf den Fuchs zu jagen-."
„Der Earl starb eines salz'gen Todes, Sir", blieb Schlottke bei seinem Text, „man sagt, er schluckte mehr vom Meer als je der dickste Wal in seinem eignen Leib versammeln und verrammeln konnte, es kam, wie's immer kommt an solchen Tagen, es wollte niemand dieses fetten Mannes Leiche haben."
„Er spricht in Reimen, das ist schön, was meint er, was wird nun geschehn?"
„Darf ich auch mal?" sagte Billy-Joe leise und hatte vor Aufregung einen trockenen Mund.
„So sprecht mir nach und gönnt den Silben Zeit zur Reife, damit die Wörter Euch wie Zuckerwatte von den Lippen baumeln, dass jeder Klang, von allem Weltgebimmel unbehelligt, in Freuden auf zum Himmel steige, dass alle Englein schweigen des Hochgenusses Eurer Künste wegen .Es lauscht das Volk, es schweigt die See, des Königs Mund muss offen wie ein Schiffsrumpf sein nach einem Eisbergritt. Er spricht in Reimen-."
„Er bricht, er sprraa, er spricht in Reimen", flüsterte Billy-Joe, der so aufgeregt war, dass beide Backen glühten.
Da klatschte er laut Beifall, nahm Billy-Joes Hand und sprach:
„Weiß Gott und soll es jeder Frosch dem Algenschlick im Unterbacher Moos berichten, Euch, König, ist der Hamlet wie aus dem Effeff geschnitten, wenn's einer kann, das Volk mit seinem Spiel zu fangen und

Freude sät, wo andre mit der Schwiegermutter hadern, dann Ihr, so werft noch einen Scheit ins Feuer, Majestät, damit das Volk vor Raserei in espanios mostos gravitoros, wie der Spanier sagt, vor Freude in das Mühlrad springt."
„Macht´s vorne nicht zu lang und hinten nicht zu schwer, Herr", flüsterte Herr Schlottke, „er ist ein Junge und mehr als vor Freude glühen können seine Bäckchen ja nicht."
Indem er den Schlottke mit der Rechten zur Seite stieß, strich er dem Jungen mit der Linken übers Haar.
„So sprecht, damit ein kluges Wort noch dreißig klügere gebiert, zählt man kurz durch, sind sie zu viert. Was muss, was war, was wird geschehn, wenn einst des Sommers letzte Rosen nach mir sehn?"
Da hielt es Mutter Jolande nicht mehr aus. Sie lief hinaus und weinte bitterlich, bevor sie, um sich abzulenken, Wasser für den Tee aufsetzte.

Zwanzigstes Kapitel

Von allen Nieten, die den Weltruhm seines Ensembles zu gefährden drohten, erwies Herr Diebitz sich als die härteste Nuss, weswegen er sich ihn vorknöpfte, damit er von der psychologischen Seite einen Zugang zu seinem Zwerg Isedor fände.
Sein Isedor sei eine tragende, um nicht zu sagen alles tragende Rolle. Es ginge nicht fehl, wer in dem Zwerg eine wegweisende Gestalt in der ruhmreichen Geschichte des nationalen wie übrigens auch des internationalen Theaters sähe.
„Wie? International auch?" entgegnete Herr Diebitz, vor Stolz zehn Zentimeter wachsend, „nicht, dass mir das in dieser Form bekannt gewesen wäre."
„Die Grenzen seines Ruhmes setzt jeder Künstler selbst, Diebitz, selbst Zwergen winkt bei allen Zäunen niemals des Schicksals Zwischenraum, doch immerwährend stets die Latten."

Herr Diebitz, überfordert vom Inhalt des Gehörten, riss Mund und Augen auf.
„Als ich, es war am Bielefelder Stadttheater, das Gretchen zum Erröten brachte, des flammendes Begehrens wegen, das sich in meine Blicke stahl, traf mich ein Damenschuh am Mantelknopf, ich, nie um ein Retour verlegen, geschweige einer Lähmung fähig, schmiss jenen Schuh zurück, wie fasziniert man doch dem Fluge mit den Augen folgte, Diebitz, kein Mucks, kein Niesen und kein Räuspern, mal flog der Schuh nach Westen, mal zog als Richtung er den Osten vor, auch drehte er sich wie von selbst im Kreise, indessen die Minuten eilten, erklomm das Schühchen immer neue Höhen, schon ging der Zeiger gegen Mitternacht, da fing ein hübsches Frauenzimmerchen aus Reihe vier den Schuh, den ich, wohl wissend, dass die Schöne meines Grußes harrte, im kühnen Schwung ins weite Rund gepfeffert. Der Blick in diese Augen reichte, schon ließ den Faust ich Faust und Bühne Bühne sein, nahm Anlauf, sprang, als ob ich's könnte, in einem Satz vom Rand der Rampe zu der holden Maid in Reihe vier, nicht kümmerte mich groß das Risiko der Knochenbrüche, mal streifte mit dem Fuß ich eine Glatze auf der Reise, mal hielt ich mittels einer Hand mich an eines fremden Weibes Busen fest, ach weiß der Himmel, wie ich flog, vermutlich fröhlich immer weiter, indessen auch die eben schon erwähnte Maid im Steilflug in die Höhe stieg, ein Murmeln, Raunen streifte unser beider Ohren, man hielt, der Spannung wegen, die wir im Fluge schufen, nach zehn Minuten auch den Atem an, hoch oben, wie von Engelhand getragen, kam doch die Schöne auf mich zugesegelt, wir küssten und wir liebten uns im Schweben, Diebitz, hat er gehört? Wir liebten uns im Schweben?"
„Soll ich Ihnen etwas zu trinken bringen? Haben Sie das öfter? Ich will Sie ja nicht beunruhigen, aber, mal ganz unter uns-."
„Es trog, nein, so, es trug sich zu im Schatten der Theaterkuppel, dass uns des Amors Pfeile trafen, ich zog den Ihren ihr aus beiden Beinen, den meinigen

ließ ich im Kopf gewähren, nun gut, beim Kauen knackt´s da oben und mit dem Denken hapert´s, und wie gebannt das Publikum dem edlen Schauspiel lauschte, Diebitz, Ihr macht Euch ja kein Bild, nicht einer, der noch halbwegs bei Verstand, das Volk es kochte, kreischte, kratzte sich die Nase, ob soviel Liebe zweier junger Herzen, „macht weiter, weiter ihr da oben", so schallt es ganz ergriffen durch´s Theaterrund, was leicht gesagt, doch schwer zu leisten ist, muss jeder Mensch doch auch des Nachts bisweilen auf das Örtchen."
Herr Diebitz kam ins Stottern.
„Mein lieber Herr Gesangverein, das muss ja wahre Liebe gewesen sein, wenn zwei Menschen ihretwegen durchs Theater fliegen, um sich oben unter der Kuppel zu küssen."
„Und sich zu lieben, Diebitz, und sich zu lieben und alles flott im freien Flug, nicht zu vergessen, nun gut, es brauchte schon des Leibes Tüchtigkeit, der Sinne wildes Walten, das wohl."
Herr Diebitz starrte ihn an. Gesetzt den Fall, dachte er, der Mensch ist wirklich übergeschnappt, so kann ich mich doch rühmen, es jederzeit vor allen Leuten beweisen zu können.
„ Ach, Herr Riese Oglomow?"
„Herr Zwerg Isedor?"
„Schiff oder Flieger?"
„Wie meinen?"
„Na, zum Broadway natürlich."
Du liebe Güte, dachte er, den Diebitz von oben bis unten musternd, geht der Vorrat an Irren auf dieser Welt denn nie zur Neige?

Einundzwanzigstes Kapitel

Er wartete, bis Herr Schlottke vom Morgenspaziergang zurück kam, welchen dieser dazu genutzt hatte, der wilden Olga zu ihrem Kälbchen zu gratulieren, auch hatte Herr Schlottke nicht versäumt,

Olga zu versprechen, zwei Tage lang kein Kalbfleisch anzurühren, da ein Kalb einer Kuh doch sei, was ein Kind der Mutter und dem Vater der Frühschoppen.

Die Ellbogen auf dem Tisch, die Fäuste unterm Kinn, rief er den Heimkehrer, kaum, dass der dem Mantel entschlüpft war, zum Kassensturz.

„Wie viel? Schlottke? Nein, wartet, schenkt mir Zeit, denn nicht das Wort birgt Zahl und Sicherheit, es ist das Geld, die Summe aller Münzen, die uns gebietet, nachzuzählen. Gebt Auskunft, rasch und stellt das Eulenglotzen ein, sonst hängt Ihr schneller dort am Brombeerstrauch, als Euch der Nasenrotz am Kinn erkaltet."

„Das mit dem Rotz nehmt Ihr sofort zurück, Herr."

„Gesprochen ist gesagt, Schlottke Punkt, aus. Die Rede steht, er hat zu schweigen, da beißt keine Maus vom Fladen ab."

Heiliger Anton, du Schutzpatron der Memmeldorfer Blaskapelle, du Patenonkel der Pauke und Schwiegervater des Schellenbaums, dachte Herr Schlottke, lass mich im Schrank Gift, ein Schießgewehr oder eine Handgranate finden und ich werde meinen nächsten Hamster Anton nennen.

„Den Rotz nehmt Ihr zurück, Herr, sofort."

Ein Stöhnen entrang sich seiner Brust.

„Es soll mein Herz nicht Euretwegen Schaden nehmen, Schlottke, also, wie viel?"

„Soll ich es wirklich ehrlich, offen und unbarmherzig sagen, Herr?"

„Er spielt mit seinem Leben, sagt er's nicht, mir wär es recht, ein Trottel weniger auf Erden."

„Ganz ehrlich, Herr?"

„Schlottke."

„188,20 Mark, Herr."

Drei Stühle, mit wütenden Tritten gefällt, purzelten durch die Gegend. Dem ersten wieder auf die Beine helfend:

„Zählt nochmal, Schlottke, los, das Ganze in retour, kommt er ganz ungefragt ins Subtrahieren und teilt womöglich drei durch vier, so muss ich ihn im nahen Dorfteich heute noch ersäufen."

"Tut das nicht, Herr, bitte, Ihr wisst doch, ich bin beim besten Willen kein Morgenschwimmer und was den Nachmittag angeht, den Abend, so würde ich ganz gerne mal wieder-."

"Das Maul gehalten, Schlottke, aber feste, schwimmt ihm ein Fischlein dann ins Maul und fragt, wer es gewesen, der Euch so frohgemut in diese Brühe tunkte, dann zögert nicht und sagt es frei heraus, dass ich es war, der Bühne Stolz, des edlen Schauspiels unerreichter Mime, der, stets umraunt von Hamlets Wahn bei Nacht, den Stimmen lauschte, die ihn flüsternd narrten."

"Ha."

"Wie?"

"Ha, ich sagte, ha, Herr? Ha heißt soviel wie, hab ich´s mir doch gleich gedacht, ha und nochmal ha."

"Nun gut, dergleichen lass ich gelten. Ein Ha sagt mehr als tausend Worte.

"Viel mehr, Herr."

"Bitte?

"Viel mehr, Herr."

"Die Zeit, sie eilt, Schlottke, und wir gleich mit. Kein Irdischer, der einen Augenblick zu bannen wüsste.
Der Junge braucht die Operation. Die Messer sind gewetzt, er reiche mir die Hand zum Trost in dieser schweren Schicksalsstunde."

Herr Schlottke reichte ihm die Hand. Er nahm sie unter Tränen.

"Was tun? Schlottke, was tun und doch nicht lassen? Geld! Wir brauchen Geld, nennt es von mir aus Zaster, Piepen, Mäuse und Moneten. Da fällt mir ein, von Falschgeld prägen kennt Ihr nichts? Wenn doch, man könnte nach Belieben walten."

"Um ehrlich zu sein, Herr, aber diesbezüglich war ich noch nicht einmal auf der Obersekundären Tertia."

"Auch ich, Schlottke, vermisse die besagte Fähigkeit an mir, so schön es wär, das eigne Geld zu drucken und dankbar zuzusehen, wie putzmunter die

Scheinchen fliegen, auch könnte man zum Spaß daraus Servietten oder Schwalben basteln."
Ein Strahlen flog über Schlottkes Gesicht. Der Gedanke, soviel Geld drucken zu können, wie man wollte und bräuchte, konnte es mit jedem anderen aufnehmen.
„Herrlich wäre das, Herr, einfach entzückend, ich glaube, Herr, wir würden von morgens bis abends Scheinchenwerfen spielen, Servietten formen und Schwalben steigen lassen, findet Ihr nicht?"
„Gut gut, Schlottke, mein Onkel war ein Strolch, ein Säufer, zugegeben und was die Gaunerei betrifft, der losen Sippschaft ganzer Stolz, vermittelst dieser wunderbaren Gaben brachte er es bis zum Pferdedieb, die Tante, eine Krause, war doch kein schlechter Mensch, Schlottke, nur weil sie Wurst aus seinen Gäulen machte, wie?"
„Das sicher nicht, Herr, so ein Krause, glaube ich, kann auch ganz in Ordnung sein, wenn man Durst hat und so ein daher gelaufener Krause einen ausgibt, nehmen wir mal, nur als Beispiel, Herr, die Schlottkes, womit ich nicht sagen will, dass die Schlottkes alles Heilige wären, aber bei uns Schlottkes gab es nämlich auch den einen oder anderen Spitzbuben, wenn ich vielleicht nur kurz die kleine Anekdote von dem berühmten Räuberhauptmann Emanuel-Ferdinand Schlottke erzählen dürfte, auch Holzbein-Schlottke oder Schlacker-Schlottke genannt-."
„Ist er jetzt durch mit dem Gewäsch? Hör er mit dem Gesabbel auf und mir stattdessen zu und wackel er nicht wieder mit den Ohren, dass mir sein Kalk in Brust und Lunge rieselt."
„Ich höre, Herr. Schlottke hört, wie es sich gehört, das heißt, noch höre ich nichts, Herr. Kommt noch was oder sollen wir zum zweiten Frühstück-?"
„Sagt Euch, wenn nicht, so gebt es offen zu, und keine Angst, geprügelt wird erst später, der Namen Volksbank was?"

Oh weh, oh Graus, beim Wohlergehen meiner nie zuvor und wohl auch später nie gezeugten Kinder, dachte Schlottke, er wird doch nicht..?
Den ganzen Tag gingen Herrn Schlottke die schrecklichsten Bilder durch den Kopf, wie sie alle, das ganze Ensemble, eine Bank ausraubten und an der Flucht insofern gehindert wurden, als man sie alle, von Kugeln durchlöchert, abtransportierte und unter dem Beifall der johlenden Menge ins Leichenschauhaus bugsierte.
Entsprechend schlecht schlief unser armer Schlottke in der darauf folgenden Nacht.
In seinem Traum war man gerade dabei, ihn mitsamt seines Herrn ins Leichenschauhaus zu befördern.
Da ihm wenig daran lag, den Rest seines Lebens paar Fuß tief unter der Erde in einer schäbigen Holzkiste zu verbringen, büxte er aus, verfolgt von jenen, die das Gesetz vertraten, schrie er, „nein, nicht mit mir!" brüllten seine Verfolger „doch, Du Halunke, genau mit dir, Du elender Falschmünzer, wir kriegen und wir kneten dich."
Kletterte er auf einen Baum, nahmen die Polizisten, Vorgesetzte, Untersetzte, Halbgesetzte, Anlauf und stiegen ihm so flink in die höchsten Wipfel hinterher, dass er mit noch so vielen Äpfeln, Birnen und Pflaumen nach ihnen schmeißen konnte, sie folgten ihm doch.
Der arme Schlottke, über derlei Kletterkünste der Dickbäuche und Dünnbeine erstaunt, ließ den Ast, an den er sich geklammert hatte, prompt los und segelte auf schnellstem Weg nach unten in die Tiefe, wobei er mit Geschrei aus seinem Traum aufwachte.
Den Eimer mit kaltem Wasser schon in der Hand, um Schlottkes Gebrüll zu beenden, sprach er:
„Welch hohlen Lärm, des lauten Unflats billiges Getöse, muss ich aus seinem Schandmaul hören. Es ist der Wahn, der ihm ins Hirn, gefahren und wütet, wo der Kleptus Parakluptus sitzt, der Breitrandlappen, der das Denken regelt."

Herr Schlottke nahm ihm den Eimer ab, stellte ihn unter den Tisch, holte ein Kissen vom Sofa und reichte es ihm mit den Worten:
„Mit Pillen und feuchten Wadenwickeln kann ich Euch leider nicht dienen, Herr, aber ich könnte Euch mein Kissen anvertrauen, tut es das nicht, weil Ihr in Allem ein anspruchsvoller Geselle seid, so hätte ich noch meine Schlappen im Angebot."
Ein Wort ergab das andere, und wie das so ist, wenn zwei Verrückte darüber streiten, wem denn nun die Krone der Verrücktheit gebührt, ging man sich handfest an die Wäsche, wobei er dem Schlottke die Ohren lang zog, der ihm die Gurgel quetschte, er ihm zum Dank die Backen zerrieb, Nase, Mund und Stirn polierte und schließlich in alles hineinbiss, was ihm an Schlottke zwischen die Zähne kam, dabei steigerte er sich in einen solchen Wahn, dass er glaubte, in Leyton Howard´s weltberühmtem Dreiakter „Das Amulett der Königin" gelandet zu sein, wo er den intriganten Fettwanst Arangast gab und brüllte:
„Den Hut, den Hut, man reichte mir soeben meines Königs Waffenschmiede neues Meisterwerk, wie trefflich man doch wirkt bei Hofe, auch trifft, wer sucht, im Abenddämmerschein, auf manche Kammerzofe fein."
„Ein schöner Hof ist das hier, das muss ich schon sagen", stieß Herr Schlottke unter Schmerzen hervor, „lieber säße ich im Kerker und könnte mit einem ganz normalen Mitgefangenen Karten spielen, als von einem Verrückten zerquetscht zu werden."
Nun war es ihm gelungen, Schlottke in den Schraubstock zu zwingen und mit seinen Beinen Presswurst aus seinem Schädel zu machen, so dass es eine wahre Freude war, zuzusehen, wie Schlottke ächzte und stöhnte, zappelte und zuckte, schnaufte und schniefte, blau anlief, rot anschwoll, gelb verging, nach Luft japste und mit den Beinen an zu strampeln fing, derweil tobte der böse Fettwanst Arangast:
„Ich werde ihm den Schädel auf gute Mannesart halbieren, und wenn ich Wein aus seinem Hohlkopf l

saufen und klagen müsste, dass er an meiner Seite ritt, so schwör ich ihm bei tausend stummen Geistern-."

„Ich will damit ja nicht unbedingt behaupten, dass Ihr verrückt seid, gütiger Herr", keuchte der arme Schlottke, dessen Vorrat an Luft zum Leben allmählich zur Neige ging, „doch kann ich andererseits auch nicht mit Fug und Recht bezeugen, dass Ihr es nicht seid-."

„Schweigt, Hurensohn eines Verrats, schweigt, da seinem Maul entsteigt in Schwaden, was jedem Kuhschwanz eintrüg Schmach und Schande von Seiten einer Bauernmagd. Ich schweig´s ihm vor, er schweigt´s mir nach, sonst wird im Grabe er Zeit in Fülle finden, sich dieser Kunst in Demut zuzuwenden und-."

„Ich könnte Sie jetzt bitten aufzuhören", jammerte Herr Schlottke, der kaum noch zu Atem im Würgeschloss der fremden Beine, „ich sagte, wohlgemerkt, doch wohlgemerkt ist, wohlgemerkt-."

„Was ist mit ihm?" flüsterte Frau Dieken, die gekommen war, ihnen ein Glas eingemachter Marmelade zu bringen und, da alle Türen offenstanden, plötzlich neben Herrn Schlotttke stand.

„Ich glaube, ach was, ich weiß, er ist verrückt", stöhnte Herr Schlottke, dessen Schädel immer noch im Pressstock steckte, „man sagt ja nicht umsonst, fehlt´s einem in der Birn, so leidet drunter auch das Hirn."

Das Parfum eines weiblichen Wesens schnuppernd und sicher, dass sein Schlottke zu derlei Düften niemals fähig war, rief er:

„Wohl rieche ich der Flieder holden Frühlingsduft, des Morgens linden Rosenhauch, der Blumen liebliche Aromen, auch feinste Seife schmeichelt meinen Sinnen, wie sie bei König Edwards Hof die Jungfern gern zum Tanz im Mieder mit sich führen. Nein, nein, mein Schlottke ist das nicht. Wie könnte er? Röch es nach Mist, der Kühe stinkendem Geschiss, ich wettete, dann würd´s niemand anders als mein Schlottke sein. „Jetzt lassen Sie ihn ich doch

mal los, der arme Mann erstickt mir ja noch vor meinen Augen", schimpfte Frau Dieken und versuchte mit aller Gewalt, ihn von Schlottke zurückzureißen. Er aber, weit davon entfernt, Schlottke mit dem Leben davonkommen zu lassen:
„Gebt's offen zu, Mylords, die Ihr von Humbridges Castle vier Tage lang bei Nacht geritten seid, welch züchtgen Weibes Duft beliebtet Ihr in meines Schlosses Schlafgemacht zu tragen? War es Ophelia, so grüßet Sie von Herzen. Von wem, fragt Ihr? Von wem? Ach, Fortinbras, mein Treuer. Nur eine Sonne weiß Prinz Hamlets Herz zu wärmen und müsst ich Ihrer Rettung wegen sterben, gern stürzt' ich mich in tausend Tode, und alles lieber heut als morgen, des seid gewiss."
Frau Dieken zu Herrn Schlottke, leise: „Was hat er denn bloß gegessen, der Arme? Er muss doch was gegessen haben, sagen Sie mal."
„Nicht mehr und nicht weniger als das, was er ursprünglich für mich übriggelassen hat, verehrte Frau, bis auf die letzte Gräte, die sollte nämlich am nächsten Morgen die erste beim Frühstück sein."
Ach Gott, dachte Adelheid Dieken, die beiden musternd, sind denn hier alle verrückt? Aber mehr Zeit, über das Für und Wider des hier grassierenden Irrsinns nachzudenken, blieb der Guten nicht, da ging es schon wieder von Neuem los:
„Man soll Ophelia die Stutenmilch, die warme, ins Bad einlassen und dass Ihr ihre Zehenspitzen mit Nougat und Krokant einreibt. Und Fortinbras?"
Als Adelheid Dieken ihn so erlebte, machte sie sich große Sorgen, dachte aber bei sich, eine fette, heiße Hühnersuppe wird ihm sicher helfen. Flugs eilte sie hinaus auf den Hühnerhof, wo sie jedes Huhn beim Namen, mit einem aber kein Erbarmen kannte.

Zweiundzwanzigstes Kapitel

Tags drauf, vom Kirchturm schlug es elf Uhr, führte ihn sein Spaziergang auf den Deich hinauf, wo eine Bank zum Verschnaufen einlud und er den Blick hinaus auf das weite Meer genoss. Nun war er aber bei der Möwe, die jede seiner Brotkrumen begierig aufpickte, wie sich herausstellte, an eine schweigsame Vertreterin geraten.
„Auch wenn die Maße Eures Kopfes und das Gespinst der Flügel dem Anspruch meiner Worte kaum genügen dürften, so will ich Euch dennoch als meinen Freund betrachten, Frau Kichererbse und Euch an jener Tugend Anteil nehmen lassen, die wir Vertrauen nennen, in Ewigkeit."
Als sie das hörte, stieß die Möwe ein lautes Kichern aus, worauf er sprach:
„Welcher frohgestimmter Sinne Ihr doch heute wieder seid, Gevatterin mit der lackierten Säbelschnauze, dass schallend Euer Mündchen lacht ob meiner Witze funkelndem Esprit, wie glücklich muss der Bräutigam und alle Anverwandten sein, der eines schönes Tages mit Euch zu schmusen und zu schnäbeln weiß. Man sagt, Ihr reiset gern, Gräfin von Möwenhauch und Flügelflink, auch griffet Ihr zuweilen im Fluge nach den Sternen, diese zu fangen, was auf Erden niemand kann."
Hier hielt er inne, unschlüssig bei der Frage verweilend, ob das putzige Vögelchen, das ihn anstarrte, ihn noch von der Bühne, vom Film oder aus dem Fernsehen kennen würde. Dem verstörten Blick der Möwe begegnete er mit einem solchen.
„Ach, könnt ich's doch auch, ich flög und würde immer weiter fliegen, meine kleine, zum Braten viel zu schöne Möwe. Dem einen würde schwebend ich das Mützchen keck vom Schopfe pflücken, doch hat der Mensch dergleichen Studien versäumt im Laufe seines Lebens, stattdessen muss er, stets gebückt, geplagt von manchen Fährnissen des Leibes, tagaus, tagein, von hier nach dort und morgen auch nach

drüben pilgern und landet letztlich doch im kühlen Grab."
Jetzt reichte es der Möwe, zumal es keinen Krümel mehr gab, weswegen sie machte, dass sie Wind unter die Flügel bekam, allein mit sich und der rauen Natur, bis ins Herz bedrückt von dem Gedanken an sein grausam näher rückendes Ende, wurde ihm schmerzhaft bewusst, wie sehr ihm sein treuer Schlottke fehlte, so dass er sich erhob, auf die Bank stieg und nach seinem Gefährten Ausschau hielt, aber alles, was er zu Gesicht bekam, war ein Schiff, welches weiß und strahlend am Horizont vorüberfuhr, weswegen er sogleich den Deich herab und ans hinunter Meer stürzte und wild mit beiden Armen ruderte, bildete er sich doch ein, den Schlottke an der Reling erspäht zu haben.
„Hier, Schlottke, hier. Hört Ihr mich? Wo treibt´s Euch hin, sagt an, dass Ihr die Wellen pflügt mit dieses Schiffes ungestümem Vorwärtsstieben? Wie? Was? Welche wilde Wogen Ihr Euch doch zu Kumpanen wähltet, Schlottke, ich dachte schon, des Wotans Höllenreiter selbst, nicht wahr, geruhten fern am blauen Horizonte zu wüten, um Lebertran aus Eurem Torfgesicht zu machen. Erst eben war´s, mein Freund mit einem Hirn aus Reisig, da sprach zu einer weißen Möwe ich von Liebe, Kraft und Seelenzauber und das im Tonfall weltläufigen Plauderns, Schlottke, wie süß und zart die Liebe doch zu keimen weiß in jungen, reinen Taubenherzen, so schwimmt an Land, und sorgt Euch nicht, kommt´s schlimm, ersauft Ihr wie gerufen, kommt´s besser, wankt beherzt an Land und wedelt, mir zum Zeichen, mit den Armen."
Nanu, dachte er, dem Schiff nachblickend, der Kerl sagt nichts, mit welcher Sturheit dieser Schlottke doch wieder meinen Grimm entfacht. Er wird wohl Seetank in den Ohren haben, drum will ich es nochmal versuchen.
Indem er auf die Zehenspitzen stieg, damit Schlottke ihn besser sehen konnte, schrie er gegen die Brandung an:

„Ein feuchtes Grab hat schon so manchen Ruhm begründet und Ehr und Ansehn in die Welt getragen. Ersauft Ihr heut, Schlottke, seid froh dabei und plätschert fröhlich mit den Wellen, wer heute stirbt, hat morgen frei von all der Plage und weiß sich wohlbehütet auf dem Meeresgrund begraben."
Sieh an, dachte er, das Schiff aus den Augen verlierend und keinen Schlottke, keinen Pottwal, kein nichts, an Land klettern sah. War er an Bord und hielt sich beide Ohren zu, indessen ich ihn grüßte, so soll der Neptun ihn mit seinem Drahtbart kitzeln und Hai nach dem Sturkopf schnappen, am besten, mit den Zähnen.

Dreiundzwanzigstes Kapitel

Nun hatte er sich bei seinem Ausflug auf den Deich einen leichten Schnupfen gefangen, weshalb er glaubte, sein letztes Stündlein habe geschlagen.
Also schickte er den Schlottke zu Dr. Plauzen, dass dieser ihm mit der amtlichen Autorität seines Standes die Sterbeurkunde aushändigen und ihm die fürs Jenseits notwendigen Papiere unterschreiben möge, damit alles seine liebe Ordnung habe und er in Frieden von der Welt gehen könne.
Dr. Plauzen untersuchte ihn, ließ ihn A, O und ähnlich unnützes Zeugs sagen, nahm sein Lämpchen und äugte ihm in die Augen, worauf der Verschnupfte, in das grelle Licht linsend, annahm, die Erde unter sich gelassen und es im Himmel mit einem Engel zu tun zu haben, weswegen er sich bekreuzigte und sprach:
„Oh holdes Licht, des Dunkels hellster Edelstein,
du meiner Augen Glanz und Abendstern, seid Ihr es, Erzengel Xyrenius, der mich willkommen heißt an Pforte drei des himmlischen Elysiums? Wie kühnen Geistes Ihr auf Erden die Heiden einstmals lehrtet, die Bibel mit Verstand von links nach rechts zu lesen."

Da zerriss es dem guten Schlottke vor Kummer das Herz.
„Entschuldigen Sie vielmals, Herr Obermedizinalinspektor, muss er jetzt sterben oder ist er nur verrückt?"
Da legte Dr. Plauzen seinen Kopf mal auf die linke, dann auf die rechte Schulter, fühlte dem Verschnupften den Puls, zog die Stirn kraus, stieß einen Seufzer aus, dem weitere folgten und sagte frei heraus:
„Nun ja, das eine lässt sich mit Gewissheit sagen, das andere aber bewegt sich im Rahmen der Wahrscheinlichkeit, so dass mit Sicherheit auszuschließen ist, dass es sicher ist."
Herr Schlottke glaubte, nicht richtig gehört zu haben und indem er eins und eins zusammenzählte, dachte er, da ich meinem Herrn den Wahnsinn gerne bestätigen kann und alles Andere sich nur im Rahmen der Wahrscheinlichkeit bewegt, wie der kluge Doktor sagt, also keinesfalls sicher ist, muss mein Herr der einzige Auserwählte sein, der wohl ums Sterben herumkommt."
Den sicheren Tod vor Augen, zumal er in der letzten halben Stunde zweimal kräftig niesen musste und gestern sogar gehustet hatte, nahm er Schlottkes Hand:
„Bei allem, was der Welt Ihr kundzutun gedenkt in mir gemäßer Rede, Schlottke, die Fülle meines Ruhms betreffend, wie auch die Schönheit der Organe, berichtet jenen, die meiner trauernd vor dem Friedhof harren-."
„Bei dem von mir geschätzten Sauerfleisch und dem Korn danach, Herr, die holde Schönheit Eurer Organe soll in all meinen Reden vor den Vereinten Nationen und auf dem Bimmelsberger Wochenmarkt immer und ewiglich an erster Stelle vor der zweiten stehen."
„Danke, Schlotte, tausend, tausend, tausend Dank."
„Also dreitausend, das muss reichen, Herr."
„Und Schlottke."
„Herr?"

„Vergesst der Menschheit nicht Report zu geben, wie ich im Nebel Nebraskowjas dem Riesen Kosmodanjew, den mit den neunzehn Armen, Ihr wisst schon, wen ich meine, der-."

„Oh ja, Herr, natürlich, Herr, den Riesen Dingsibimsbums zu vergessen werde ich mir noch seltener als nie erlauben, versprochen, Herr."

„Der bärenstarke Russenriese, Schlottke, der täglich mehr als dreizehn Wölfe am offnen Feuer briet und keinen unverputzt entweichen ließ, wie ich dem Grobian mit einer Hand die Kehle massakrierte, doch sagt, war es die linke, die ich zum edlen Streit mir auserwählt?"

„Die rechte, Herr", sagte Herr Schlottke, dem die Tränen aus beiden Augen rannen, „die rechte war's, ich seh sie noch vor mir, als wär es heute, wie Eure rechte Pranke dem Kosmopodanjew oder so an die Gurgel fuhr."

„Und dass ich stets der Liebe Bester und ihrer treuen Sänger glühendster Herold war, Schlottke, los, schreibt es auf. Her mit der Tinte und taucht die Feder in die Plärre. Ein jedes kommende Geschlecht soll wissen, dass mich sogar die Kinder und die Kängurus vermissen."

„Kinder und Kängurus, Herr, wie Ihr wünscht, hab ich,. Herr. Wenn Ihr gestattet, ziehe ich es vor, mir jede Eurer kostbaren Silben hinters Ohr zu schreiben, dann weiß ich, wo sie stecken und kann sie nicht woanders verlieren."

„Und dass mein Hamlet nie entbehrte, was das Genie bewirkt an Geist und schlichter Größe."

„Schlichte Größe, Herr, Hamlet, Herr, hab ich."

„Trat auf die Bühne ich gemessnen Schrittes, Schlottke, das Licht von vorn und unter mir die Bretter, die das Holz bedeuten, kein Atemhauch entstieg der Menge, die, mich erspähend, wie gelähmt, ergriffen in die Tücher rotzte."

„In die Tücher rotzte, hab ich, Herr. Wie? Sonst nur Stille? Auch kein ganz klitzekleines Schnaufen?"

„Aber woher, Schlottke. Gekonnt, gezielt ließ ich die Menge in den Wahnsinn taumeln, mein Shakespeare

saß, die Worte zuckten wie die Blitze, kein Vers, der je das Hemd verfehlte, gar manche Hand, die sich aufs Herz gelegt, zu bändigen,, was darin schlug und raste, brach sich vor Beifall alle Fingerknochen."
„Fingerknochen, hab ich, Herr."
„Das Schönste aber, Schlottke, schreib er es auf, das Allerschönste war der Rest."
„Der Rest, Herr? Ach so, verstehe. Ihr meint nachher die Party in der Kantine? Man sagt ja nicht umsonst, rinnt durch die Kehle erst das Bier, saufen die Kerle bis um vier."
„Ihr dürft nicht Tag und Nacht ans Saufen denken, Schlottke, denn wer beim Schnaps verweilt im Denken, dem spuckt bei Zeit die Blödheit in das Hirn, ein Stündlein täglich reicht, zur Not tun´s elf Minuten."
„Stimmt auch wieder, Herr, aber was war denn jetzt mit dem schönen Rest?"
„Nun ja, ich wusste schweigend ihn beredt zu deklarieren, Schlottke, mit einer Geste, die von Tiefe zeugte und meiner Größe magische Kraft verlieh, ein junges Ding, ganz vorne links, kaum älter als der Kölner Dom, sprang kreischend auf und nieder, warf mir mit voller Hand ein Küsschen nach dem andren zu."
„Nein. Mit voller Hand?"
„Mit beiden, Schlottke, beiden, mein Ehrenwort. Die Wangen heiß, die Nase hell errötet, vom Halse abwärts fuhr ein Zucken ihr wie Feuer in die Glieder, der Bauch schwoll an, es wogten Bauch und Busen, zur Bühne waren es zehn Schritt´, ich, fast schon an der Rampe, zu retten dieses arme Kind, da bohrte sich vor Liebe dieses dumme Huhn ein Häkelkissen in die Brust, kein Ton, kein Blut, kein Freudenschrei, das Volk sprang vor Entsetzen auf, indessen ich mir mit Bedacht die Nase schneuzte. Sollte das arme Ding gar tot, geschwängert, schlechter Laune sein? Kurzum, man weiß es nicht und wird es nie begreifen."
„Potzblitz, ja, hat die Pauke noch Flötentöne? Und dann? Was geschah dann, Herr?"

„In mir, um mich herum, ja über uns und neben mir, bei allen, Schlottke, allen, selbst im Parkett, in allen Reihen, Logen und Toiletten, einfach nur Stille, Schlottke, Stille."
„Nein, Herr, sagt, dass es nicht wahr ist. Stille?"
„Stille, Schlottke, kein Pups, kein Paps, kein Räuspern, nichts, selbst solche, die man Rülpser nennt, naturgemäß des Rülpsens wegen, bewahrten strenges Schweigen. Der Rest, Schlottke, ich sag es ohne zu erbleichen, der Rest war Schweigen."
Wie so oft im Leben, bedeutete auch dieser Schnupfen nicht das Ende.

Während er sich glücklich, froh, nochmal davongekommen zu sein, den Bauch vollschlug, eilte der gute Schlottke mit der Meldung von Haus zu Haus, dem Herrgott habe es gefallen, seinen Herrn bis auf weiteres für unsterblich zu erklären.
„Lasset uns, Brüder und Schwestern, davon ausgehen, dass sich seine Unsterblichkeit im Rahmen des Wahrscheinlichen bewegt, nicht aber im Hafen des Sicheren Man sagt ja nicht umsonst, stirbt einer später als ein jeder, so ist er wohl aus zähem Leder."
„Nein", sagte Adelheid Dieken und griff sich ans Herz, „wahrscheinlich bis auf weiteres unsterblich? Das heißt-."
„So heißt es und wird's auch fürderhin gerufen, jawohl", erwiderte Herr Schlottke und griff ebenfalls nach ihrem Herzen, „bis auf weiteres unsterblich, entsprechende medizinische Atteste liegen nicht nur in keiner Weise schriftlich vor, auch hat der verehrte Obermedizinalinspektor seinen Herrn auf Herz und Verstand untersucht, ohne Letzteren entdeckt zu haben,"
„Einen Schnaps, Herr Schlottke?"
„Bitte nicht, lieber als einer wären mir vier. Man sagt ja nicht umsonst: Steht das Pinnchen auf dem Tisch, schwimmt in Öl der saure Fisch."
Keine Woche war vergangen, da war die Kunde von Ohr zu Ohr, von Dorf zu Dorf geeilt, Jasper-Balderich Stiller, auch der Niestille genannt, sei auserwählt, den

Wegen alles Irdischen ein Schnippchen zu schlagen, befände er sich doch im Zustand der vorläufigen Unsterblichkeit.
Auf die Gunst göttlichen Beistandes vertrauend, brachte man ihm schwindsüchtige Katzen, zänkische Schwiegermütter, lahme Gäule, untröstliche Witwen, Volltrottel, Halblahme und was nicht alles, dass er sie kuriere und jene Wunder an ihnen wirke, über die der Herrgott ihm, wie man glaubten, Macht verliehen.
Freitag, der Dreizehnte war´s, da besuchte er eine zahnlose Alte in Kimmershörn, welche dermaßen an Krätze litt, dass diese schon nach ihrem Verstand gegriffen hatte.
Angesichts der flächendeckenden Krätze knotete er ihr einen Stick um den Hals, steckte ihr Maul in einen Eimer mit kalter Hühnersuppe und kleingeraspelten Mäuseknochen, zerschlug zwei Eier auf ihrem von Grützbeuteln übersäten Schädel und sprach:
„Kritze, krutze, kratz mich doch, hat mein Schädel auch ein Loch, schlägt die Wanduhr auch bimbim, halb so wild, ist gar nicht schlimm."
Dabei zog er so feste an dem Strick, dass der Hals der alten Pute immer kleiner und die Auge immer größer wurden. Fast hätte die Zahnlose, die wimmernd und würgend dabei war, ihr Leben auszuhauchen, schon das Zielband erreicht, da griff Herr Schlottke ein, lockerte den Strick, so dass die Mondgesichtige zu Atem kam und er sprach:
„Erstatte Meldung, Herr, dass der Ehemann der Krätzigen mit dem Hammer vor der Tür wartet, um Euch für Euer heilbringendes Wunderwerk, welches Ihr an seiner schorfigen Schabracke zu vollbringen gedenkt, auf gute alte Friesenart zu danken."
Es muss die Menschheit nur an Wunder glauben, dachte er, dann wird, was nie ein Auge schaute und keines Ohres Schmalz durchdrang, Gewissheit werden.
Er zu Schlottke:
„Schickt ihn herein, führ er mir diesen Molch vor Augen, Schlottke, so wird ihm anschaulich geboten, wie ich aus seinem Zottelweib ein Denkmal reinster

Schönheit schuf, zahlt er nicht gut, so schickt ihn wieder auf den Rübenacker zu den Seinen, er muss mit seinem Beutel büßen, dass er ein Faultier sich zum Weib erwählt und mit ihm zeugte Ochs´ und Esel ohne Zahl."

„Wie Ihr wollt, Herr, aber ich habe Euch gewarnt", sagte Herr Schlottke, ging kopfschüttelnd vor die Tür und bat den Kerl herein. Als der Bauer, den Hammer in der Rechten, die Pfeife im Maul, seine Alte mit dem Strick am Hals am ganzen Leibe zittern und schlottern sah, packte ihn der Zorn, so dass er mit dem Hammer schon ausholen und diesen auf dem Schädel unseres Helden platzieren wollte, aber da hatte sich der Bedrohte schon unter einem Stuhl verkrochen, nur leider vergessen, dass er die Alte noch immer am Strick mit sich spazieren führte, so dass die Krätzhäutige kopfüber aus ihrem Stuhl nach vorne schoss, dabei den Eimer mit der Hühnersuppe und den Mäuseknohen umstieß und selbst die zerschlagenen Eier auf ihrem Schädel in Unordnung gerieten. Als er sah, was für ein schöner Tag es doch trotz der morgendlichen Wolken geworden war, lugte er zwischen zwei Stuhlbeinen hervor und sprach:

„Der Krätze Pein, des Schicksals Last, die Euer stolzes Weib so tapfer zu ertragen weiß, mein werter Hammerklotz, sind nur von minderem Gewicht, wär da nicht jener pectos regnus aquarius, wie wir Lateiner sagen, der vierfleckige Hammelbrand am linken Drüsenrand, da hilft nur eins, der Strick, damit geglättet und geplättet werde, was Eure fette Wachtel an Dellen und Geschwüren mit sich führt, in Ewigkeit."

„Amen", stammelte Herr Schlottke, der sich hinter einer Melkmaschine versteckt hatte.

Daraufhin bat er den Bauer, dem das Maul vor Staunen offen stand, den Strick zu ergreifen, an dem seine Alte wie ein Fisch an der Angel, zappelte und sie dreimal links- und viermal rechtsherum um das Gehöft zu schleifen, den Misthaufen nicht zu vergessen, dann werde er schon sehen, was kein Auge je geschaut und hören, was nie der Ohren Schmalz durchdrungen.

Als der ehrbare Landwirt ihn so reden hörte, ließ er den Hammer fallen, sprang zum Waffenschrank, schnappte sich seine Flinte und jagte unsere Freunde erst zur Tür und dann zum Hof hinaus, worauf alles Getier vor Schrecken erstarrte und die Hühner zehn Tage lang keine Eier legten.

An einem nahen Bächlein angekommen, indessen das Geballer der Schrotflinte noch in ihren Ohren hallte, sanken unsere Freunde ins Gras. Seinen Herrn beäugend, der sich sowohl der Schuhe als auch der Socken entledigt hatte und diese kratzte, sagte Herr Schlottke frei heraus:

„Man sagt ja nicht umsonst: Schuster bleib bei Deinen Leisten, selbst von den Kindern wissen das nämlich schon die meisten", dabei spähte er immer wieder ängstlich in Richtung des Hofes.

„So walte Hugo und handle Paul, Schlottke, wer immer auch das sein und bleiben möge. Mir schwant, die Zeit ist reif, des Bleibens ohne Segen. Ich tat, was Gott mir aufgetragen, zu leisten, was der Mächtige verlangte. Viel war es nicht, nun gut, doch kann von Wenigem auch nicht die Rede sein. War es auch schön im Friesischen, bald heißt es Abschied nehmen von der Küste, Schlottke, es ist die Welt da draußen, die sich nach mir sehnt, und geht Ihr mit , nun gut, dann muss ich es ertragen, will Ruhm und Tisch, der Menschen Unverstand und Spott, am Ende mit Euch teilen."

Herr Schlottke spuckte einen Grashalm aus.

„Ach, Herr, das mit dem Ruhm, dem ungehobelten Tisch und dem Spott der Welt ist so eine Sache, am Ende haben wir alle doch nur uns selbst und wer es sich da nicht in Frieden einrichten kann, der kann so weit und so oft reisen wie er will, er wird überall vergeblich auf sich warten."

Wie reich der Strohkopf doch von mir erntet, dachte er, wie fügsam er sich meiner Weisheit nähert. So war doch nicht vertan, verraten und vergebens, dass ich ihn lehrte, so wie ich zu sein.

„Es ist des Lebens Lauf und jedes Menschen Zweck auf Erden, Schlottke, dass, was sich dreht und geht,

einmal verweht, denn jeder Anfang weiß sich aus dem Staub zu machen, wenn seine Zeit vorüber. So geht´s mit allem, Schlottke, auch mit uns, einst wird, wenn wieder neu die Blümlein blühen und Vöglein zwitschern in den Zweigen, die Henne neue Eier legen, nur ist das Rührei dann nicht mehr für unsereins gedacht, in Ewigkeit."
„Amen", sagte Herr Schlottke, bevor sie sich mühsam erhoben, sich das malade Kreuz hielten und auf den Weg machten.

Vierundzwanzigstes Kapitel

Nun hatte er sich geschworen, dem schönen Engringsen nicht eher den Rücken zu kehren, bis sie genug Geld für die Herzoperation Billy Joes gesammelt hatten.
Und ja, er spielte mit dem Gedanken, mit Schlottke weiter in die Welt hinauszuziehen, um wenigstens einen zu haben, der ihn bewunderte. Die Stirn in Falten, der Blick bedrückt, kam er ins Grübeln.
„Wir wollen uns vereint durch Hölle und Haubitzenhagel kämpfen, Schlottke, und Billy Joe mit auf die Reise nehmen, dass ihm sich noch der Kinderträume Glück erfüllt, bevor das zarte Kinderherz unter das Messer muss. Doch sollte uns, Gott behüte uns und ihn vor derlei Sorgen, der Sensemann paroli bieten, Schlottke, bin ich bereit, mein Leben für den Knaben hinzugeben."
Das ging Herrn Schlottke so nahe, dass ihm kein Essen mehr schmecken und drei Tage kein Pfeifchen zwischen die Zähne kommen wollte, so dass er für den Rest des Tages traurig auf der Treppe hocken blieb und nicht einmal Adelheid Dieken antwortete, die des Weges kam und nach der Uhrzeit fragte.

Zwei Tage später befahl er dem Schlottke, sich um den alten Bauwagen am Armenhaus zu kümmern. Er wisse schon.

Er wisse schon, nur wüsste er gerne, um was es ginge und wie er sich das vorstelle.
„Man sagt ja nicht umsonst: Herr, soll einer wissen, was er wissen muss und tut nur so, als würd´ er´s wissen, so fühlt er sich verdammt beschissen."
Er ist und bleibt wahrhaft verrückt, dachte er, gerülpst, gefurzt und drauf geschissen, ich kann´s, ich will´s, ich werd´s ihm nicht verdenken.
„Verflucht sei Euer Käsehirn! Ein Reim, nicht mehr. Er bimmelt nur mit Worten. Zum Dichten braucht es Visionen, Mensch! Er muss die Welt nach oben, nicht nach unten denken, Schlottke."
„Immer schön nach oben denken, Herr, jawohl, Herr, werd´s mir merken, Herr, weil, gesetzt den Fall, der Mensch würde statt nach oben, sagen wir mal, ganz anders, nämlich nach unten denken, ja, was glauben Sie denn? Ja wo will dieser Mensch denn hin mit seinem Denken, das mit jedem Tag, ach was, mit jedem Tag, das mit jeder Stunde, tiefer und tiefer dringt ins Erdinnere, Herr? Was, Herr? Will er sich womöglich noch durch den ganzen Globus hindurchdenken mit seinem Denken und denken, dass er womöglich eines Tages mit seiner Nasenspitze zuerst aus australischer Erde hervorlugt?"
Sprachlos, den Kopf schüttelnd, betrachtete er ihn.Ich muss vom Wort zum Schweigen wechseln, dachte er, ihm zu Gefallen, denn tu ich´s nicht, er wird den Wahn doch nie mehr los.

Es war ein alter, ausrangierter Bauwagen der Gemeinde Engringsen, den man auf einem mit Unkraut, Löwenzahn, Knöterich und wilden Müllhaufen übersäten Stück verwilderter Wiese, unweit des Armenhauses der Mutter Jolande, abgestellt hatte. Diesen verwitterten Holzverhau sollte der brave Schlottke mit roter Farbe bepinseln und „Kutsche des Königs der Tabakukklen" draufmalen, während die Tür die Aufschrift zierte „Des Königs Sommerreise von der Erde, zum Mond und zurück über Aschaffenburg."

„Zieh er den Karren, aber feste, als säßen ihm sechs feurige Rappen im Leib, Schlottke, und öl er mir die Räder, soll unser Rumpelkarren doch unseres Jungen Königskutsche sein."

Wenden wir uns dem prächtigen Schauspiel zu, wie Katharina vom Medizinschränkchen, Kai-Uwe, der Pillenbringer, Frauke, die Kotzschüssel Verwalterin und Karl-Walter, der Waschlappen-Bevollmächtigte, Billy Joe in warme Decken hüllen, ihn aus seinem Dachkämmerlein die Treppen herunter und in die goldene Kalesche tragen. Als Billy Joe las, was auf dem Bauwagen geschrieben stand, wurde er so aufgeregt, dass Frauke, die Kotzschüssel-Verwalterin, noch schnell ins Haus laufen und Billy Joes Schüssel holen musste. Eins, zwei, drei, ergoss sich darin der saure Brei.

In der Mitte der königlichen Kalesche stand ein goldener Thron (ein Plastikeimer der Mutter Jolande), aber da Billy Joe zu schwach zum Sitzen war, nahm sein roter Pantoffel aus blauem Filz statt seiner auf dem Thron für ihn Platz.

Herr Schlottke, der draußen Stellung bezogen hatte, sprang alle paar Minuten gegen den Karren, damit dieser recht hübsch ins Wanken kam und den tapferen König der Tabakukklen glauben machte, er schaukele wirklich in einer von sechs feurigen Rappen gezogenen Königskutsche von der Erde zum Mond und zurück über Aschaffenburg.

Sprang er nicht gegen den Karren, lugte Schlottke zur Tür herein und erstattete Meldung, wo sich des Königs Kutsche gerade befände, was es draußen zu sehen gäbe und wohin die Reise als nächstes führe, welche Blumen am Wegesrand zur Ehre Ihrer Majestät ihre Köpfchen senkten, wie die Vögel ihm zuliebe die schönsten Weisen trillerten und die Pferde der Kutsche Spalier stünden und freudig mit den Schwänzen wedelten.

„Scheiß drauf", sagte Billy Joe, „ich hab heute doch gar nicht Geburtstag."

„Für uns ist jeder neue Tag, an dem Du noch bei uns bist, Dein Geburtstag, Brüderchen", rief Kai-Uwe, der Pillenbringer.
„Ja und sogar ein ganz besonderer", rief Frauke, die Kotzschüssel-Verwalterin. Nur Katharina vom Medizinschränkchen und Karl-Walter, der Waschlappen-Bevollmächtigte, sagten nichts, sie hatten nämlich gehört, wie der Doktor der Mutter im Flur zugeflüstert hatte, dass Billy Joe Weihnachten wohl nicht mehr erleben werde.
Als alle in dem Wackelkarren Platz genommen hatten und der arme Schlottke schon zehnmal gegen den Karren gesprungen war, sprach unser Held:
„Eure Hofbräuliche Erhabenheit mit der kerzengraden Nase eines Besenstiels aus Buchenreisig, als dienstältester Obermulach und Clown der Tabakukklen begrüße ich Eure Majestät im Kreise Eurer Dienerschaft, dass diese reichlich Freude schafft, auf dass sich alle Rappen des königlichen Gewühls, ähm, Gestüts-"
„Königliches Gewühl, dass ich nicht lache, ha", rief Billy Joe laut und lachte.
„Auf dass sich die Edelrösser von nun an in fortlaufende Bewegung setzen, um Eure Königliche Hoheit von der Erde zum Mond und zurück über Aschaffenburg-."
„Ich bin die Zofe Immerda, bin immer für den König da", sagte Katharina vom Medizinschränkchen mit kieksender Stimme, stand auf, machte vor dem König einen Knicks und wedelte dem König mit einem Fächer (ein Putzlappen) frische Luft zu, weil es schon Mittag war, die Sonne hoch am Himmel stand und sich das königliche Gefährt gerade im badischen Ginstergau befand, tief im Südwesten des Königsreiches der Tabakukklen.
„Ich bin der Edelmann Gehvoran, fang für meinen König gern zu streiten an", brummte Kai-Uwe, der Pillenbringer, mit tiefer Stimme, stand auf und legte dem König sein Schwert (ein Holzlöffel der Mutter Jolande) in den Schoß, damit der König es mit den Finger berühre.

„Ich bin die Köchin Breiundtee, was ich servier, tut keinem weh", rief Frauke, die Kotzschüssel-Verwalterin, stand auf, machte ebenfalls einen Knicks und bot dem König goldene Schokoladennüsse mit Zimt und Zauberkräutern aus Indien an (Hustenbonbons).
Karl-Walter, der Wachlappen-Bevollmächtige, wollte sich dem König gerade als der fahrende Ritter Don Erbsenschote vorstellen, da riss Schlottke die Tür des Bauwagens auf, salutierte vor dem kleinen König und meldete:
„Eure höher als der Mount Blankoschek stehende Glattrasiertheit, melde, haben soeben den Fluss Donata überquert, melde in weiterer, mir unterliegender Obliegenheit, Tausende brave, Ihrem König fröhlich bejubelnde Kinderchen zu allen Euch gehörenden Seiten, welche mittels honigbeschmiertem Schnütchen begehren, Eurer Königlichen Huldheit schön´ Antlitz zu schauen."
„Wir haben den Fluss Donata überschritten?" sagte Billy Joe und blickte staunend von einem zum anderen, „wo soll der denn sein?"
„Wo Euer Reich dem Himmel mit weißen Stiefeln aus blauem Krokodilsleder zu Füßen liegt", sprach unser Held, ehe er fortfuhr: „Wo jeder Grashalm seinen Halm, jeder Fuchs seinen Schwanz und jeder Täuberich seine Taube vor Eurer Tapferkeit verneigt, wohin die grünen Rotrosen aus dem fernen Botaniskan angereist, die schmalen Breitwolken aus Arabeschko herbeigeweht und die dicken Dünnpflaumen aus Pampelgonien hergeritten sind, um Euch, den allwaltenden Gebieter über Magerquark und Wackelpudding, die Geste nie erlahmender Verehrung darzubringen."
Sprach´s und schlug mit einem Hammer ein großes Loch in die Wand der goldenen Königskutsche, der Edelmann Gehvoran (gespielt von Kai-Uwe) drehte Billy-Joes Kinn in Richtung des Fensters und schon traten Tränen der Rührung in des kleinen Königs Augen, denn Billy Joe sah, was noch keiner gesehen hatte.

Alle Kinder aus den Dörfern links und rechts des großen Flusses Donata (eine von Mutter Jolande auf den Rasen ausgelegte Wäscheleine), ja, selbst die aus den Ortschaften, die mitten im Fluss ihre Insel begrünt hatten, standen am Wegesrand und winkten der königlichen Kalesche zu, schwenkten Margeriten, Tulpen, Nelken, Rosen, Dahlien, Brüderchen, Schwesterchen, Hemdchen, Mützchen, Teddybären und Steifftiere und das nicht nur in einem fort, sondern stellenweise sogar ohne Unterlass.
„Was das Volk verlangt, darf der Herrscher seinen Untertanen nicht verwehren", sprach darauf die Zofe Immerda (gespielt von Katharina vom Medizinschränkchen.)
„Was soll das heißen?" sagte der König der Tabbakukklen, den die Ritter Hajopei und Babybrei (gespielt von Frauke, der Kotzschüssel-Verwalterin) und Karl-Walter, dem Waschlappen-Verwalter) zu dem Loch in der Wand trugen, damit er sein Volk besser sehen konnte.
„Das Eure Majestät eine Rede an das Volk halten muss", entgegnete die Zofe Immerda, „denn spricht er nicht, verfault das Korn auf den Feldern, vergessen die Krähen zu krächzen, die Schweine das Singen, die Kirchenglocken das Schwingen und die Windmühlen, im Wind zu tanzen."
Das wollte der König denn doch nicht, weshalb Billy Joe sich auf seiner Trage aufrichtete und mit feierlicher Stimme sprach:
„Gegrüßet seid ihr Pimpanellen und Pudding-Schwenker, sagt denen, die heute nicht kommen konnten, weil sie in die Schule mussten oder Märchen unter der Bettdecke lesen, dass ihr mir schöne Pimpanellen seid."
Da brauste ein Sturm der Begeisterung durch das ganze Land, sogar in den eisigen Höhen der Tabakukklischen Berge, wo der goldener Zwirnstrumpf wächst und das silberne Grünkraut sprießt, fingen die Gemsböcke an mit den Gemserinnen eine Polka zu tanzen, die einen links, die anderen rechts herum, so lange, bis eine Gemse

ins Tal purzelte und die Touristen um ein Almosen für Ihre Liebsten bat. Und siehe da, alle Kinder aus dem ganzen Tal des großen Flusses Donata beugten ihre Knie vor der königlichen Kutsche und riefen:
„Heil Dir und Heringsschwanz, dazu frischen Haarwuchs alle Tage, gütiger Honigkuchen und ergötzliche Schnupfenfreiheit, Du kostbarer Biberschwanz, gelobt, gesalbt, gepudert und gepriesen sei der König der Tabakukklen, damit die Sonne in Eurem Reich niemals versinke und Eure blaublütige Meerschaumpfeife niemals stinke."
Da lachte Billy Joe, dass ihm das Blut aus dem Mund und Nase schoss, was aber kein Problem war, da Frauke, die Kotzschüssel-Verwalterin, sofort mit der Schüssel zur Stelle war und nicht ein Tröpfen königlichen Blutes auf den Boden fiel.
Nun waren dem Schlottke vor lauter Gebrüll und ständigem Schütteln die Kräfte geschwunden, so dass er einerseits ermattet auf den Hosenboden sank, es andererseits aber auch kein Fortkommen für die königliche Kalesche gab, weswegen er nach draußen stürmte, um den lahmen Gäulen Feuer unter den Schwanz zu machen, er die Peitsche (Mutter Jolandes Klobürste) über dem Schlottke schwang und brüllte:
„Seid Ihr aus Zimt, Zitronensirup, Löschpapier, Ihr fettbeleibten Gummigäule, dass statt im Galopps nach vorn zu preschen, ihr geradewegs nach hinten zu pausieren wagt? Der Peitsche Pfeifen soll Euch springen lehren, dass Bauch und Schnauze schon bei drei die Plätze tauschen, und wo Ihr heut noch vier Beine habt im Leibe, soll morgen Euer Grabstein stehn, hü-hoo, hü-hoo, der König zürnt, es kocht das Volk, es zittern Zopf und Zofen, wohlan, ihr müden Mähren, ich will Euch fliegen und nach vorne stürmen sehn."
Bei diesen Worten versetzte er Schlottke einen Tritt ins Hinterteil, ohne dass dieser Wirkung zeigte, denn der Getretene sprach:
„Man sagt ja nicht umsonst: Herr, geht ein Narr auf große Reise, soll meiden ihn der Weise. Und jetzt

raten Sie mal, wer in meinen Augen von uns beiden der Narr und wer der Weise ist."
„Brav, Schlottke, brav, der Demut helle Stimme hör ich wie Kirchenläuten aus seiner Kehle dringen. Jetzt aber los, es will die Nacht sich schon im Osten kräuseln, weswegen Wind und Esche säuseln, der König will noch heut, ich sag´s ihm im Vertrauen, auf Schloss Neuschambein im Fürstentum Hochwetzenstein sein königliches Bettchen bauen."
Das zu hören, vor allem die Stelle mit dem königlichen Bettchen, erfüllte Schlottkes Herz mit Freude, er nahm Anlauf und schüttelte und rüttelte den alten Karren nach allen Regeln der Schüttelkunst durch.
Hat der Mensch Töne? Schon sauste es wieder dahin, das Kutschlein mit der königlichen Fracht an Bord, die Vögel sangen, die Kühe jauchzten, die Rinder lachten, die Bäume am Wegesrand quiekten vor Vergnügen und Billy Joe war mit einem Mal so leicht ums Herz, dass er das Gedicht vom glücklichen Uhu aufsagte, der eine Schnepfe liebte und diese nach allerlei Verwicklungen zum Traualtar führte.
Gegen Abend, unser Schlottke litt längst Krämpfe, Hunger, Durst und Übellaunigkeit, gelangte die königliche Kutsche in das Dörfchen Timbach an der Timbe, welches Häuser aus Marzipan, Straßen aus Schokolade, Schornsteine aus Zimt, Pferde aus Ebenholz und Schweine hatte, die wir Rosmarin dufteten.
„P-sst", flüsterte die Zofe Immerda, die immer für den König der Tabbakukklen war, „ich glaube, da spricht jemand."
Und wirklich, kaum hatte unser Held das Fenster der Kutsche geöffnet, schallte ihnen die Stimme des Bürgermeisters von Timbach an die Ohren, welcher sprach:
„Hört meine im Schlaf auswendig gelernten und an der Hobelbank glattgehobelten Worte, ihr Bürger von Timbach, ihr Wellen der Timbe, ihr Mühlen des Müllers, Ihr Bohrer der Zahnärzte. Es nahet des großen Königs goldene Kalesche mit Seiner vierten

Evidenz von links, Billy Joe der Dreiundachtzigste, beugt Eure Knie, putzt Euch Gehirn und Nase und nehmet das Mützlein ab, denn nicht der Haare Locken sollen des Königs Barte schmeicheln, allein dem blanken Schädel obliegt der Preisgesang der Majestät."

Da steckten alle, die in der Kutsche saßen, neugierig ihre Nasen und Ohren zum Fenster hinaus und sahen, wie der Herr Bürgermeister von Timbach herbeigehinkt kam (gespielt von Herrn Diebitz), wie ihm alle Honoratioren (Frau Müller, Frau Ortmann und Frau Wanning im Rollstuhl), der dicke Pastor (Herr Wertheim), der dünne Apotheker (Anton Krumpelbach), der breite Medicus (Dr. Plauzen), die Dorflehrerin (Frau Dieken) und der rothaarige Wachtmeister (Bauer Treesemann), ihm an den Fersen klebten und wie der Bürgermeister mit dem Goldenen Buch der Gemeinde wedelte, damit der König der Tabakukklen sein Verslein rein schreibe, und ehe sich Billy Joe in den Arm, Katharina vom Medizinschränkchen in den Bauch und Kai-Uwe, der Pillenbringer, ins Gesäß kneifen konnten, trug man ihn unter lautem „Vivat, Vivat, es lebe lang und ernähre sich gesund der König im weiten Erdenrund!" in den Ratssaal (im Schatten eines Apfelbaums), während die Buben und Mägdelein (Billy Joes vollzählig erschienene Schulklasse mit Lehrerein Ante Deiniger an der Spitze), sich an den Butzenscheiben des Rathauses vor Neugier die Nase plattdrückten, und Billy Joe ein Sprüchlein in das Goldene Buch schrieb (ein Kalenderblatt der Mutter Jolande), welches lautete:

„Nicht ist ein König, der da kommt mit einer Krone, sondern der, der glücklich und bescheiden unter den Seinen wohne."

Als die Timbacher lasen, was der König der Tabakukklen in das Goldene Büchlein geschrieben hatte, sanken sie vor Entzücken auf die Knie, umklammerten Billy Joes Hosenbein und gaben es erst wieder frei, als sie ihm versprochen hatten, dass sie des großen Herrschers weises Sprüchlein für

immer in ihren Herzen bewahren und es an ihre Kinder, Kindeskinder und Kindeskindeskinder weitergeben würden.
Kaum hatten sich Ihre Majestät und ihr Hofstaat wieder in die goldene Kalesche begeben, marschierte ihm zu Ehren die Timbacher Feuerwehr auf (gespielt von Mutter Jolande und der schönen, schielenden Rosamunda) verstärkt durch Bauer Treesemanns Esel Anton, welcher ein vorzügliches Solo trötete, das sich wie „I-aaa, I-aaa" anhörte, und gab mit Pauke, Trompete unter Geschmetter „den Königlich-Timbacher Defiliermarsch" zum Besten.
So erreichte des Königs goldene Kutsche den Mond (eine ausgebreitete Wolldecke unter der Teppichstange), wo man sich an einer reichgedeckten Tafel niederließ und sich die köstlichsten Mondkuchen, den Mondkakao, die Mondpuddings, Mondschnittchen und Mondkekse schmecken ließ.
Und wer es noch nicht weiß, der muss sich sagen lassen, dass der kleine König sogar mit Erlaubnis der Mondfee (Katharina vom Medizinschränkchen) einmal kräftig auf die Erde spucken durfte, worauf alle Menschen auf Erden (der Postbote Schmusemann, der Metzger Rosenbaum und Dorfpolizist Okka Olsen), die sich mit der königlichen Spucke die Schuhe putzten und ihre Babys (Fraukes Puppen) einrieben, dankbar nach oben schauten, dem König der Tabakukklen zuwinkten und wie aus einem Mund riefen:
„Wir können´s schon in goldner Schrift vom Mond ablesen, bald wird der König ganz genesen." Da schossen Tränen der Freude über Billy Joes Gesicht, die Augen leuchteten, die Wangen glänzten, die Lippen zuckten, der kleine schmächtige zitterte, und wäre es ein Film gewesen, ganz ehrlich, wer hätte sich nicht die Nase geschneuzt?
Herr Schlottke, der es ja wissen musste, erzählte später im Fernsehen, der Freudentränen wären so viele gewesen, dass sie tags drauf als Regen auf die Erde gefallen seien und jeder Mensch, dem es

gelungen sei, auch nur einen Tropfen davon in jenem Eimer aufzufangen, mit dem sein Herr den Mondschein verkauft habe, sei glücklich und gesund gewesen bis ans Ende seiner Tage.
Unser Held nahm des tapferen Königs Hand und sprach:
„Ständig greift der Mensch nach seinem Glück mit beiden Händen, Majestät, doch sich genügsam mit dem Hier und Jetzt des Augenblicks zu freuen, vermag er nicht und wenn er dreimal tausend Jahre alt würde."
Da legte der kleine König ihm die Hand auf die Schulter und beförderte ihn zum gräflichen Märchenonkel zweiten Grades. Eine Auszeichnung, die ihn berechtige, seinen Teddybär zu heiraten.
Da lachten alle aus vollem Hals, bestiegen wieder die goldene Kutsche, die auf der Hinterachse kehrt machte, zurück zur Erde sauste, einen Umweg über Aschaffenburg machte und glücklich wieder auf der Wiese am Armenhaus der Mutter Jolande zu stehen kam.

Fünfundzwanzigstes Kapitel

Stellen wir uns Herrn Mürmelheim so vor, wie er ist und ihn seine Frau niemals haben wollte, bigott, kleinbürgerlich, aber immerhin Filialleiter der Volksbank-Nebenstelle in Großenfeen.
Und stellen wir uns vor, wie Frau Müller vor ihm steht, wie Herr Mürmelheim von den Papieren auf seinen Schreibtisch zu ihr aufschaut und sie anstarrt-
„Können Sie uns bitte helfen, werter Herr, mit der schönen Brille auf der Nase?"
Mürmelheim, vom Kompliment, die Brille betreffend, freundlich gestimmt: „Gute Frau, aber gerne, wo drückt den der Schuh?"
Von einem drückenden Schuh könne keine Rede sein, aber von Frau Ortmann, die habe ihre Kontaktlinse verloren.

„Vielleicht können Sie und ihre Kollegen uns ja netterweise bei der Suche helfen."
Nun war es nicht Herrn Mürmelheims Art, Frau Ortmann mit nur einer Kontaktlinse dem Schicksal zu überlassen, sieht er doch, wie ein Dutzend Älterer über den Fußboden der Schalterhalle kriecht und krabbelt, ruft einer „ich habe´ sie", ruft gleich darauf ein anderer, „Mist, Fehlanzeige."
Herr Mürmelheim steht auf: Frau Wambel, Herr Wittbräuker, Frau Zwirbelstolz, alle mal herhören. Gesucht wird eine Kontaktlinse, bitte alle antreten, mitsuchen, aber nicht drauftreten."
Kaum auf allen Vieren, werden Mürmelheim und die Seinen gepackt, gefesselt und geknebelt. Mürmelheims Proteste, des Knebels wegen nachlässig vorgetragen, bleiben ungehört.
Da fällt ein Schuss, von dem es später heißt, er habe sich plötzlich mit lautem Knall Gehör verschafft.
Alle Augen hängen am Mund dessen, der spricht:
„Beim Zeus, der Hellas Augen glotzen und aller Griechen Schafe scheren ließ, das muss ein Zeichen sein, dass nun geschehe, was nie geschah, noch jemals einer glaubte, dass es geschehen könnte. In Position Premiere. Den Vorhang auf, und keinem sei es einerlei, das große, kühne Zweierlei."
Frau Müller, schon immer im Zweifel, ob Jasper-Balderich Stiller zu den 97 Prozent Idioten der Menschheit gehört oder zu den anderen fünf, zu Herrn Schlottke: „Was soll das heißen, ein Zweierlei? Hat der Mensch einen Vogel?"
Die Antwort: „Sehen Sie es so, Frau Müller, den Vogel haben Sie richtig geraten, und nun zum kühnen Zweierlei, mein Herr will sagen, dass wir es hier auf der einen Seite mit einem Banküberfall, auf der anderen Seite mit dem großen Augenblick unserer Premiere zu tun haben."
Frau Müller. „Ist das wahr?" Und Schlottke: „Jedenfalls wahrer als wahr war, dass Schneewittchen eine Feldmaus und der Kaiser von China ein Allgäuer Jodelmeister war."

Herr Diebitz, Frau Ortmann, Herr Wertheim und Frau Wanning hängen ein Transparent auf: „Hotel Waldorf Astoria, Suite 33, New York-City."
Herr Schlottke geht zum Schreibtisch von Herrn Mürmelheim. Er wählt die Nummer der örtlichen Polizeidienststelle.
Sein Name sei Schlottke.
„Polizeiinspektion vier, Hauptwachtmeister Schulze."
„Guten Tag, Herr Schulze."
„Gute Tag, Herr Schlooo-?"
„Schlottke, wie Schuster, nur im späteren Verlauf von geringfügig anderem Verlauf."
„Herr Schlottke, meinetwegen, wo brennt´s?"
Herr Schlottke: „Ich ziehe jetzt einen Zettel aus der Tasche und lese Ihnen anhand des Zettels eine Nachricht vor."
Hauptwachtmeister Schulze: „Um was geht es denn? Sagen Sie mir einfach kurz und knapp, was los ist, dann sehen wir weiter."
„Ich ziehe jetzt einen Zettel aus der Tasche und lese Ihnen eine Nachricht vor."
Schulze: „Notfall? Ernstfall? Was ist denn für ein Fall? Worum handelt es sich?"
Herr Schlottke liest:
„Wichtiger anonymer Hinweis zum momentan stattfindenden, bisher überaus erfolgreich und ohne den geringsten Toten verlaufenen Überfall auf die Volksbank in Großenfeen."
Hauptwachtmeister Schulze: „Moment mal, Moment! Was sagen Sie? Ein Banküberfall? Jetzt? Ist das die Volksbank in der Schillerstraße?"
Herr Schlottke: „Wir, die wir sowohl stolz sind, Tatverdächtige als auch Täter zu sein, stellen dem deutschen Innenministerium, dem Bundeskanzler, dem NATO-Generalsekretär, den Bürgermeistern und Landräten des Landes Niedersachsen-."
Schulze: „Geht´s auch kürzer?"
Herr Schlottke: „Stellen wir also ein Ultimatum von der Art, die wir uns reiflich überlegt haben. Sollte die Polizei die Volksbank in den nächsten drei Stunden nicht stürmen, also mit Hunden, Spezialkommandos,

Hubschrauber und Scharfschützen anrücken, vorrücken und weiterrücken, sehen wir uns gezwungen, härtere Maßnahmen gegen das vierköpfige Publikum zu ergreifen."
„Publikum? Bei einem Banküberfall? Jetzt? In der Schillerstraße? Mann, sind Sie verrückt?"
„Jede Ablenkung Ihrerseits führt zur Empörung meinerseits. Also, wir bestehen darauf, dass die Polizei in Ihrem Pressebericht ausdrücklich vermerkt, dass die Presse rauskommen und eine große Sache aus der Sache machen soll und schreiben soll, dass das, was wir hier machen, eine Riesensauerei ist, aber wir machen das ja nicht für uns, sondern nur, damit das ganze Land Wind von der Geschichte bekommt und für den tapferen Billy Joe der armen Mutter Jolande in Engringsen 60 000 Mark spendet, damit der tapfere König der Tabakukklen am Herzen operiert werden kann, was ja bekanntlich in Amerika ist, das weiter von Engringsen entfernt ist als New York, Rio oder Rosenheim. Man sagt ja nicht umsonst: Hilft das ganze Land geschwind, so wird gesund das kranke Kind. Jetzt kommen Sie."
„Wie stellen Sie sich das vor? Ich bin Hauptwachtmeister Schulze. Schulze hat Innendienst. Schulze kann hier nicht weg. Schulze hat schon tausend Überstunden. Merken Sie sich das."
Herr Schlottke: „Ich vergaß mit Freude zu erwähnen, dass wir es hier mit einem großen, kühnen Zweierlei zu tun haben."
Hauptwachtmeister Schulze: „Sie haben es womit zu tun?"
„Mit einem großen, kühnen Zweierlei, einerseits geht es um unsere Theaterpremiere, andererseits um einen Banküberfall, welcher den erlösenden Erlös zur Rettung des Königs der Tabakukklen gentrifizieren soll."
Schulze: „Sind Sie und die Anderen bewaffnet? Ich muss das fragen wegen der Schutzwesten und wer keine Kinder hat."
Herr Schlottke: „Die Anzahl unserer Waffen kennt keine Grenzen, die Treffsicherheit meiner Brüder und

Schwestern sprengt jede polizeiliche Vorstellungskraft und unser guter Wille jedes Maß an Vernunft."

Nun ist dieser Hauptwachtmeister Schulze aber kein gewöhnlicher Schulze, sondern einer von diesen Schulzes, die es faustdick hinter den Ohren haben.

„Was haben Sie denn so alles? Hä? Schnellfeuerwaffen, Handgranaten, Panzer, Bomben, diese Richtung?"

Herr Schlottke: „Bedauerlicherweise werden die Mittelstreckenraketen erst morgen ausgeliefert, aber sonst geht's uns gut. Herr Diebitz holt gleich für alle Pizza. Wenn ich noch eine Bitte äußern dürfte, Herr Generalbundessheriff, könnten Sie Ihren Männern vielleicht sagen, dass sie nicht so laut schießen sollen, wir müssen uns nämlich konzentrieren. Der Text, wissen Sie? Wir stecken mitten in der der Premiere."

Herr Schlottke legt auf.

Unser Held drückt Schlottke an die Brust. Er sei ein großer Telefonierer vor dem Herrn, dürfe aber die Millionen fleißigen Mütter nicht vergessen, die das Land aufgebaut, den Raps angebaut und die Kartoffeln mit eigenen Händen geerntet hätten.

Schlottke: „Mach ich, Herr, beim nächsten Mal. Versprochen. Man sagt ja nicht umsonst: Was die Mütter einst erbaut, taten sie teils gern, teils laut."

Unser Held (an alle): „Erster Akt, erste Szene, Schnee in Manhattan."

Lebhafte Unruhe bei den Gefesselten, schwant ihnen doch, dass sie es mit Verrückten zu tun haben, was Herr Mürmelheim für kein gutes Zeichen hält.

Herr Schlottke, im Folgenden Mister Jankins, zieht sich um, streift Handschuhe über.

Auftritt Mister Jankins. Sein Blick geht zu Missus und Mister Hopkins (Rosamunda und unser Held), welche insofern das Bett (zwei zusammengeschobene Sonnenliegen aus Herrn Wertheims Privatbesitz) miteinander teilen, als Mister Hopkins auf der linken, Missus Hopkins hingegen auf der rechten Seite ruht.

Mister Jankins (Herr Schlottke) tritt hinter dem Kassenschalter hervor. Er trägt ein schwarzes Toupet (Herrn Wertheims Radfahrerhelm) und hat einen weißen Pudel auf dem Arm (Frau Ortmanns Strickjacke). Herr Schlottke, auf Missus Hopkins (Rosamunda) zugehend: „Mein Name ist Jankins, Mylady, ungeachtet der tausend und drei Millionen Millers auf dieser Welt-."
Unterbrechung der Premiere. Das Publikum, da gefesselt und geknebelt, sieht netterweise von lauten Protesten wegen der Störung ab. Eine alte Frau hat die Volksbank betreten. Sie sieht den Filialleiter Mürmelheim sowohl nicht an seinem Schreibtisch, wo er hingehört, als auch in ungewohnter Pose, die nicht hierher gehört.

Die Alte verlangt von Herrn Mürmelheim eine Erklärung. Sie habe am Schalter niemanden gesehen, nur diese komischen Menschen da vorne, die offenbar einen Geburtstag, eine Silberne Hochzeit oder einen Lottogewinn feiern würden.
Tja, wenn das so sei und sich niemand um sie kümmere, dann ginge sie eben zur Konkurrenz, dem Tante Emma-Laden von Grete Kienappel, die hätte sogar frisches Gemüse, von Gretes Kürbissen mache er sich ja kein Bild.
Mürmelheim stößt schwer zu deutende Laute aus. Bemüht um Karriere und Kunden, zerrt und zieht er verzweifelt an seinen Schnüren, vergebens. Er bleibt verpackt.
Herr Diebitz schlägt vor, die Tür zu verriegeln, wird aber überstimmt.
Mister Hopkins (unser Held): Man sei ein modernes, avantgardistisches Theater im kritischen, revolutionären Geist der 68er, das kein Gesetz, keine Obrigkeit und keine Staatsgewalt fürchte, ginge es doch hier um das Leben eines kleinen todkranken Jungen, weswegen man sich über jeden freue, der Interesse an Ihrer Kunst zeige.
Missus Hopkins (Rosamunda) ruft: „Sind Sie es, Harris?"

Mister Jankins (Herr Schlottke): „Tut mir leid wegen eben, Missus Hopkins, aber ich bin weder Mister Miller, noch Mister Harris. Ist der Gemahl zuhause? Wenn ja, er soll bleiben. Sagen Sie bitte Mister Hopkins, Missus Hopkins, dass Mister Jankins sowohl zugegen als auch sicher ist, soeben einen gewaltigen Schuss gehört zu haben. Würden Sie so nett sein, Missus Hopkins, Mister Hopkins meine Worte auszurichten?"
Unterbrechung, Teil zwei. Ein Jägersmann tritt durch die Tür. Grüner Lodenmantel, Flinte geschultert, in der Hand einen abgeknallten Hasen.
Alle (bis auf die Geknebelten): „Waidmannsheil, Herr Jägersmann, herein, herein, wenn's kein Schneider ist."
Der Jäger: „Waidmannsdank, aber ich wollte eigentlich nur Herrn Mürmelheim den Hasen bringen, den ich eben auf dem Grünstreifen vor der Volksbank erwischt habe. Herr Mürmelheim weiß dann schon Bescheid, es geht um meinen Kredit. Herr Mürmelheim?"
Er sieht den gefesselten Filialleiter. Dieser zuckt und zappelt, allein, es hilft nichts. Dabei hatte er seiner Frau einen Hasenbraten versprochen.
Der Jägersmann schüttelt verärgert den Kopf: „Aber Herr Mürmelheim, wenn Sie frei haben, dann sagen Sie das doch, dann wäre ich doch morgen früh gekommen oder heute Nachmittag."
Mister Hopkins zu dem Jägersmann: „Dem edlen Hasentod zum Gruße, Gevatter Flintenschreck, noch kurz zuvor erklang ein Schuss wie selten einer sich des Ohrs bediente, Ihr wart's, gebt's zu, Ihr löschtet dieses Häsleins Leben aus, als hätt das arme Tier noch zehn davon in seiner Brust und könnt' sich nach Belieben ein neues Dasein wählen."
Wie, denkt der Flintenmann, träume ich oder hab ich es wirklich mit einem Idioten zu tun? Um aber mit der Bande keinen Ärger zu kriegen:
„Angenehm, Meier, sind Sie die Vertretung von Herrn Mürmelheim? Also, was meinen Kredit und einen Hasen angeht, ich wär der Letzte, der-."

Mister Jankins (von links): „Mein Herr ist Intendant der Freien Engringser Puppen- und Plauderbühne. Kantor des Elmenhorster Bläsercorps und-."
Mister Hopkins zum Jäger: „Hockt Euch mit des Gesäßes Hilfe auf Plätze, die Ihr selbst Euch wählt, bezahlt wird an der Abendkasse und seht, was uns gelang zu schaffen, was kein Theater je erlebt, da keiner strebt wie unsereins nach Größe, Ruhm und Weltenglanz, in Ewigkeit."
„Amen, entgegnet Herr Schlottke. Abgang Jäger rechts.
Mister Hopkins begibt sich zu Missus Hopkins auf das Lotterbett.
Missus Hopkins zu Mister Hopkins: „Darling, Mister Jankins meint, er habe soeben einen Schuss gehört, wie findest Du das von Mister Jankins? Ist doch nett oder?"
Mister Hopkins zu Missus Hopkins: „Sag Mister Jankins, Baby, dass er zu dämlich ist, seinen Text zu kennen. Mister Jankins hat keinen Schuss im Text, der Kerl, so schlicht und hirnversehrt wie keiner, hat nie einen Schuss gehört, sag's ihm, Baby."
Missus Hopkins zu Mister Jankins (Herr Schlottke sitzt auf Frau Wambels Schreibtisch und lässt die Beine baumeln):
„Hören Sie, Mister Jankins, Mister Hopkins ist der Auffassung, dass Sie zu schlicht und hirnverkehrt sind, um Ihren Text zu kennen und laut Ihrer Rolle, findet Mister Hopkins, haben Sie kein Anrecht auf einen Schuss, auf keinen einzigen, hören Sie?"
Frau Ortmann (isst eine Scheibe Knäckebrot, die sie auf dem Schreibtisch von Herrn Wittbräuker gefunden hat) zu Herrn Schlottke:
„Herr Schlottke, sagen Sie mal, was machen wir eigentlich, wenn die Bullen kommen und schießen. Sollen wir zurückschießen?"
Mister Hopkins: "Ruheee da vorne!"
Herr Schlottke: „Frau Ortmann, wenn ich Sie essen sehe, bekomme ich richtig Appetit. Man sagt ja nicht umsonst: Verspürt erst einer Appetit, reißt es den Zweiten sofort mit. Im Übrigen bin ich jetzt Mister

Jankins, ich habe Hunger, Hunger auf Knäckebrot und bin gerade in Schnee in Manhattan. Das hier ist ein Hotelzimmer im-."
Frau Ortmann; „Waldorf Astoria, New York-City, ich weiß, Herr Schlottke, ich weiß, bin ja nicht so bescheuert wie der da."
Frau Ortmann deutet auf Mister Hopkins.

Mister Jankins: „Ob Sie es glauben oder nicht, Frau Ortmann, die Bullen sind mir scheißegal. Hier geht´s um Kunst, verstehen Sie, Kunst? Man sagt ja nicht umsonst: Steht als Held man erst im Licht, wird zum Riesen jeder Wicht."
Missus Hopkins: „Sagen Sie, Mister Jankins, ist das ein Terrier, was Sie da auf dem Arm haben? Das Kind sieht aus wie ein Terrier. Wie kommen Sie eigentlich darauf, dass in diesem Hotel ein Schuss gefallen ist, Mister Jankins? Sind Sie sich denn da ganz sicher? Mister Jankins?"
Mister Jankins: „Missus Hopkins?"
Mississ Hopkins: „Was knackt denn da bei Ihnen, Mister Jankins? Für einen Butler knackt es aber ganz schön bei Ihnen, Ist Ihr Terrier vielleicht knatschig oder hat sich das Kind etwa wundgelegen?"
Mister Jankins: „Tut mir leid, Missus Hopkins, aber Frau Ortmann genehmigt sich gerade ein Knäckebrot, ich geruhte, höflich mitzuknacken und den einen oder anderen Bissen aus dem hartgefrorenen Backwerk herauszuklauben, den wachen Instinkten meines Hungers folgend-."
Mister Hopkins wirft wütend eine schwere Blumenvase (eine von Frau Müller gebastelte Papierschwalbe) nach Mister Jankins.
Mister Hopkins: „Ich pfeif auf Eure Gefräßigkeit, Jankins und gebe mich der schwachen Hoffnung hin, dass sie Euch platzen lässt."

Mister Hopkins zu Missus Hopkins: „Frag den Butler, Baby, was die Zeitungen über meine gestrige Premiere am Broadway schreiben."
Missus Hopkins zu Mister Jankins: „Bei der Gelegenheit, Mister Jankins, sagen Sie, was schreiben die Zeitungen eigentlich über die Premiere meines Mannes?"
Mister Jankins zieht eine zerknüllte Zeitung aus der Hosentasche und wirft einen flüchtigen Blick drauf.
„Die New York Times schreibt, dass Mister Hopkins teilweise sehr präsent gewesen sei, was den Pausen einen besonderen Wert verliehen habe. Ach ja, noch was, Missus Hopkins, die Times führt seine teilweise Präsenz darauf zurück, dass Mister Hopkins immer dann als Mister Hopkins Mister Hopkins gewesen sei, als er der einzigartigen Kathleen Wheeler beim Entsorgen von Mister Rose ausdruckslos zugeschaut habe, da die Ausdruckslosigkeit eine der wenigen erkennbaren Stärken von Mister Hopkins sei."
„Missus Hopkins zu Mister Hopkins: „Die New York Times schreibt, Darling, dass Du teilweise-."
Mister Hopkins reißt sich ein paar Haare aus (angebrochene Rolle Toilettenpapier) und brüllt:
„Man sollte aus den Idioten von der Times Düngemittel machen."

Mister Jankins: „Eine Frage, Sir, Düngemittel? Zwecks welche Art von Ackerbau zu fördern, Sir?"
Mister Hopkins: „Das steht in jedermanns Belieben, der diesbezüglich eigne Pläne hat, Schlottke."
Mister Jankins entrüstet: „Jankins, Mister Hopkins, Jankins, man sagt ja nicht umsonst: Ehre Deiner Väter Namen und frage nie, woher sie kamen."
Missus Hopkins zu Mister Jankins: „Mister Jankins, hören Sie, Mister Hopkins ist der Ansicht, dass man aus den Idioten der Times Düngemittel-."
Mister Hopkins zu Missus Hopkins: „Was sagt der Kerl über die Washington Post? Frag ihn, na los, mach schon, Baby. Die Post, wird´s bald?"

Missus Hopkins zu Mister Jankins: „Bei der Gelegenheit, Mister Jankins, und was schreibt die Washington Post über Mister Hopkins?"
Mister Jankins wirft einen Blick auf die zerknüllte Zeitung. Ein Leuchten geht über sein Gesicht. „Nun, die Post drückt sich folgendermaßen aus, Missus Hopkins: für einen Stern am Theaterhimmel sei Mister Hopkins zu voluminös und in seiner Artikulation zu nebulös. Aber, schreibt die Post, Missus Hopkins, die Grazie, mit der Mister Hopkins über den Bettvorleger im zweiten Akt gestolpert sei, habe vorübergehend beim Publikum die Hoffnung auf einen Bruch des Nasenbeins, bzw. Schlüsselbeins geweckt, leider habe Mister Hopkins aber auch diese Erwartung nicht erfüllen können."
Mister Hopkins nimmt ein Kissen (Frau Wannings Rollstuhlunterlage) und beißt hinein. Es folgen: Flüche. Mister Hopkins schleudert das Kissen in Richtung Mister Jankins.
Mister Hopkins: „Jankins, hat Ihnen Missus Hopkins eigentlich gesagt, dass sie der 46. Butler mit Namen Jankins bei mir sind?"
Mister Jankins wirft das Kissen zurück. Mister Jankins: „Sagen wir es mal so, Mister Hopkins, richtig gesagt hat Missus Hopkins das eigentlich nicht, aber Mylady waren so zuvorkommend, eine Andeutung zu machen, die mich glauben ließ, dass ich als Butler Jankins in diesem Haus durchaus ein gewisses Risiko eingehe."
Missus Hopkins macht eine wegwerfende Handbewegung.
Missus Hopkins zu Mister Jankins: „Nehmen Sie es nicht persönlich, Mister Jankins, aber Mister Hopkins legt großen Wert darauf, dass seine Butler über einen einwandfreien Charakter verfügen, lesen können, aber nicht schwindeln dürfen. Leider müssen Mister Hopkins und ich feststellen, dass auch Sie ein Schwindler sind, Mister Jankins und sich alles nur aus den Fingern gesogen haben, was angeblich in der Times und der Post steht."

Plötzlich Gelächter, Geschrei, Gewusel. Eine Schulklasse stürmt in die Bank. Die Lehrerin gibt eine Erklärung ab. Der Besuch ihrer Klasse sei mit Herrn Mürmelheim abgesprochen.
Sie sieht den armen Mürmelheim, sicher verschnürt und geknebelt und stößt einen Freudenschrei aus, war ihr Mürmelheim doch kürzlich pampig gekommen.
Warum Herr Mürmelheim denn gefesselt sei?
Mister Jankins: „Aus Gründen des großen, kühnen Zweierleis, meine oben herum in doppelter Hinsicht Reichbestückte."
Man könne es auch das Allerlei der Umstände nennen, doch würde einen das nicht weiterhelfen, sondern die Gedanken nur auf das sächsische Volksgericht lenken, das Leipziger Allerlei, das man ja bekanntlich am besten esse, wenn der Teller voll und der Braten auf dem Herd sei.
Ihren verständnislosen Blicken hält Mister Jankins stand, weiß er doch, dass man Lehrern nie alles recht machen kann.
Ob der Mensch noch alle Malstifte im Karton hat, weiß ich nicht, denkt die gute Frau, aber ob ja, ob nein, es wird den Kindern nicht schaden, auch mal so etwas zu erleben.
„Ah ja. Verstehe. Dürfen wir dabei zugucken?"
Mister Hopkins schiebt Frau Wanning (im Rollstuhl), Herrn Diebitz und Herrn Wertheim aus dem Weg. Er küsst der Lehrerin die Hand.
„Oh holdes Weib, der reichen Kinderschar fruchtbarstes Mütterlein, wie gerne will des Rätsels Qual ich von Euch nehmen, dass Euer Busen wieder rhythmisch auf und nieder geht im Atem der Entspannung."
Als die Jungen und Mädchen das hören, geht ein Kichern durch ihre Reihen, worauf die Lehrerin, pädagogisch auf dem neuesten Stand, mitkichert.
Mister Hopkins, einmal in Fahrt:
„Denn jene dort" - er zeigt auf die Gefesselten – „begehrten auf das Frechste reißaus zu nehmen von dieser Weihestatt der Kunst. Indessen wir

Theater spielen, die Welt verzaubernd, wie auch der Menschheit dankerfüllte Völker, rührt keine Hand dieser Banausen sich, das Meisterwerk zu preisen."
Herr Schlottke zu der Lehrerin: „Am besten, Sie und die braven Kinderlein suchen schnellstens Schutz hinter dem Pfeiler da vorne, die Polizei kann nämlich jeden Augenblick kommen und den ganzen Laden hier in Schutt und Späne schießen. Das hat mir nämlich der Hauptwachtmeister Schulze eben hochheilig und tiefernst versprochen."
Da klatschen die Jungen und jammern die Mädchen.
Mister Hopkins bittet Mister Jankins, die Lehrerin darauf hinzuweisen, dass man Störungen jeglicher Art nicht dulde, kichern fehl am Platze, lachen und springen verboten und kreischen strafbar sei, schließlich handele es sich sowohl um einen Banküberfall als auch um die Premiere von *Schnee in Manhattan*. Man müsse die Zeit nutzen, ehe der Schnee in Manhattan schmilzen und die neuesten Kritiken über seine gestrige Premiere am Broadway erscheinen würden.
Mister Hopkins lässt sich von Frau Ortmann die Wangen pudern. Er legt sich zu Missus Hopkins ins Bett. Herrn Wertheims Liegestühle brechen zusammen.
Frau Ortmann muss Mister Hopkins, der sich fürchterlich über Herrn Wertheim ärgert, Nase, Kinn und Wangen pudern.
Mister Hopkins (frisch gepudert) zu Missus Hopkins: „Wirf den Schwindler von Jankins raus, Baby. Am besten, Du sagst ihm, er ist irre, riecht nach Schweiß und nuschelt. Typen, die nuscheln, ziehen auch Fratzen und Menschen mit Fratzen blockieren meine Schwingungen."
Missus Hopkins zu Mister Jankins: „Mister Jankins, bei der Gelegenheit, ich soll Ihnen von Mister Hopkins ausrichten, dass Sie irre sind, nach Schweiß riechen und nuscheln. Mister Hopkins findet übrigens, dass, wer nuschelt, auch Fratzen zieht und Menschen mit Fratzen, sagt jedenfalls Mister Hopkins, würden Mister Hopkins in seinen Schwingungen

stören und ein Mister Hopkins mit gestörten Schwingungen-."
Auftritt rechts. Das Luder Little Miss Daisy (Frau Müller in einem lilafarbenen Trainingsanzug), grell geschminkt, Sonnenbrille und Mister Hopkins´ Geliebte.
Little Miss Daisy sieht Missus Hopkins in zärtlicher Umarmung mit Mister Hopkins, zischt „Du verdammte Schlampe, Dich pluste ich raus", zieht eine Pistole (Herrn Wertheims Wasserpistole), richtet sie auf Missus Hopkins und-.
Mister Hopkins (springt auf):
„Geplustet wird nicht, weder laut, noch leise, mit dicken Backen nicht und auch nicht mit geschwollnem Hintern. Herrgottnocheins! Wenn Ihr´s nicht könnt, das Memomieren, dann züchtet Schweine, Esel, Kängurus und führt von mir aus Bullen auf der Reeperbahn spazieren. Dich puste ich aus, so schrieb ich´s grollend, allen Menschenhass bedenkend, nieder, der Weiberseele Abgrund kenn ich wohl-."
Mister Jankins (von rechts): „Mister Hopkins?"
Mister Hokins: „Was ist denn noch, Jankins?"
Mister Jankins: „Man sagt ja nicht umsonst, Mister Hopkins: Kennt einer eines Weibes Abgrund wohl, so spielt das Ganze in Tirol."
Gelächter und Gepruste der Kinder.
Auftritt Herr Diebitz. Herr Diebitz hat neun Pizzen auf dem Arm. Mister Jankins ruft nach seiner Salamipizza. Herr Diebitz: „Ihre Salami? Dass ich nicht lache. Das hätten Sie mir auch vorher sagen müssen, Herr Schlottke."
Er sei Mister Jankins, erwidert Herr Schlottke, er sei im Waldorf Astoria. Er sei der 47. Butler mit Namen Jankins von Missus und Mister Hopkins. Es sei ein Irrtum, zu behaupten, er röche nach Schweiß, sei irre und ein Schwindler.
Herr Diebitz: „Das mag ja alles sein, Herr Schlottke, das will ich ja auch gar nicht bestreiten, im Gegenteil, aber ehrlich gesagt, weiß ich nicht ganz, wovon Sie reden."

Little Miss Daisy trocknet ihre Tränen. Zu Pizza-Diebitz: „Sie können sich Ihre Pizza meinetwegen an den Hut stecken, Herr Diebitz, mir ist-."
Herr Wertheim hebt den Arm: „Herr Diebitz, hören Sie, Herr Diebitz, dann nehme ich Frau Müllers Pizza auch noch."
Frau Müller: „Für Sie immer noch Little Miss Daisy, Mister Hopkins Geliebte, Sie Knallkopp! Mir ist der Appetit vergangen, hören Sie mal. Ich bin eine ehrliche grundgütige Frau. Ich bin Little Miss Daisy Müller. Ich habe es nicht nötig, mich so beschimpfen zu lassen. Ich war 34 Jahre Sekretärin bei „Bolle & Weinhaupt, so, ich sage, was ich will und außerdem-."
Herr Diebitz: „Um auf ihren Vorschlag zurückzukommen, Herr Wertheim, tut mir leid, aber so geht das nicht, Sie können nicht einfach Frau Müllers Pizza-."
Mister Hopkins (stürmt zur Tür): „Gerülpst, gefurzt, auf Euer Wort geschissen, Graf Diebitz! Es kann die Bullerei getrost am Arsch mich lecken, doch lenkt sie ein, sie lecket nicht und das aus wohl durchdachten Gründen, ich will´s, ich kann´s, ich werd´s ihr nicht verdenken, doch was ist das? Hört, hört, es schärfen sich nicht unerheblich meine Sinne. Wie zärtlich tönt es hier tatü und dort auf gleiche Weise schon tata. Tatü-tata, so ist s recht, das Ziel erreicht, den steilen Berg erklommen, wie bin ich doch des Glückes voll, soll jauchzen-."
Als er seinen Herrn so reden hörte als sei dessen eine Hälfte verrückt geblieben und die andere närrisch geworden, entfährt es Herrn Schlottke:
„Wenn Ihr Euch ein Momentchen ausruhen wollt, Herr, so sag ich´s auch keinem weiter, gebt mir nur Eure Hand, ganz egal, welche Euch von beiden zum Hergeben lieber ist, Ihr bekommt sie auf jeden Fall zurück, versprochen, ich führe Euch, wohin, weshalb und-."
Nun ist Mister Hopkins aber so in seinem Element, dass er aus diesem gar nicht mehr herausfindet:
„Soll jauchzen meine Seele, mein Herz vor Wonne in die Breite und vor Wohlbehagen in die Weite springen

und wenn sie hüpfen will, nur zu, des Himmels Gnade will vor aller Welt ich preisen, es ist vollbracht, jetzt wird´s geschehn, ich will, ich muss dem Schicksal in die Augen sehn, hier steh´ ich nun, am Ende meiner Reise."
Herr Schlottke greift ihn sich, reißt ihn an seine Brust.
„Um des lieben Vaters, des Sohnes und des heiligen Geistes Willen, Herr, aber was redet Ihr denn da? Vom Ende einer Reise kann und will ich nichts wissen, solange Ihr mir nicht sagen wollt, wohin, wozu, wann und wie teuer das Ganze Euch und mir zu stehen kommt. Und wenn Ihr wirklich reisen wollt, so nehmt mich, den treuen Schlottke, mit, den, der so manches Herzeleid von Euch abgewendet und noch Übleres mit Euch geteilt, man sagt ja nicht umsonst: geht sein werter Herr auf Reise, tut es der brave Schlottke auf dieselbe Weise."
Hier endet das Gespräch, Herrn Herr Diebitz wegen, ruft der doch zum Pizzaessen. Im Nu sind die Pizzen verteilt.
Da dröhnt es von draußen durch ein Megaphon:

„ACHTUNG, ACHTUNG, HIER SPRICHT DIE POLIZEI. KOMMEN SIE MIT ERHOBENEN HÄNDEN HERAUS. LASSEN SIE ALLE GEISELN FREI, ACHTUNG, ACHTUNG, HIER SPRICHT DIE POLIZEI...

Nun denkt unser Held, auch wenn es der dritte Bissen dieses Tages und meine letzte Pizza auf Erden ist, gekaut, zermalmt und brav geschluckt muss trotzdem werden.
Den Mund noch voll, eilt er zur Tür, stößt sie auf und zückt Herrn Wertheims geladene Wasserpistole.
„Sein oder nicht sein, dass ist hier die-."
„Das ist der Sage nach die Frage, Herr, ich weiß, ich weiß", stößt Herr Schlottke hervor und versucht, ihn zurückzuhalten.
Rosamunda, in Angst, der Eine und einzige, der sie jemals geküsst, würde zu Weiterem nicht mehr

kommen, fragt Herrn Diebitz, ob er ihre Pizza haben möchte. Herr Diebitz bejaht dankend.
Wehmütig wirft der, um den es geht, einen letzten Blick auf seinen treuen Kameraden.
„Weint nicht um mich, Schlottke, tut es für Euch, von allem Stroh auf Erden sitzt wohl das meiste trockengelagert in Eurem Schädel. Geht in die weite Welt hinaus, mein treuer Schlottke, geht und schreibt es auf, dass ich, der Größten einer, des Ruhmes würdig wie kein zweiter, nein, schreibt nicht, der Größten einer, schreibt, wie es war und ist , dass ich die Bauern fischen lehrte, die Ochsen brüllen, die Deiche halten, die Witwen putzen und die Kinder beten-."
„Pardon, Herr, aber was soll ich denn jetzt machen? Soll ich erst in die Welt hinausgehen und dann schreiben oder haltet Ihr es für besser, wenn ich erst schreibe, alles schön fleißig auswendig lerne und dann erst mit Kompaß, Koffer und Kleingeld in die große Welt hinaus schwärme? Und wenn ich schon schreiten, reisen, pilgern und mich vorwärts, statt rückwärts orientieren soll, Herr, wen soll ich in Eurem Namen denn bitteschön zuerst aufsuchen? Etwa die krummen Palmelucken im Tal der Palmenzüchter? Die geizigen Kalmücken im Gebirge, wo nicht einmal die Elche ihren Frieden und ihr Auskommen haben? Die Mainzer Prinzengarde mit Schwips und Schwager? Und den Papst, darf ich dem Papst auch ein Grüßlein von jenem Verrückten ausrichten, der es darauf anlegt, der Welt adieu und der Himmelsleiter hallo zu sagen, Herr, ich meine-."

Weiter kommt er nicht. Tränen schießen dem guten Schlottke über die Wangen, schluchzend vergräbt er sein Gesicht in den Mantelfalten seines Herrn.
„Und noch eins, Schlottke, ja ja, heul er sich ruhig aus!, setz er mir getrost die Bügelfalten unter Wasser – stets lieh den Ärmsten ich mit Freude Herz und Ohren, ein Fehler, gut, ich geb es zu, doch ist's mein Stolz, der mir verbietet, was ich verliehen, wieder einzufordern, in Ewigkeit."

„Amen, ach, Herr."
„Und Schlottke?"
„Herr?"
„Wir raubten dieser Bank nicht einen Heller, Schlottke, Ihr seid mein Zeuge, auch wüsst´ ich keinen, den wir abgemurkst, obgleich die Hände mir bisweilen juckten. Was hier geschieht, es soll zum Heldenstück nicht taugen. Drum macht aus einem alten Tropf wie mir um Himmels Willen keinen Helden. Obwohl-."
„Obwohl, Herr? Ob Wohl, ob Weh oder im Schnee, Herr, ich immer brav an Eurer Seite geh."
„So unbedeutend ist mein Handeln nicht, Schlottke, wenn ich´s bedenke, wie edel und vom Geiste hehren Tuns geleitet, erscheint mir jetzt in neuem Licht, mein heldenhaftes Wirken, gebt´s zu und wenn ein Autogramm Ihr wollt mit Haken und mit Schleifen, so zürne ich Euch-."

Soll einer sagen, was er will und wenn er es auch am liebsten vorher herunterschlucken möchte, dachte Herr Schlottke, der Kerl ist und bleibt von allen Größenwahnsinngen der größte und wahnsinnigste, nickte aber brav.
„Ich gebe es zu, Herr, meinetwegen auch offen oder halbgeöffnet, alles, was Ihr wollt."
Schlottke betrachtend, dachte er, hier steht ein wahrhaft schlichter Mensch vor mir, ein treues, dümmliches Gewächs, doch sollte man nicht ihn, sondern sein Mütterlein danach befragen, was so einer sucht auf dieser Welt.
„Und Schlottke."
„Herr?"
„Vermochte je ein irdisch Wesen an einem jungen Menschen Größeres zu leisten? Und hat nicht, wer sich so als Held erwiesen, der Menschheit ganze Dankbarkeit verdient, dass alle Völker seinen Namen rufen mit Inbrunst in der Vollmondnacht?"
„Ganz ehrlich, Herr? Also, wenn Ihr mich fragt, ja, sollte man, unbedingt und nicht nur in der Vollmondnacht, ach was und auch wieso, am besten

auch am Neujahrsmorgen, wenn alle ihren Kater ausschlafen."
„Und Schlottke."
„Herr?"
„Nennt auch der Presse jenen Grund, der mich bewegt, von Euch und andren Lumpen dieser Welt zu scheiden. Mein Leben, Schlottke, geb ich hin, es soll dem Knaben seines retten, in Ewigkeit."
„Amen, Herr."
„Und Schlottke?"
„Herr?"
„Der Mutter Jolande richtet Ihr ein Spendenkonto ein und wenn der Junge erst genesen, kauft Hosen, Hemden, Strümpfe und vor allem gute Bücher für den Knaben, doch wehe, Schlottke, wehe, Ihr fingert Euch zum Lohn an den Moneten rum, ich schwör's, ich komm aus jener andren Welt zurück und schlage Euch Euren Schädel ein."
„Um Gottes Willen, Herr, von dem gespendeten Geld nehme ich keinen Pfifferling und kein Pfefferkorn."
„Er hat zu nehmen, was er im Kaufhaus kriegen kann und was den Grabstein anbelangt, das Mahnmal meines Ruhmes, ich will nicht Kitsch, noch einen Eurer Sprüche lesen, Schlottke und zwischen Jasper hier und Balderich dort wählt einen Strich, vornehmlich aus den besten Kreisen, und kein Gesülze, Schlottke, klar?"
„Schon klar, Herr, kein Gesülze auf dem Grabstein und einen Strich aus den allerbesten Kreisen zwischen Jasper und Balderich, wird gemacht Herr. Und wie es mit Blumen, Kerzen, Lorbeerkranz?"
„Den Letzten nehm ich gerne, den Rest steckt Euch in Euren Mantelkragen. Wer Abschied nimmt, gestalte dies in Sachlichkeit, Schlottke, nicht Pomp und Protz sind Zeichen wahrer Größe, es ist die Demut, die von Jugend an mein Herz bewegt. Und Schlottke."
„Herr?"
„Und dass die Geschwister sonntags ihren Pudding kriegen und sich die Hände waschen vor dem Schlafengehen, es soll des Tages Schmutz und Dreck nicht ihren Träumen schaden. Hat einer Husten von

den Kindern, will einer nicht zur Schule gehen, Ihr wisst, wo dieser Krumpelbach die Apotheke hat."
„Ach, Herr." Schlottkes Tränen nahmen überhand.
„Hol Euch der Teufel, Schlottke, was ist denn noch?"
„Angenommen, Herr, Ihr geht jetzt da raus und kehrt nimmer wieder. Was wird aus mir? Wo soll ich hin? Was anziehen, was singen, wann essen, was auf den Fingern pfeifen? Man sagt ja nicht umsonst: Scheidet ein guter Freund für immer, so wird das Leben immer schlimmer."
Gerührt schloss er den Schluchzenden in die Arme.
„Ich geh voran, Schlottke, Ihr bleibt zurück, am Paradies, am Eingang links, dort, Schlottke, dort sehen wir uns wieder, ich mach Euch auf, mein Ehrenwort, nun brech ich auf, vom Hier und Jetzt geht's frohgemut an einen andren Ort, in Ewigkeit."
„Amen."
Während er in das gleißende Sonnenlicht hinaus tritt und die Wertheimsche Wasserpistole auf die Polizisten richtet, nehmen ihn die Scharfschützen, die auf dem Flachdach der gegenüberliegenden Schule Stellung bezogen haben, ins Visier.
Herr Schlottke, der nicht hinsehen kann, wendet sich ab und hält sich die Ohren zu, hört ihn aber trotzdem, den Schuss, von dem es später heißt, er habe sich plötzlich mit lautem Knall Gehör verschafft.
Dann ist es still. So still, dass Rosamunda es nicht mehr aushält, sie bricht in Tränen aus und hört nicht eher auf zu schluchzen, bis Herr Diebitz ihr den Rest von Frau Ortmanns Pizza anbietet und bei sich denkt, verflucht nochmal, jetzt lehr mich doch einer die Weiber kennen, denn so bitter Rosamundas Tränen eben noch gewesen, so gut schmeckt es ihr.
Frau Müller: „Oh je, Ist er jetzt tot oder tut er wieder nur so?"
Herr Wertheim: „Wo liegt er denn? Ich sehe ja gar nichts. Die scheiß Pfeiler. Warum kann man keine Bank ohne Pfeiler bauen? So was muss doch gehen, wenn man das will."
Herr Diebitz: „Vielleicht wollte man nicht."

Herr Wertheim: „Frau Wanning, können Sie bitte mal mit Ihrem Rollstuhl kurz zur Seite fahren?"
Frau Wanning: „Na, Sie sind vielleicht gut, dann sehe ich ja nichts mehr. Na gut, ein Stückchen. So?"
Herr Wertheim: „Danke, Frau Wanning. Ja, so ist es besser."
Herr Diebitz: „Jetzt sehe ich es. Wie mir scheint, hat man ihn angeschossen."
Frau Müller: „Mein Gott, der Ärmste, angeschossen auch noch. Tut das nicht schrecklich weh, sagen Sie mal?"
Herr Wertheim: „Die einen sagen so, die anderen so. Vielleicht hat man ihn aber auch gleich erschossen, um die ganze Sache abzukürzen."
Frau Müller: „Was meinen Sie mit abkürzen? Wollen die ihn etwa einen Kopf kürzer machen? Ach je, der Ärmste."
Herr Diebitz: „Auch das, ja, auch das liegt im Bereich des Möglichen, meine Lieben."
Frau Wanning: „Ist er noch da oder schon im Krankenhaus? Auf welcher Station liegt er denn im Krankenhaus?"
Herr Wertheim: „Krankenhaus? Dass ist nicht lache! In den Knast kommt er oder in die Klapse, je nachdem, wen er als Richter vor sich hat. Wo ist Herr Schlottke überhaupt?"
Frau Wortmann: „Herr Schlottke legt Wert darauf, mit Mister Jankins angesprochen zu werden, Herr Wertheim."
Herr Wertheim: „Ich habe ihn ja gar nicht angesprochen, ich habe nur gefragt, wo Herr Schlottke ist, Frau Wortmann."
Frau Wortmann: „Ja und ich habe nur gesagt, dass Herr Schlottke Wert darauf legt, mit Mister Jankins angesprochen zu werden."
Herr Diebitz: „Ich glaube, er ist auf dem Klo."
Herr Wertheim: „Kotzen?"
Frau Wortmann: „Kotzen sagt man nicht, Herr Wertheim."
Herr Wertheim. „Aber wenn´s doch stimmt."

Der, von dem dieserart die Rede war, hockt inzwischen da, wo unsereiner das Alleinsein mehr schätzt, als eine fröhliche Gesellschaft.
Indem es Herrn Schlottke das Herz zerreißt, schießt es oben aus ihm heraus, was er an unverdauten Schätzen mit sich führt: Eine gebratene Entenkeule, drei Eier, vier Scheiben Toast, ein Apfel, eine Birne und der wässrige Reste einer Frühlingssuppe.
Das wird das Süppchen sein, denkt Herr Schlottke, das hat das Fass zum Kochen gebracht, man sagt ja nicht umsonst: Gärt und blubbert es im Magen, ist vorbei das Wohlbehagen.

Sechsundzwanzigstes Kapitel

Obwohl es ein kalter, schneereicher Winter war, war dieser 6. Februar ein milder, sonniger Tag. Immerhin war er vor drei Stunden aus dem Koma erwacht und dachte, indessen ich hier liege, beseelt, berauscht ob meines zweiten Lebens glücklichem Erwachen, umraunt von Schlottkes Wahn bei Nacht, dem Hamlet lauschend, der mich flüsternd narrt, harrt draußen meiner längst nicht mehr die Welt, ruft Volk auf Volk der neuen Helden Namen, Sein oder nicht Sein, das war einst die Frage.
„Herr Stiller, können Sie mich hören? Ich bin Doktor Meinhardt. Kennen Sie mich noch? Wir zwei kennen uns doch. Erinnern Sie sich noch? Sie waren schwer verletzt. Wir mussten Sie in ein künstliches Koma versetzen. Herr Stiller?"
Darauf er, den Kopf vermummt: „Tatütata, so ist es recht, mein treuer Knecht, hereinspaziert, doch nehmt die Murmel aus dem Mund und stellt das Grunzen ein beim Grüßen, sonst gibt's was auf die Goschen. Jetzt abmarschiert und gebt dem alten Klepper was zu saufen, und Hafer, dass er sich wohlbeleibter frisst. Fort, fort, auch müsst Ihr noch die Kühe melken."
„Herr Stiller, Herr Stiller, hören Sie mir bitte zu, Herr Stiller?"

„Vom Namen nur das Wichtigste, kein Prunk, kein Protz, kein Klotzen, nichts, habt Ihr gehört? Den Grabstein ja, die Kerzen nein und was den Strich betrifft in meinem Namen, holt einen aus den besten Kreisen."

„Ich kümmer mich darum, versprochen. Sie haben Besuch, Herr Stiller, ein Herr Schlottke möchte Sie besuchen. Ist das in Ordnung?"

Wie? dachte er, der Schlottke hier? Das gutherzige Trampeltier? So weit ist es also gekommen.

Die Tür flog auf, eintrat der, den er erhofft, aber nicht erwartet hatte.

Er bitte seine Hoheit um die Audienz eines Tieferstehenden, murmelte Herr Schlottke, er sei der teils verkannte, teils nach der Jugendzeit zum Mann ermannte Schlottke.

Er musterte ihn und dachte, zu behaupten, Schlottke zu sein, ist leicht gesagt, doch schwer bewiesen.

„Einmal umdrehen, der Mensch, dass ich ihn inspiziere, und falls es ihm misslingt, das Tänzchen, dann kreist er mir ein zweites Mal um seine Haxen."

Beim Stuhle Petri und anderen beweglichen Möbelstücken, dachte Herr Schlottke, keine Frage, er ist's, ihn hat's nicht neu erwischt, ihm hat das alte Erwischtsein die Treue gehalten. Er tat aber, wie gewünscht, drehte sich und zeigte ihm den buckligen Rücken.

Bei Rübezahl und allen Anverwandten aus dem Erzgebirge, dachte er, wenn das nicht mein guter Schlottke ist, soll mir der Rotz im Nasenloch gefrieren.

Indem er ihn beäugte: „Schlottke, er! Mein Lumpenstrick, mein Knoblauchmaul aus alten Zeiten, her mit Euch Storchenbein, gebt Pfötchen, will sagen, mit Schwung die Hand in meine, los, sagt's frei heraus, Euch zum Verdruss seht Ihr mich lebend vor Euch stehen."

„Mit Verlaub, Herr, aber für einen Stehenden macht Ihr einen ausgesprochen liegenden Eindruck."

Dass Schlottke ihn liebevoll betrachtete, gut, das ließ er durchgehen, als der ihm aber die Hand küssen wollte, war es um seine Geduld geschehen.
„Was glotzt Ihr Euch die Augen aus dem Schädel, Schlottke? Ist es mein edler Wuchs, der Nase klassisches Gepräge, der schlanken Beine rassige Gestalt, dass Ihr vor Neid ins Platzen kommt? Nun ja, der Frack sitzt weiter, als es die Taille einmal wollte und der Zylinder hier, ach Schlottke, die alte Haube rutscht und kneift, dass ich am liebsten-."
Dem Versuch, sich den Verband vom Kopf zu pflücken, kam Herr Schlottke zuvor, indem er ihm die Hände so lange festhielt, bis er Ruhe gab.
„Die Pranken weg, Schlottke und bleibt mir vom Gestrüpp da oben! Doch eins vorweg, draußen die Welt, Ihr wisst schon, welche, die Völker, Stämme und Nationen, ob meiner sie mit Sehnsucht harren, zu Tausenden vor den Theatern lungern, um mich in Hamlets Wahn zu preisen, das alles schert und juckt mich nicht, kurzum, der ganze Ruhm kann mich am Arsche lecken, doch lenkt er ein, der Ruhm, er lecke nicht, er habe andre Sorgen-."
„Wie, Herr, was? Was die Welt von Euch hält, geht Euch am Bugspriet vorbei? Aber wer war denn immer ganz versessen darauf, dass alle Welt, ob die große, die kleine, die vordere, die mittlere und die hintere Welt, Euch unten zu Füßen und oben auf den Schultern liegt?"
Er schüttelte den Kopf, ließ es aber, da ihm der Schädel brummte.
„Ich weiß, Schlottke, ich weiß, es traf ein Schuss mich tief im linken Schenkel, ein Schmerz, erst stechend und dann brennend, gesellte sich sogleich hinzu und wär ich nicht dabei gewesen, Schlottke, denn immerhin, die Sicht war gut, die Nähe zum Geschehen ohne Tadel, ich wüsste heut' noch nicht, war's ober- oder unterhalb des Knies."
„Pardon, Herr, aber das freche Kügelchen, dem Teufel soll es in die Kiemen rutschen und dann ins Süppchen plumpsen, dass er daran verrecke, hat's leider vorgezogen, auf Euren Schenkel zu pfeifen und

sich stattdessen in Eurem Schädel breit gemacht. Zehn Stunden operiert hat man Euch, zehn Stunden-."
„Zehn Stunden, Schlottke? Nein. Tatsächlich? Soll mich der Geier mit der Pinzette holen, zehn? Was schreibt die Presse? War ich gefasst, gesittet oder liebte selbst im Todeskampf ich frohgemut auf meine Art zu scherzen?"
„Ihr wart von allen, die sich auf dem Operationstisch tapfer gegen die Übermacht der gewetzten Skalpelle und gewitzten Ärzte stemmten, der Seltsamste, Herr, großes Ehrenwort. Und nun zum Blut-."
„Seid Ihr verrückt, Schlottke? Ihr sprecht von Blut, der Lebenssäfte rötestes Gebräu, das durch die Adern strömt als gäbe es kein morgen? Kein Wort, habt Ihr gehört? Ich kann´s, ich will´s, ich darf´s nicht wissen."
„Blut sei geflossen, Herr, Blut, so las ich in der Zeitung, so reichlich und so rauschend floss es aus Euch dahin, dass es vier Straßen überschwemmte, fünf Häuser mit sich riss, elf Garagen stehen ließ und vierzig Bäume überhaupt nicht streifte, die Herren Ärzte, vierzig an der Zahl, aus allen Ländern und diversen Städten, sie mussten mit dem Schlauchboot Euch beim Aufschneiden umkreisen, dann nähte man Euch das Schädeldach mit einer Nagelfeile zu. Es heißt, Ihr wärt das schönste Schädelloch in jüngster Zeit und kurz danach gewesen."
„Nein!"
„Doch!"
„Hol mich der Harlekin mit seiner Schere, Schlottke, der Schädel war´s, den man getroffen? Die Kugel selbst, die es gewagt, ins Oberstübchen einzudringen? Und Schlottke, auf ein Wort, war jener Schädel meiner oder Eurer?"
„Der Eure, Herr, der Eure war´s und soll´s mit Gottes Segen bleiben, nun sitzt er wieder gerade auf dem Thron und wär ich Euer Hals, und trüg das Schädeldach als Zierde auf den Trödelmarkt, ich wollte keinen andren haben."
Sie schwiegen, gerührt. Zu groß war die Erleichterung des einen, dass sich der andere nicht verändert hatte und welche Freude verspürte jeder

der beiden, dass es nicht den geringsten Grund gab, auch weiterhin nicht am Verstand des Anderen zu zweifeln.

„Ihr schweigt mit Eurem Schweigen mich noch zu Grunde, Schlottke, kein Spruch, kein Furz, kein saures Rülpsen, das Eurem Maul entsteigt wie einst in frohen Tagen. Was ist, Schlottke? Sitzt Euch ein Frosch im Maul? Jetzt raus damit. Das Leid ist in der Welt, um Wort zu werden, Schlottke, hat es auch Kraft genug im Herzen, das arme Mütterlein Jolande, im Glauben Halt, im Kummer Stärke, vier traurige Kinder im Gebet zu trösten?"

Endlich, dachte Herr Schlottke, jetzt kommt er zur Sache, dann will ich mit meiner Sache nicht hinterm großen Glockner bleiben.

„Warum sollte die gute Mutter Jolande vier traurige Kinder trösten, Herr, wenn sie doch fünf glückliche Mäuler am Tisch sitzen hat, die sich mit dem Pflaumenkuchen genauso den Mund beschmieren wie mit dem Eis am Stiel?"

Er starrte ihn an. Er zählte durch, Katharina vom Medizinschränkchen, Frauke, die Pillenbringerin...

„Fünf, Schlottke, keine vier?"

„Fünf, Herr, so wahr jede Vier vor der Fünf steht und nicht von der Stelle weicht, während die arme Sechs sich noch gedulden muss, bis die Fünf Feierabend hat und nach Hause geht."

Sie sahen einander lächelnd an. Zwei Verrückte, zu schade für die Welt, aber glücklich, sich gefunden zu haben.

„Der tapfere König der Tabakukklen, Schlottke, Gott schenke Eurer Antwort Wahrhaftigkeit und Segen, er lebt? Er isst, trinkt, lacht, spielt und atmet wie die meisten?"

„Wie die meisten, Herr?" Herr Schlottke lachte laut auf, „Ihr seid mir vielleicht einer, ich würde sogar sagen, Billy Joe isst, trinkt, lacht, singt und spielt wie die allermeisten Knaben seines gesegneten jungen Alters, Herr, nur viel mehr und viel fröhlicher."

„Und Schlottke."

„Herr?"
„Komm' se mal ran an meine Seite, fahrt mit den Ohren ein Stockwerk Richtung Keller runter, los."
Herr Schlottke beugte sich zu ihm herab. Dann hörte er ihn flüstern.
„Die glauben hier, ich bin verrückt. Ich. Verrückt. Versteht Ihr, Schlottke?"
Aus dem Verband drang ein Kichern.
„Nein, Herr."
„Ich und verrückt, Schlottke, stellt Euch vor."
„Schön, wenn Ihr unbedingt darauf besteht, will ich mich vorstellen. Also, mein Name ist Schlottke, schlicht, schön, ergreifend, Schlottke, sagt einfach Schlottke, Herr, und ich werde Euch ans Händchen nehmen und dahin führen, wo gestern noch der Pfeffer wuchs und heute Milch und Honig für brave Kinder fließen. Man sagt ja nicht umsonst-."

„Schlottke!"
„Ich bin ja schon still, Herr, versprochen, obwohl, obwohl-."
„Obwohl, Schlottke, obwohl? Wie lange gedenken Euer Gediegenheit noch zu obwohlen?"
„Mehr draußen als hier drinnen steht jemand, Herr, gewissermaßen vor der Tür.."
„Ein Jemand, sagt Ihr, ich kenne diesen Jemand nicht, von allen mir entfallenen Jemands ist dieser Jemand der mir entfallenste."
„Der Jemand hat einen rosa Mund und vieles mehr, was Euch wohl besser gefällt als die Tabaksteuer, Herr, man nennt sie auch die schöne Rosamunda."
Da spielte ein Lächeln um seinen Mund, die Augen schließend, dachte unser Held, oh trautes, mir gewogenes Glück, des Herzens Schlag, des Lebens Sinn, des Daseins ein und alles, ist's nicht die Liebe, will ich zum Gemsbock werden.

„Bringt Sie herein. Und Schlottke."
„Herr."
„Nicht, dass sie stolpert und wenn, dann kühlen Kopf und helft Ihr auf die Beine."

„Auf die Beine, Herr, selbstverständlich."
Der brave Schlottke war schon an der Tür, da hörte er ihn rufen:
„Lasst Euch am Tor von meinem Diener zehn Taler geben, Schlottke, mir bricht's das Herz beim Anblick Eurer Lumpen. Krumm, wie Ihr seid, stammt er dem Anschein nach von einer Gurke."
„Ob Gurke, Pfirsich oder Pflaume, Herr, aber wir Schlottkes, zumal die völlig zu recht als Schlottke geborenen Schlottkes-."
„Noch seid Ihr da, Schlottke, wenngleich in nicht geringem Maß belämmert, doch täuscht Euch nicht und treibt es nicht zu toll mit Völlerei und Würfelspiel, es ist des Lebens List und Tücke, mit uns sich einen Scherz zu machen."
„Ganz recht, Herr, genau so muss man es sagen, wenn man es hinten nicht herunterschlucken, sondern vorne los werden will, man sagt ja nicht umsonst-."
„Schlottke, noch ein Wort und ich werde mich dem Abriss Eurer Ohren widmen."
„Dann widmet, Herr, immer nur fröhlich drauflos gewidmet, aber lasst meine Ohren, wo sie glücklich und zuhause sind, man sagt ja nicht umsonst, nichts ist lächerlicher auf der Welt, als ein Narr, der sich für weise hält."

Er war ein wunderlicher alter Mann und eine Zeit lang war er auch glücklich, bis Rosamunda Ole Braatzen aus Großenbroden kennenlernte, der ein Mofa und alle Platten von Heino und ob man es glaubt oder nicht, sogar eine von den Rolling Stones hatte.
 Also zog er mit Herrn Schlottke, dem alten Schlawiner, aufs Neue in die Welt hinaus, welche an Wundern reich und an verrückten Abenteuern unserer Helden nicht ärmer war.

Und wenn sie nicht gestorben sind, treffen wir die beiden eines Tages vielleicht wieder.

ENDE